ベリーズ文庫

公爵様の最愛なる悪役花嫁

～旦那様の溺愛から逃げられません～

藍里まめ

STARTS
スターツ出版株式会社

目次

公爵様の最愛なる悪役花嫁
～旦那様の溺愛から逃げられません～

決意。恋ではなく、これは戦いの始まり

町のメインストリートから離れたみすぼらしい住宅街に、このひなびた二階建ての宿屋が建っていた。

裏庭には二十枚のシーツと枕カバーが、西に傾き始めた太陽の光を浴びてはためいている。

清潔に乾いたそれらは優しい香りがするので、洗濯物を取り込む作業が私は好きだ。

手にしたシーツの匂いを嗅いで口もとを綻ばせた後は、丁寧にたたんで木の皮で編み込まれた大きな籠の中に入れていった。

すべての洗濯物を籠に入れ終えると、まるでそれを待っていたかのように、建物の陰からひとりの若い男が現れる。

「やあ、クレア。今日も美しいね。約束通り、持ってきたよ。君が欲しいと言ったカメオのブローチだ」

両手に抱えていた籠を草の生えた地面に下ろした私は、彼と向かい合い、贈り物を受け取る。

白大理石を浮き彫りにしたブローチのモチーフは、美しい女神とバラの花。

男は私が喜ぶだろうと予想して、まだ私の表情が変わらぬうちからニヤついていた。

彼はゴラスという名のこの町の支配者、ゲルディバラ伯爵《はくしゃく》に仕える兵士で、枯草色をした詰襟の兵服の腰には、鼠《ねずみ》色の鞘《さや》の剣が差してある。

私のところへ来るときは、剣を置いてきてと言ったはずなのにと、不愉快な思いが込み上げた。兵士の剣は暴君を守るためのものであり、つましく暮らす善良で哀れな民を脅《おびや》かす存在でしかない。

だから剣は嫌いよ。武器よりも鋤《すき》や鍬《くわ》を手に、畑を耕すべきだわ。

私の表情が曇るのを見た兵士は、慌てたように問う。

「欲しがってたブローチは、カメオじゃなかった？」

「カメオよ。でもこれじゃないわ。ブローチの周囲が宝石で飾られている、もっと立派なものがよかった。仕方ないからこれももらってあげるけど、次はちゃんと私の欲しいものをお願いね」

文句がありそうに眉間に皺《しわ》を寄せる彼を、私は真顔でじっと見つめる。

すると彼は気圧《けお》されたようにたじろいで、それからおずおずと、「それじゃあ今回のご褒美《ほうび》は、なし？」と聞くから、不快感が込み上げた。

いやらしい男ね……。

触りたくもないけれど、なにも与えないで帰して、二度と贈り物を持ってこないのも困るから、仕方ない。

かぶっている白い木綿《もめん》の頭巾《ずきん》をはずすと、プラチナブロンドの肩下までの髪が風になびいた。

この髪や、青く澄んだ大きな瞳や、白くなめらかな肌を男たちは手に入れたくて、こうして私に貢いでくれる。

初めて言い寄られた十五歳の頃は、仕事の邪魔になるし、見返りを求められるのが苦痛だったけど、十八になった今では慣れたものだ。

「ご褒美、あげるわよ。目をつむって少し屈《かが》んで」

それを聞いた男は、下心に頬を緩ませ、厚みのある唇をいやらしく尖らせる。そして私がキスをしやすいようにと、膝を軽く折り曲げた。

一歩前に進み出た私は、左手を彼の肩にのせ、右手は人さし指と中指をそろえて横にして、彼の唇にそっとあてる。

気持ち悪い。キスなんてするはずないでしょう。手で十分よ。

心で毒づき、彼から離れて一歩下がると、騙された男は喜びの中で目を開けた。

「クレアの控えめなキスは、なんていじらしいんだ！　早く君を俺の妻に――」

「もう行って。私、仕事中なの。ドリスに叱られるわ」

男に背を向けてから、唇に触れさせた二本の指をエプロンで拭う。

それから籠を手に歩きだし、宿屋の通用口から建物内に戻ろうとした。

すると後ろから「次はお望みの品を買ってくるよ」と声がかけられたけど、「期待してるわ」と振り向かずに答えただけで、中に入るとパタンと戸を閉める。

入ってすぐのそこは台所兼、作業場となっていて、細身ではあるが、私よりは肉づきのいい中年女性が調理台に向かっていた。

彼女は、この宿の女主人のドリス。木桶の中にはじゃがいもがたくさん入っていて、その中のひとつを手に取ると、見事なナイフさばきでたちまちむき上げる。

ここはベッド数が二十五しかない小さな宿で、従業員は彼女と私のふたりだけ。

毎日とても忙しいけれど、安宿にもうひとりを雇用する余裕はないと彼女は言う。

裏庭に面した台所の窓は、半分開いていた。

宿泊客の夜の食事の下ごしらえを始めたドリスは、「丸聞こえだったよ」と手を休めずに言い、それから母親のように私を心配して注意してくれる。

「生娘《きむすめ》のくせに、危ないことをするんじゃないよ。男を軽く見てると、今にしっぺ返しがくるから気をつけな」

「そうね、気をつけるわ。でも私にはお金が必要なこともわかってね」

私が群がる男たちにアクセサリーなどの高価な品を貢がせているのは、自分が着飾りたいからではなく、お金が必要なためだ。

さっきもらったカメオのブローチも最初から身につけるつもりはなく、この後すぐに質入れするつもりでいる。

『気をつける』と言いつつも、私が行いを改める気がさらさらないと察し、ドリスは皮むきの手を止めて小さなため息をついた。

それからエプロンのポケットに手を入れ、銀貨二枚を私に向けて放り投げる。

籠を落とした私は、放物線を描く二枚を慌ててつかまえると、驚いた目をドリスに向けた。

「くれるの？　どうして？」

「昼に帰った客が置いてってたんだよ。クレアが優しくしてやったから、ちょいと多めのチップさ」

昼までいた客といえばきっと、身なりの貧しい初老の男性だ。娘の嫁ぎ先の遠い町に行くと言って、この町は通過地点だと話していた。

靴擦れを起こしている足が痛そうだったから、昨夜の私は木桶に湯をくんで彼の足を洗った後、油を塗って包帯を巻いてあげた。

そのお礼だとしても、銀貨二枚はさすがに高すぎる。

「宿代より多いじゃない。あんな貧しそうな人からもらえないわ。返さなくちゃ」

慌てて通用口の板戸に手をかけたら、「もう町を出てしまったよ。追いつけやしないさ」とドリスに言われた。

「クレア、もらっておきなよ。大丈夫、盗賊に狙われないようにわざと貧相な格好をしていただけで、金はありそうな老人だったよ。銀貨の一枚くらい……じゃない、二枚くらい、もらってもかまわないさ」

手の中の銀貨とドリスの間で、視線を一往復させて考える。

ドリスは今、『銀貨の一枚くらい』と言い間違えた。ということはきっと、宿泊客からのチップは一枚で、もう一枚はドリスが自分の財布から出してくれたということだろう。

小さな古宿の苦しい財政状況は知っている。

きちんと毎月給料をもらえるだけでありがたいのに、ドリスのお金までもらえない。

調理台に近づいて「一枚返すわ」と差し出すも、ドリスは受け取ってくれずにじゃがいもの皮むきを再開してしまう。

「いいから、もらっときな。クレアが危ないことをして得た金より、まともな金だよ。それで今日の分は買えるかい？」

「今日だけじゃなく、明日の分も買えそうよ。ドリス……ありがとう！」

たたんだシーツや枕カバーをリネン庫の棚にしまった後は、休憩に入らせてもらう。

「行ってきます」とドリスに声をかけてから、宿を出た。


小道を何本か折れて町のメインストリートに出ると、金持ちしか利用しないような物価の高い小綺麗な店が軒を連ねている。

その中の宝石店の、正面玄関ではなく、真裏にある簡素な扉を開けて入ると、そこは質屋。

先ほど、兵士の男から贈られたばかりのカメオのブローチを早速お金に換えた。

銀貨が一枚と、五十セルダ。

銀貨二枚にはなると思っていたのに、それより五十セルダも少ないわ。

女性店主に価格交渉しても、「嫌なら買い取らないよ」と困る言葉を放たれてしまい、仕方なく予想より少ないお金を手に質屋を出ることになった。

宿の客からもらったチップとドリスがくれた銀貨を足して、二日分の薬が買えると思ったのに、残念だわ。

今月分の私の給料は、これまでの薬代にとっくに消えているし、明日の分は明日、どうにかするしかないわね。

その後は薬屋で銀貨二枚を支払って、一日分の薬を買う。

この町の薬価は恐ろしく高い。

医者の診察を受けられるのも金持ちじゃないと到底無理で、その理由は暴君、ゲルディバラ伯爵が法外な税をかけているからだ。

軍備に多額の資金を投入し、領民が飢えても領土だけを防護できればいいという考えの伯爵に、私たちは従うより他に術《すべ》はない。

高価な薬を手に薬屋を出た私は町を抜け、農地が広がる一帯のなだらかな坂道を登り、五十分かけて丘のてっぺん近くまでやって来た。

そこにある小さな菜園では、日焼けした子どもらが自分たちの食料となる作物の手入れにいそしんでいた。

私の姿を見つけると、二十人ほどがいっせいに駆け寄ってきて、たちまちまぶしい笑顔に囲まれた。

「お姉ちゃん、待ってたわ！　あのね、リリはね、あそこの雑草を全部抜いたのよ」

「そう、がんばったのね。リリは偉いわ」

「クレア姉ちゃん、僕は開墾中の畑でこんなに大きな石を掘り起こしたんだよ。それでこうやって転がして大変だったよ」

「ボブは力持ちね。頼もしいわ」

集まっているのは六歳から十一歳までの子どもたちで、それ以下の幼い子は、菜園の奥にある建物の中で遊んでいる。

親が亡くなったり、貧しさのあまりに預けられたりといった理由から、恵まれない境遇の子どもたちがこの孤児院で暮らしているのだ。

孤児院が必要となる根本的な原因は、ゴラスの悪政にある。

農民は収益の八割を税として徴収され、食い繋ぐだけで精いっぱいだというのに、ゲルディバラ伯爵は彼らの困窮する生活を顧《かえり》みない。

町に暮らす民だって、産業の乏しいこの町で得られる金子《きんす》は少額だ。それなのに物価は高く、品物にかけられている税収で肥えるのは暴君ばかり。

文句を言えばすぐに投獄され、そのせいで親を失った子どももここにいる。

孤児院を営んでいるのはシスターで、修道院からの資金援助に頼り、四十人ほどの子どもたちを育てていた。

まだあどけない顔をした十一歳以下の子どもたちでも、自分の食べる野菜を自分で作らなければならなくて、ふびんで泣けてくる。

そんな私も幼い頃の二年間を、ここで過ごしていたのだけれど……。

大変な生い立ちを抱えながらも、笑顔で話しかけてくる子どもたち。

その中で一番年長の十一歳の少年、リッキーが、私の手に薬の紙袋しかないことに気づいて残念そうに言った。

「今日もお土産なし？　チーズもベーコンも、しばらく食べてないよ」

「ごめんね……。お金が足りなかったの。今度は買ってこれるようにがんばるからね」

以前の私は、ここに来るときには自給自足で賄えない肉や乳製品を買ってきていた。

しかし、金策に苦しむ最近は、一片のチーズさえ買う余裕はない。

舌打ちしたリッキーの頭を叩いたのは、しっかり者の十歳の少女、ドナだった。

「クレアはメアリーのために薬を買ってきてくれるのに、なにワガママ言ってるのよ。薬がどれだけ高いのか知ってるでしょ？」

年下の少女に叱られたリッキーは、面白くなさそうに口を尖らせる。

それでも心にこたえたようで、「クレア、ごめん」と謝ってくれた。

育ち盛りの少年だから、体が肉やチーズに飢えているのだろう。

私を困らせたかったわけじゃないと知っているので、彼の頭をなでて慰めた。

「メアリーの病気がよくなれば、薬代はかからない。またベーコンが買えるわ。だからリッキーも、メアリーが早くよくなるように祈ってあげてね」

子どもたちから離れた私は、また丘を少し上り、孤児院の建物の前に着く。

もとは白塗りの外壁だったが今では灰色に汚れていて、ヒビ割れの補修の跡だけが白い線となり目立っていた。

横に長い平屋の孤児院の扉を開け、中に足を踏み入れる。廊下を横切りもう一枚の扉を開けて、声をかけた。

「こんにちは、シスター。薬を持ってきたわ」

広々とした明るい空間は、連なる質素な長テーブルと椅子で埋まってしまいそうだ。

ここは子どもたちの食堂であり、読み書きを習う勉強部屋でもあり、歌を歌ったり聖書を読んで祈りを捧げる場所でもある。

中に入ると、シスターは幼児の面倒を見ながら繕い物をしていた。その手を止めて私を見ると、目尻にたくさんの皺を寄せる。

「クレア、いつもありがとう。心から感謝していますよ」

私はうなずいて笑みを返し、「メアリーに会ってくるわ」と歩きだした。

食堂を出て長い廊下を奥へと進む。

左右に並ぶドアの先は子どもたちの寝室で、それぞれが四人部屋となっている。

メアリーの部屋は最奥《さいおう》で、四人部屋を今はひとりで使っている。

その理由は、結核という伝染病を患っているからだ。

エプロンのポケットから取り出したマスクをつけ、私はドアをノックして開けた。

ベッドに横たわったまま、顔だけこっちに向けた八歳の少女。彼女がメアリーだ。

ふっくらとしていた頬はこけてしまい、大きな瞳が落ちくぼんで見える。さくらんぼのようだった唇も、今は色味を失ってカサついていた。

日に日にやつれていく彼女を見るのは胸が痛いが、それでも笑顔を作って近づいた。

「メアリー、今日は昨日より顔色がいいわね。よくなってきている証拠だわ」

「そんなことない――」と言いかけたメアリーが激しく咳き込んだので、私は慌てて彼女の体を横向きにし、その小さな背中をさする。

苦しそうに咳き込みながらもメアリーは、「クレアお姉ちゃん、離れて。うつっちゃう」と私を心配してくれた。

なんて優しい子なのだろう。

こんなに善良な少女がなぜ、これほどまでに苦しまねばならないのか。

シスターには言えないが、私は神を信じていない。

もしいるのなら、このようにむごい仕打ちを幼い子どもに与える理由はなんだというの……。

メアリーの前で泣くわけにいかないので、努めて明るい口調で言う。

「心配しないで。私の母も結核を患ったけど、看病していた私はうつらなかったわ」

母が結核で亡くなったのは、私が十歳のとき。

他に身寄りのない私はここで二年ほどお世話になり、その後はドリスの宿屋で住み込みで働かせてもらって生きてきた。

貧しい孤児院なので、十二歳になったら出ていかなければならないのだ。

私の母の話を初めて聞かされたメアリーは、咳が治まると、悲しい顔をした。

「クレアお姉ちゃんのお母さんは、結核で亡くなったのね。私も、もうすぐ……」

しまったと思い、母の話をしたことを後悔した。希望を失い心が弱れば、それは体にも大きな影響を与えてしまう。

慌てて私はメアリーの右手を両手で握りしめ、希望の言葉を探した。

「メアリーは違うわ。私の母は、薬を買うお金がなくて治療できなかったの。でもメアリーは毎日薬を飲んでるでしょう？　絶対に治るからね」

メアリーは私を見つめ、なにかを考えているような顔をしたが、結局なにも言わずにコクンとうなずき、少しだけ笑ってくれた。

私の言葉に納得したというより、安心させたいと気遣っているような、年に似合わない大人びた笑い方だった。

「お薬飲むわ。クレアお姉ちゃん、いつもありがとう……」

メアリーに薬を飲ませた後、私はすぐに孤児院を出て丘をさらに上り、自然の花畑の広がる頂上までやって来た。

大きさも形も様々な墓石が百基ほど不規則に並んでおり、その中に母の墓もあった。

母も含めて、悪政に苦しめられ、若くして亡くなった哀れな魂は、今なにを思って眠るのか……。

眼下に広がるゴラスの町の中心には、高い石塀で囲われた、要塞のような大きな屋敷がある。

それがゲルディバラ伯爵邸で、憎しみを込めて睨みつけた私は、いっそのこと、どこかの領主がこの町を侵略してくれないかとさえ思った。

そのほうが、少しはマシな暮らしができるのではないかと。

私が睨みつけたところで、屋敷にヒビが入るわけではなく、ため息をついて母の墓前にひざまずいた。

神ではなく、母やここで眠る人たちに祈りを捧げる。

「お願いします。メアリーを救ってください。とても優しい子なんです。どうか彼女に未来を……」

祈りの最中に、町の教会の鐘の音が小さく聞こえてきた。

それは十五時を知らせる鐘の音で、もうこんな時間かと、私は慌てて立ち上がった。

続々と到着する宿泊客の対応に追われるドリスの姿が目に浮かぶ。

早く宿屋に帰って仕事しないと……。

母の墓に背を向けた私は、白金に輝く髪をなびかせて丘を駆け下りる。

明日は薬の他にベーコンも買って、ここに来たい。

私に言い寄る男たちの顔を思い浮かべ、誰になにを貢がせようかと考えていた。

翌日、荒《すさ》んだこの町に似合わない水色の澄んだ空が広がっていた。

宿泊客らは午前中のうちにそれぞれの旅路に発ち、私は空いた部屋から順に掃除をして、ベッドシーツと枕カバーを取り替え、それらを裏庭に運んで洗濯をする。

井戸端にしゃがみ込み、洗濯板にシーツをこすりつけ、両手を泡まみれにしていたら、追加の洗濯物を手にドリスが裏庭に出てきた。

「クレア、これも頼んだよ。さてと、店じまいしてくるかな」

『店じまい』という言葉を理解できずに、私は「え？」と首をかしげる。

この宿に定休日などはない。休んでいられないほどに、貧しい宿なのだから。

疑問に思い洗濯の手を止めていると、木桶の横に汚れ物をドサリと置いたドリスと目が合い、あきれ顔をされた。

「昨日、教えたじゃないか。王都から視察団が来るって。聞いてなかったのかい？」

そういえば、孤児院から帰って宿泊客に食事を出している最中に、そんなことを言われたような。頭の中で金策を企てるのに忙しくて、聞き流してしまったけれど。

苦笑いしてドリスにもう一度説明を求めると、それはこんな話だった。

この国の王都は、南にあるエルゴーニュという、ゴラスの百倍も大きな街。

そこから国王の命を受けたオルドリッジ公爵《こうしゃく》という地位の高い貴族が、この町に視察にやって来るそうだ。

要人を迎えるにあたり、ここのような安宿は商いを休止するようにと、ゲルディバラ伯爵から御触れが出されたみたい。

その理由は怪しい者を泊めないためと、困窮する庶民の暮らしぶりを視察団に見せないためだ。

宿のみならず、庶民の利用する食料や日用品を売る店も視察団が帰るまで営業停止で、メインストリート沿いに建つ高級店のみ商いを許されるということらしい。

その話を聞いて、私は愚かにも希望の光を見てしまう。

泡だらけの手をエプロンで拭いて立ち上がると、ドリスに笑顔を向けた。

「視察団が来るのは初めてのことよね。国王陛下の耳に、この町のひどい噂が届いたということかしら？　視察の後には、税率が下げられると思う？」

しかし、女性にしては少々凛々《りり》しい、ドリスの眉がハの字に傾く。

「それはないね。王都からの視察といったって、他人の領地のことに口出ししないのがお貴族様のやり方さ。無用な争いは誰だって避けたいだろ？」

「それなら、どうして視察するの？」

「クレアは幼くて覚えてないんだろうけど、視察団が来るのは初めてじゃない。十年ほど前にもあったさ。形ばかりに国王の威厳を諸侯《しょこう》に示すための視察がね。奴らはまともに調べる気はないよ。ありゃ、単なる娯楽旅行だね」

「そう……」

期待した私が馬鹿だった。

この町は今後も変わらず、ゲルディバラ伯爵の強欲な支配からは抜け出せない……。

暗い顔になった私を励ますように、「そんな顔したって、なにもいいことはないさ。せっかくだから休日を楽しみな。洗濯を終えたら遊びに行っといで」と、ドリスはポンと肩を叩く。

それから、「客室にあったチップだよ」と、私に五セルダ硬貨をくれた。

「ありがとう」と受け取るものの、これっぽっちじゃバゲット一本買えないし、遊びに行けと言われても、遊び方も知らない。

メアリーの見舞いとシスターの手伝い以外に、やりたいことは見つけられなかった。

洗濯を終えると、お金と早成りの甘瓜が三つ入ったバスケットを手に、宿を出た。

甘瓜はメインストリート沿いに店を構える、伯爵家御用達《ごようたし》の食料品店の息子がくれたもの。

彼はこの町の、ごく一部の金持ちの部類に入る男だが、ケチな性格をしているようで、私への貢ぎ物はいつも売れ残った野菜や果物だった。

この程度じゃ、手の甲にキスもしてあげない。

昨夜訪ねてきた彼から甘瓜をもらった私は、お礼だけ言って、目の前で通用口の戸をバタンと閉めてやった。

今、手もとにあるのは、銀貨一枚と百五セルダ。

昨夜は際どい駆け引きをし、今日の薬代の不足分を、男たちから引き出していた。

百セルダは銀貨一枚と同価値なので、これでメアリーに今日の薬を届けられる。

残念ながら、リッキーにベーコンを買ってあげる余裕はないけれど……。

メインストリート沿いの薬屋に向かうと、町の様子がいつもと違っていることに気づいた。

道沿いにはたくさんの花が飾られて、塵《ちり》ひとつ落ちていない。

崩れかけていた石畳は補修され、店や金持ちの邸宅の窓ガラスは磨き抜かれていた。

行き交う人々も一張羅を着て闊歩《かっぽ》して、くすんだ水色の木綿のワンピースと紐が擦りきれそうな白いエプロンを着た私が、今日はいつも以上にみすぼらしく見えていた。

兵士の姿も多く、視察団を安全に迎えるために巡回しているみたい。

私が薬屋のドアを開けようとしていると、兵士のひとりが駆け寄ってきて、厳しい視線を向ける。

「おい、娘。今日明日はこの道を歩いては駄目だ。早く立ち去れ」

身なりが貧しくても私の容姿は男が好むもので、いつもならこんな扱いはされない。

しかし、今日は町の一大事。

伯爵に忠実でなければ文字通りに首が飛ぶから、兵士も私に厳しかった。

睨む兵士に怯《ひる》まず、私は侮蔑の視線をぶつけてかまわず薬屋のドアを開ける。

「おい、命令に従わんか！」

「薬を買ったら出ていくわよ。邪魔しないで」

「言うことを聞かないと、斬り捨てるぞ！」

「私の血飛沫《ちしぶき》で、せっかく綺麗になった道やあなたの服も汚れるわよ？　それを視察団に見られていいなら、どうぞご自由に」

兵士を黙らせて薬屋で買い物をすませたら、私は孤児院の建つ西へと足を進める。

正午を知らせる鐘の音が、後ろから聞こえてくる。

民家が途切れると、左には青々とした麦畑、右には緑の葉を茂らせるじゃがいも畑が広がる。

まぶしい日差しを浴びて、じゃがいもの白い花がたくさん咲き始め、景色だけは美しかった。

孤児院のある丘へ続く道は、もう少し先にあり、畑を抜ける土の道を歩いていると、前方に農民ではない、男性の集団が見えた。

あれは……。

護衛の兵士が三十人ほどと、馬に乗った中年貴族。

暴君の姿は町の式典や祭事で見かけたことがあるので、それがゲルディバラ伯爵だとすぐにわかった。

思わず睨んだが、私の視線は別の黒毛の馬に乗る男性貴族に止まり、首をかしげた。

遠目なので顔まではわからないけれど、ダークブラウンの短い髪型をして、黒の丈長の上着を着た、ガッチリと逞しい若い貴公子。

他にも馬に乗っている見慣れぬ風体の男が数人いて、その人たちはなんとなく、彼の従者のように見える。

この町の兵ではない黒い兵服を着た護衛もいて、視察団の一向と、彼らを案内するゲルディバラ伯爵に出くわしてしまったと気づいた。

ドリスの話からすると、ゴラスの飾りつけられた表面だけを視察するのだと思っていたから、農地を見ていることに驚いた。そしてそれを許しているゲルディバラ伯爵にも。

伯爵なら、農民たちの貧しい暮らしぶりを見られたくないと思いそうなのに、なぜ案内しているのだろう。

視察団に求められて、それを断ることができなかったということなのか。

ということは、あの黒毛の馬に乗った貴族の権力はゲルディバラ伯爵よりもずっと大きく、内政不干渉といっても、伯爵は従わねばならない立場にあるというの……？

視察に訪れた貴族に興味を引かれたのは少しの間だけで、私に気づいた兵士がふたり、こちらに駆けてくるのが見えたため、急いで道をはずれて畑に入った。

じゃがいも畑を走って突っきり、道のない草の生い茂る丘の斜面を登り始める。

不審者扱いされて捕らえられては大変。薬を届けられなくなってしまう。

いつもより時間と体力を使い、遠回りしてやっと孤児院にたどり着くと、様子がおかしいことに気づいた。

子どもたちの姿が菜園にない。

もしや視察団が来るから、建物から出るなと兵士に命じられたのだろうか？

畑仕事は、子どもたちの食料を得るための大切な仕事だというのに。

そのことに不満を覚えつつ、孤児院の簡素な木目のドアを開けて足を踏み入れた。

小さな玄関ポーチはひんやりと薄暗く、廊下を横切って食堂のドアを開ける。

するとそこに、子どもたちがほぼ全員いた。

長テーブルと椅子は部屋の端に寄せられて、空けた場所にみんなが集まり、なにかを囲むように立っている。

私はドアノブから手を離すと、なぜか振り向かない子どもたちに声をかける。

「こんにちは、みんなどうしたの？」

「クレア……」

リッキーが最初に振り向いて、元気のない顔を私に向けた。

昨日、ベーコンが食べたいと言っていた彼に、私は少々のばつの悪さを感じながら、甘瓜の入ったバスケットを掲げてみせた。

「肉やチーズじゃなくてごめんね。でも甘瓜もおいしそうでしょ？　三つもあるのよ。小さく切ったら、メアリーも食べられるかしら」

リッキーが小さく首を横に振る。

「メアリーはもう、なにも食べられないんだ。薬も飲めない……」

そう言い終えたと同時に、彼の瞳から涙がこぼれ落ちた。

「お姉ちゃん」「クレア姉ちゃん」と口々に叫んで、他の子どもたちがいっせいに私に駆け寄り、泣きながらしがみついてきた。

子どもの囲いがなくなると、白い木箱が見え、私はやっと事態を理解する。

食堂の真ん中に安置されているのは、棺だった。メアリーの……。

コツコツと後ろで音がして、乳飲み子を抱えたシスターが食堂に入ってきた。

衝撃のあまりに言葉をなくしている私に、シスターは静かな声で教えてくれる。

「メアリーは今朝方、息を引き取りました。クレアに『ありがとう』と言ってましたよ。メアリーはやっと苦しみから解放されたんです。今頃は神の御許《みもと》で安らかに微笑んでいることでしょう」

シスターに涙はなく、とても落ち着いていた。長い年月、ひとりで孤児たちの面倒を見てきた彼女は、子どもの死に慣れているのだ。

悲しんでいないわけではなく、心の整理のつけ方に長《た》けているという意味での慣れ。ひとりの死に打ちひしがれては、残りの子らの世話をできなくなってしまうのだ。

一方、私はシスターのように人間ができていない。心の中には制御《せいぎょ》不能なほどの悲しみが渦を巻き、甘瓜の入ったバスケットを落として、子どもたちをかき分けるように棺に駆け寄った。

「メアリー……」

小さな白木の棺に横たわる少女は、野に咲く花々に囲まれ、胸の上で指を組み合わせて唇は薄く開いている。

床に膝をつき、冷たくなったその頬を、震える両手で包み込む。

私の頬に涙が伝わぬ理由は、シスターとは違う。泣けないほどに心が悲しみにかき乱されているからだ。

十歳のドナが近づいてきて、慰めるように震える私の頭をなでてくれた。

「クレア、見て。メアリーは笑っているでしょう？　きっと天国に行けることを喜んでいるんだわ」

その言葉は、ドナの望みだろう。

残念ながら私には、そう思い込むための純真さが足りなかった。

メアリーの薄く開いた唇は、笑っているのではなく、なにか言いたげに見える。

もっと生きたかった、幸せになりたかった……そんな声が聞こえてくるようだ。

同時に思い出したのは、メアリーに咳の症状が出始めた数日後の、高熱が出た日のこと。

母と同じ病だとすぐに気づいた私は、この町唯一の診療所に往診を依頼しに行くも、診療代は金貨一枚と言われて驚愕した。

『子どもが高熱にうなされているのよ⁉　金、金って、それでも医者なの！』

そう詰め寄った私に、医者は苦しげに顔をゆがめて言った。

『わしかて診察したいさ！　貧しい者には無償で治療してやりたい思いはある。しかしな、無料診療をすれば罰せられる。金が伯爵に入らないからな。悪く思わんでくれ、わしが投獄されたら、この町の医者がいなくなるんだ』

早期に診察を受け、治療を始めていれば、メアリーは治っていたかもしれない。

医者が調合した薬よりは、薬屋で売られている薬のほうが安価で手に入りやすい。

しかし、効果を疑問視する声を聞いたことがある。

できるなら、メアリーに医者による治療を受けさせてあげたかったが、一回の診療に金貨一枚なんて、私には到底無理だった。

助かる可能性のあった幼い命が、儚《はかな》く散ってしまった。

この町の悪政のせいで……。

メアリーの頭をひとなでると、私はゆらりと立ち上がった。

痛いほどの悲しみにのまれた心に、ドロドロと黒くよどんだ怒りが湧き上がる。

「クレア⁉」

ドナが驚いた顔をして私を見上げ、足を後ろに一歩引いた。

懐いてくれる少女ですら後ずさるほどに、私の心は黒く冷たい怒りに汚染され、それが表情にも表れているのだろう。

フラフラとドアに向けて歩く私の耳には、呼びかける子どもたちの声も、心配するシスターの声も入らなかった。


その夜、空には青白く丸い月が浮かんでいた。

家々の窓辺にランプの明かりは消えても、月のおかげで夜闇の中に物の形を捉えることはできる。

まるで夢遊病者のように、私は住宅地を徘徊していた。

右手に握りしめているのは、高価な象牙でできた立派な印璽《いんじ》。

手紙などを密封する際、垂らした封蝋《ふうろう》に型を押すためのもので、その家の印章が彫り込まれている。

母の形見と言えるこの印璽は、母にとっては夫の形見だった。

十数年前に隣の領地との境を巡る紛争が勃発し、父はゲルディバラ伯爵の命で戦地に赴《おもむ》き、二度と帰ることはなかったそうだ。

そのとき私は乳飲み子で、父の記憶は一片も残っておらず、悲しむことさえできずに、女手ひとつで育ててもらった。

象牙の冷たいなめらかさを手のひらに感じながら、私は心で亡き両親に語りかける。

貴族って、みんなゲルディバラ伯爵のような人ばかりなの？

だとしたら、貴族は大嫌いよ。

そう言ったら、お父様とお母様は、怒るかしら……。

この夜よりも深い闇を心に抱え、私はユラユラと町をさまよう。

すると、遠くにランプの明かりが小さく見え、それはこちらへと近づいてきていた。

怒りと悲しみに蝕《むしば》まれて疲弊した心には、危険を察知することができない。

身を隠すことなく歩き続けていたら、「何者だ」と闇の中に低い声がして、走り寄ってきた男にランプで照らされた。

「クレアじゃないか！　こんな夜になにをしているんだ。今夜は外出禁止令が出されているのを知らなかったのかい？」

その男は見回り中の兵士で、私にカメオのブローチを貢いだ人だった。

外出禁止令……そんなことをドリスが言っていた気もするわね。

でも、どうでもいい。ゲルディバラの言うことを聞くのは、もううんざりよ。

兵士を無視して、私はまたフラフラと歩きだす。

「クレア、おいクレア、待て！」

男が後ろから私の肩に手をかけて引き止めようとするから、その手を払い落とし、吐き捨てるように言った。

「触らないで。汚らわしい」

暴君に仕えて、私たちを取り締まるだけの兵士に、これまで以上の嫌悪を感じる。行き場のない怒りを、見知った彼にもぶつけてしまった。

また歩きだした後ろに歯ぎしりの音がして、今度は髪を鷲掴《わしづか》みにされ、うつ伏せに地面に押し倒された。

男は、呻《うめ》く私の背に馬乗りになり、怒りのこもる低い声で侮辱する。

「調子にのるな。顔がいいだけの下劣で卑しい女が。妻にするなら見栄えのする女がいいと思ったが、やめだ。今までかけた金額分の報酬を、今ここで、体で払ってもらおうか」

ランプは地面に置かれていて、土に頬を擦りつける私の顔を半分照らしていた。

もがいても、私の細い体では大の男をどかすことができなくて、スカートをまくられて太ももをなでられ、鳥肌が立った。

こんな男に純潔を散らされるくらいなら、いっそのこと、ここで舌を噛み切って死んでやろうかしら。

そうすれば、もう悲しむことも、激しい怒りにとらわれることもない。

死んだほうが楽だわ……そう思って舌に歯をかけたそのとき、耳に聞こえてきたのはメアリーの声。

いや、耳に聞こえたのではなく、心の中に直接響いたのだ。

『クレアお姉ちゃん、あきらめないで。私はもっと生きたかったのよ』

ああ、メアリー……優しい子。

助けてあげられなかった私を、励ましてくれるなんて……。

孤児院の他の子どもたちの顔も、花が咲くように次々と思い出されて、私に力を与えてくれる。

ゲルディバラの兵士なんかに負けたくない。

私はこの町を変えたい。

子どもたちが幸せに暮らせるような町に……。

おとなしくなっていた私に油断したのか、兵士は押さえつけるのをやめていて、両手を使って私の体を好き勝手にいじっていた。

力の限りを振り絞り、勢いよく体をひねって男を振り落とすと、寝静まっている住民の助けを期待して、特大の悲鳴をあげた。

すぐに口を塞がれ、再び背にのられてしまったが、その抵抗は無駄ではなかった。闇の中に走り寄る数人の足音が聞こえて、地面に伏せる私の視界には黒い革のブーツ、三人分が映る。

「何者だ！」と先に問いかけたのは、私の上にのる兵士。

「夜間の外出禁止令を――」と、叱りつけている最中に殴られたような鈍い音がして、私の上から重みが消えた。

急いで起き上がった私は、民家の壁に身を寄せる。

助けてくれたのは、誰……？

三人の男たちはランプを手にしておらず、兵士のランプだけが地面から男たちを照らしていて、顔まで光が届かない。

彼らの身につけている服もマントも素朴なものだが、ゴラスの庶民が着ている服とは形が少々異なっていた。

旅の人？　今夜、この町の安宿はどこも営業していないし、もしや宿を求めて夜道を訪ね歩いていたのだろうか……。

殴り飛ばされた兵士は立ち上がり、剣を抜いている。

ランプの光を反射する刃に、私はヒヤリとしたが、旅人風の男のふたりは怯まずに前に進み出て、残りのひとりは彼らの後ろで腕組みをし、余裕の構えだ。

「巡回の兵を殴るとは、いい度胸だな。俺には凶悪犯をその場で斬り捨てる権限が与えられている。覚悟はいいか？」

兵士の恐ろしい問いかけに答えたのは、腕組みをしている男だった。

フンと鼻を鳴らしてから、どこか馬鹿にしたような声色で言葉を返す。

「ゴラスの兵は、巡回中に女を襲う権限も与えられているのか？　あきれるな。これも報告書に記載しておくか」

「報告書だと……？」

そう聞き返した直後に兵士はハッとした顔をして、なぜか剣を取り落とす。

「あ、あなた様は、もしや……」

「去れ。他人の領地で殺傷沙汰は面倒だ。この俺に剣を向けたことも、今宵だけは忘れてやろう。二度と悪事を働くなよ」

「は、はい！　大変失礼いたしました」

剣を拾い鞘に戻すと、兵士はランプを置き忘れて、慌てたように闇の中に走り去る。

私は民家の壁に背をあてたまま、目を瞬かせて三人の男を見つめていた。

ふたりはあきらかに護衛の者といった動きをしていた。

ふたりに守られ、偉そうな口ぶりで兵士と話していた男は……。

男が長身を折り曲げるようにして、土の上からランプを拾い上げると、やっとその顔立ちが確認できるようになる。

男らしい骨格の中にも、繊細な美しさを持つ、美青年。年の頃は二十二、三といった若さだ。切れ長の涼しげな瞳は理知的で、冷たい印象がある。

鼻梁《びりょう》がスッと通って高く、形のよい唇は片方の口角が上がっていて、気位が高そうな、高慢な印象を私に与えた。

それでいて動作の一つひとつに品があり、素朴な服装でいても、ただの旅の者でないことはあきらかだ。

この男は、きっと……。

ランプが私に向けられ、男はゆっくりとこっちに近づいてくる。

わずか一歩の距離で足を止め、遠慮なく光を私の顔にあてるから、まぶしさに顔を背けた。

すると、男らしい指先が私の顎をつまみ、顔を正面に戻される。

観察するような視線が私の顔中を這《は》い、その不躾《ぶしつけ》な行為に、思わず睨みつけた。

「なんだ、その目は。助けてやったというのに、礼のひとつも言えんのか。それとも商売を邪魔されて、怒っているのか?」

　商売とはきっと、売春のことだろう。

　ひどい侮辱にますます視線を厳しくしても、男はクッと乾いた笑い声をあげるだけで、まったくこたえていない様子。

「娼婦じゃないわ」

「そうか。ならば夜道をひとりでうろつかんことだな。この退廃した町ならなおのこと危険だろう」

　退廃した町……そう思うのね。

　綺麗につくられた上辺だけじゃなく、この人はゴラスの内部まで、その目で確かめようとしてくれている。

　そう感じた私の胸には期待が湧き、睨むのをやめて彼の名を呼んだ。

「オルドリッジ公爵」

「気づいても、その名を呼ぶな。一応、忍びで偵察中だ」

「なぜそこまでするの?　あなたは、この町を救ってくれるの?」

　昼間は農地を視察して、貧しい農民たちの窮状を知ったことだろう。夜はこうして、メインストリートからはずれた庶民の生活路を歩いてくれている。

彼を、この町に変化をもたらす救世主とみなしてもいいのだろうか……?

愚かな期待をする私に、冷たい視線と低い声が降り注ぐ。

「なぜ欲しくもない土地の民を救わねばならん。視察は国王に命じられた職務。俺はそれを遂行するだけだ」

他の領地の政治には不干渉で、ゲルディバラ伯爵とぶつかってまで、慈善事業をする気はいっさいないと言いたげな、冷たい目をしていた。

やはり貴族とは、こんな人ばかりなのね。

庶民の暮らしなど、どうでもいいと思っているのだろう。

窮状を知った国王だって、ゲルディバラ伯爵への印象を悪くすることはあっても、きっとなにもしてくれない。

ドリスが言っていた『国王の威厳を諸侯に示すための視察』というのが正解だ。

失望は隠せないが、オルドリッジ公爵の利用価値を、私はまだあきらめきれずに探していた。

彼の治める領地の民は、私たちよりマシな暮らしをしているのは確かだ。

ここを退廃した町だと、彼が言ったのだから。

さっきは否定されてしまったが、もし彼がゴラスを欲しいと思うようになったら、侵略する気になってくれるだろうか。またそれだけの力を持っているのか？

考えを巡らせ、それをそのまま口に出して聞くと、美しい顔の眉間に皺が寄る。

私の顎から手を離し、背を向けられたので、答える気がないのかと残念に思ったが、低い声が聞こえた。

「欲しいと思ったら、こんな町、ひと晩で落としてやる。だが、魅力は微塵《みじん》もない。おかしな期待をするな」

不愉快そうな声で言った後、「早く家に帰れ。二度目は助けてやらんぞ」と付け足して、彼は歩きだす。

供の男たちは、彼の後ろにつき従って、その姿は道の角を曲がり見えなくなった。

途端に辺りは、月明かりだけが頼りの深い闇に包まれる。

私は壁に背を預けたまま、ゆっくりと右手を開く。

そこには、ずっと握りしめていた印璽が。

『クレア、よく聞いて。これはあなたの身分を証明する唯一のもの。いつか役立つときがくるかもしれないから、これだけは手離さないで。売ってお金にしては駄目よ』

十歳のときに聞いた、病床の母の言葉が脳裏によみがえる。

もう私には不要なものだと思っていたのに、使うべき時が来たのかもしれないわ、お母様……。

青白く見える象牙の印璽に彫り込まれているのは、絡み合う蔦《つた》と盾と馬の紋章。

それを手のひらで転がしながら、私は頭の中で黒い算段を始めていた。

翌日、空には一面に灰色の雲が広がっている。

まるで私の心を映したような空を見上げ、建物の間の路地とも呼べない狭い隙間に潜む私は、じっとそのときがくるのを待っていた。

正午を知らせる教会の鐘が鳴り響く中、目の前の石畳の道沿いに、身なりのよい人々が大勢集まり、思い思いに口を開いていた。

ここはメインストリートで、左奥のほうにゲルディバラ伯爵邸の要塞のような石塀と鉄の門が少しだけ見えている。

これからあの門が開き、馬車や馬に乗った視察団の一行が出てくる予定。

視察を終えてゴラスを発つオルドリッジ公爵を見送るようにと、比較的裕福な町の民のみが、沿道に集められているのだ。

「鐘が鳴ったぞ。そろそろじゃないか？」

「早くしてくれ。こっちだって仕事があるんだ」

賑やかに話をする人々の中には、迷惑そうな者もいて、警備にあたる兵士に睨まれると、肩をすくめて話題を変えていた。

そのとき、「来たぞ！」という声がして、すぐに馬の蹄《ひづめ》の音も聞こえてきた。

護衛の兵を乗せた馬が数頭続き、その後ろに馬車が二台。その後にはまた、視察団の兵を乗せた馬が続いているようだ。

オルドリッジ公爵は、おそらく立派なほうの馬車に乗っていて、彼ともう一度話すには、あの馬車を止めるしかない。

私は建物の隙間から出ると、ゴラスの兵に見つからないように身を屈め、旗を振って見送りをする群衆の中に潜り込む。

それから、細い体をねじ込むようにして、前へ前へ。最前列には大柄な男がいて、その背中に隠れるようにして待機した。

男の陰から覗くと、先頭の護衛の兵を乗せた馬が目の前を通過したところだった。

公爵の乗った馬車が私の正面に来るまで、もう少し。

一頭二頭と見送り、馬車を引く馬がついに目の前に来ようというとき、私は大柄な男の陰から飛び出して、両腕を横に伸ばして立ちはだかった。

御者が慌てて手綱を引き、馬がいなないて足を止める。

馬に撥ねられてもおかしくない、ギリギリのところだった。

周囲から悲鳴があがったが、覚悟の上で飛び出した当の私だけは冷静だ。

すぐにゴラスの兵や、馬を飛び降りた視察団の護衛に囲まれ、何本もの剣先を向けられる。

それも予想していたことなので動じなかった。

「おい、女！　進路妨害とはどういうつもりだ。オルドリッジ公爵の視察団と知っての狼藉《ろうぜき》か⁉」

護衛の兵に怒鳴るように問われ、私はその男ではなく、馬車を見据えて答えた。

「ええ。知っていて馬車を止めたの。オルドリッジ公爵に話があるのよ」

「気が触れてるのか？　公爵が、お前のような卑しい女とお話しになるわけなかろう」

両腕はゴラスの兵士に捕らえられ、護衛の剣先が私の喉もとに突きつけられる。

それでも私は怯むことなく、馬車を見続ける。

オルドリッジ公爵、早く出てきて……。

そんな心の声が届いたかのように、馬車の扉が内側から開き、彼が降りてきた。

後ろに従者をひとり伴い、優雅な足取りで歩み寄る彼は、「下がれ」のひと言で、自身の護衛もゴラスの兵も、私から遠ざけてくれた。

兵たちが数歩下がって見張る中で、公爵は一歩の距離を置き、私と向かい合う。

昨夜とは違い、彼は立派な服に身を包んでいた。

丈長の黒の上着の襟や折り返した袖口には、銀糸で細やかな刺繍が施されている。襟もとには豊かにひだを寄せるシルクのジャボットが光沢を放ち、そこにはピジョンブラッドと呼ばれる情熱的に赤いルビーのブローチが留められていた。

襟足だけ少し長い、ダークブラウンのすっきりとした短い髪に、琥珀色《こはくいろ》の瞳。

それも、昨夜は見なかった彼の外見だ。ランプの明かりだけでは瞳の色までわからない。

腰には彫刻の見事な銀の剣の鞘が見えていて、彼を飾る剣やブローチよりも麗しい貴公子は、その繊麗《せんれい》さに似合わない、意地悪そうな笑みを口もとに浮かべていた。

「昨夜の女か。馬に蹴飛ばされる覚悟で、なにを言いに来た。助けてやった礼か？」

からかうような口振りの彼に、私は「いいえ」と真顔で答える。

「お礼ではなく、お願いしに来たの。私を連れていって。侍女として、あなたのそばに置いてください」

侍女とは、上級女性貴族の身の回りの世話や、供をする雇用人のこと。召使いよりは力のある存在だ。

そんな噂話は宿に泊まる旅人から入ってくる。

王都に屋敷を構える上級貴族の男たちは、近侍《きんじ》という男性従者に身の回りの世話をさせている。しかし中には、多くの侍女を雇い入れて自身の世話をさせ、夜にはベッドにはべらせている好色者もいるそうだ。

それを知った上で、オルドリッジ公爵の侍女になることを願い出た私だが、それが最終目的ではない。

彼を私にのめり込ませたいと企んでいる。

それはもちろん、この男の権力を利用して、ゴラスを救うためである。

公爵は鼻で笑って私を見ていた。私の覚悟も発言も、くだらないと言いたげに。

彼は半歩距離を詰め、昨夜と同じように顎先をつまむと、私の顔を上に向かせた。

そして、息のかかる至近距離から、無遠慮に私の目の中を覗き込んでくる。

「俺に惚れたのか？」

綺麗な顔でニタリと笑い、面白そうに聞いてくる彼。

惚れるわけないじゃない……。

私には、恋などという贅沢な思いを抱く暇はない。今までも、これからも。

恥じらうことも目を逸らすこともせず、無言でじっと琥珀色の瞳を見据えていた。

すると、近すぎる顔の距離を戻した彼は、私の顎から指もはずし、興ざめしたような表情をする。

「違うのか。ならば、なにが目的で連れていけと言う。貧困から逃げ出したいのか？」

「それも違うわ」と今度は言葉にして答えると、「わからん女だ」と公爵は凛々しい眉の片方だけをつり上げた。

「まぁいい。お前の目的がなんであれ、俺に侍女は不要。それに、お前は知らないだろうが、侍女は召使いではないぞ。ある程度の社会的地位が必要だ」

私では侍女になる資格がないと言いたげに諭した彼に、『そのくらい知ってるわ』と心で言い返す。

これも旅人から聞いたことで、騎士や男爵など、地位は低くても爵位のある家柄の子女が、上級貴族に侍女として雇われているという話だ。

「話は終わりだな」と言った彼は、片足を引いて、私に背を向けようとしていた。

その腕を掴んで引き止めた私は、エプロンのポケットからある物を取り出し、彼に差し出した。

「印璽か？」

興味を示してくれた彼は、体の向きを戻して、それを手に取る。象牙に掘られている紋章を確かめた後には、その瞳に微かな驚きが浮かんでいた。

「おい」と呼びかけられたのは、斜め後ろに控えている彼の従者で、印璽はその者の手に渡る。

三十歳くらいに見える従者は、主人に似て冷たそうな印象で、主人に似ずに堅物そうな顔つきの、黒っぽい髪色をした男だ。

彼は上着の内ポケットから、よく使い込まれた分厚い手帳を取り出してページをめくり、そこに書かれているなにかと印璽の紋章を慎重に見比べていた。その作業が終わって手帳をポケットに戻すと、印璽を主人の手に返し、初めて口を開いた。

「本物です」

それを聞いた公爵は、私の頭から爪先までに視線を一往復させ、二度目の出会いでやっと私の名を尋ねてくる。

「お前の名は？　省略せずに名乗れ」

「クレア・アマーリア・フォン・エリオローネ。祖父はエイブラハム・ヘッセン・デア・エリオローネ。辺境伯《へんきょうはく》と呼ばれていたわ。領地を失うまでは」

そう、私は貴族の出自。

元貴族と言ったほうが適切かもしれないが、今は亡き祖父は領地を失っても、爵位までは剥奪されなかったそうだから、私も一応貴族の娘ということになる。

祖父の代までエリオローネ家は、東の隣国との境界に領地を持つ裕福な貴族だった。

辺境伯というのは、異民族と接する領地を保有するため、国にとって重要なポジションにあり、階級としては侯爵《こうしゃく》と同程度だという。

まだ私が生まれる何年も前に、その領地を隣国に奪われ、国境線は書き換えられた。

祖父は戦死し、爵位を継いだがまだ若く、力のなかった父は身を隠すようにして逃げ延びて、このゴラスまで流れ着いたそうだ。

そして普通の町娘だった母と出会い、私が生まれ……。

しかし、家を再興する術を見つけられずに身分を隠して兵士として雇われているうちに、紛争地に送られて戦死してしまった。

父の遺体すら戻ることはなく、私と母は困窮した生活を送るしかなかったのだ。

生まれてから、ただの一度も貴族らしい暮らしをしたことはなく、ドリスにさえ出自を打ち明けたことはない。

そんな私が今は、「辺境伯の娘よ」と虚勢を張る。公爵の関心を引くために。

強気な視線を真っ向からぶつけていると、公爵はクッとくぐもった笑い声をあげ、印璽を私に返しながら言った。

「こんなところで、辺境伯令嬢に出会うとはな。俺に近づこうとする目的は、家の再興か？」

「違うわ」と、それも私は否定する。

祖父には会ったことはなく、父の記憶もない。彼らの思いを受け継ごうと思えるほどの親しみは感じられず、エリオローネの名にこだわりもなかった。

貴族的な生活を知らないのだから、それを恋しく思うこともない。

目的はただひとつ。この男を操って、ゴラスを暴君の支配から解放することだ。

その企みのすべてを、今はまだ明かさずにいるのは、精いっぱいの駆け引きをしているから。

私のことを知りたくなってきたでしょう？

それなら、『連れていく』と早く言って……。

お互いになにも話さずに、探り合うような視線をぶつけ合っていた。

周囲では町の民がざわついており、視察団の護衛やゴラスの兵からは、戸惑っているような視線が私たちに向いていた。

無言の間が数秒続いた後にフッと表情を緩め、先に口を開いたのは公爵だった。

「肝の据わった女だ。そういう可愛げのない女は、嫌いじゃない」

それは、連れていってくれるという意味に捉えてもいいの……？

彼の言葉に期待が膨らんで、思わず気が緩みかけたそのとき、馬車の後ろのほうから怒鳴り声がした。

「お前たち、なにをやっておる！　公爵に無礼を働く女を、早く捕らえぬか！」

慌てた様子で駆けつけたのはゲルディバラ伯爵で、顎ひげを蓄えたその顔は、怒りに醜くゆがめられていた。

視察団の隊列が道の途中で止まっている様子が見えて、屋敷から飛んできたのか。

それとも、兵士が知らせに行ったのかもしれない。

再び私に何本もの剣先が向けられることとなり、ヒヤリとしたが、斬りつけられることはなかった。

公爵が私の腕を掴んで引き寄せ、かばうように抱きしめたからだ。

背中に逞しい片腕が回されて、目の前にはピジョンブラッドの真紅の輝き。

頬にあたるシルクのジャボットからは、微かにバラの香りを感じた。

これにはさすがに驚いて、心臓が早鐘を打ち鳴らす。

「オルドリッジ公爵、なにをなさるのですか⁉」と暴君も驚いており、ただひとり、平常心を貫く彼は、私に対するものとは違う丁寧な口調で言葉を返していた。

「血生ぐさいものは、見たくないのですよ。ゲルディバラ伯爵、剣を鞘に収めるように兵士に命じてもらえませんか」

そう言われた伯爵は、慌てて兵士の剣を下ろさせる。

やはり領地内といっても、オルドリッジ公爵の上には立てないらしい。

とりあえずの危険は去ったが、公爵は私を守るように抱き寄せたままで、腕をはずそうとしない。

驚きから回復した私は、まだうるさい自分の心音に戸惑っていた。

こんなふうに、誰かに守られるのは初めてよ……。

いまだかつて味わったことのない、不思議な感覚の中にいた。

男の腕の中が心地よいと感じるなんて、いったいどういうことなの？

男なんて、みんな金づる。

今までそう思っていた私にとって、男と触れ合うことは貢ぎ物に対する報酬であり、それは嫌悪を伴うことだった。

それなのに、公爵の腕の中は少しも嫌だと感じられない。

それどころか、喜びに似た浮き立つような思いが、微かに芽生えているのだ。

どうして……。

疑問に思った後は、こんな気持ちはいらないと、すぐに冷静さを取り戻す。

彼の胸を押して体を離すと、半歩、横にずれて距離を取った。

それはどうやら公爵にとって面白くない態度であったようで、横目でジロリと睨まれた直後に、再びその腕に捕らえられた。

今度は背中から抱きしめられている。彼の左腕は私の胸の前にあり、衣服を通しても、その逞しい肉体が背中に感じられた。

またしても始まった動悸と戦う私だったが、ゲルディバラ伯爵にいまいましげに睨まれて、気持ちはすぐにそちらに移る。

思わず睨み返したら、耳もとに「なにも言わずにじっとしてろ」と艶《つや》のある声がして、それから彼は伯爵に向けて口を開いた。

「ゲルディバラ伯爵、先ほど貴公からの土産のいっさいをお断りしましたが、ひとつだけもらい受けたい品があります」

突然、土産の話をされた伯爵は目を瞬かせ、その後に恭《うやうや》しく揉み手を始めた。

「それはもう喜んで。なにをご用意いたしましょう?」

「いや、用意は必要ありません。土産とは、この女のことですから。侍女として我が屋敷で使おうと思います」

私の望み通りの言葉と、クスリと笑う声を聞かされ、私は安堵の息をつく。

第一段階は成功よ。

彼が連れていくと言わなければ、この先の計画を進められない。それどころか、私は暴君によって投獄され、ゴラスを変えられないままに、命を終えることだろう。

驚きを隠せずに目を見開いているのは、ゲルディバラ伯爵だ。

私と公爵に視線を往復させて、「なにもこんな卑しい浮かれ女《め》を連れていかずとも……」と、独り言として文句をつぶやいていた。

浮かれ女とは、ひどい侮辱ね……。

私はまだ生娘だ。いやらしい男たちの要求を可能な限りに撥ねのけて、これまで与えた報酬の最たるものは、服の上から胸を一度だけ触らせるというもの。

娼婦になる気はないから、素肌にはけっして触れさせてこなかった。

否定したい気持ちはあるけれど、先ほど公爵に黙っているように言われたばかりなので、私は睨むだけで我慢している。

するとそこに、「お待ちください！」と若い女の声がして、鮮やかな橙色《だいだいいろ》のドレスを着た見知らぬ娘が現れた。

赤茶の縦巻きの髪を揺らして、肩で息をしているところを見ると、どこかから走ってきたようだ。

「エロイーズ!?　供もつけずにひとりで出てきたのか。はしたないことをするな！」

伯爵の言葉で、彼女が誰かを理解する。

エロイーズ嬢はゲルディバラ伯爵の末娘。

ふたりの姉はどこかの貴族に嫁いだはずで、彼女だけが邸宅に残っている。

いつも屋敷深くに暮らし、町に出てくることはほとんどないため、私は彼女の名前しか知らなかった。

容姿はとても愛らしい。かつては美女と評価されていた母親に似たのだろう。

父親に叱られた彼女はビクリと肩を揺らすも、意を決したように私の前に……いや、私を抱いたままの公爵の前に立ち、会釈してから口を開いた。

「侍女をお雇いになりたいのでしたら、どうかわたくしをお連れくださいませ。公爵様のおそばにいられるのでしたら、わたくしは雇われ人でもかまいません」

潤んだ瞳に赤い頬をして、彼女がオルドリッジ公爵に心を奪われているのだと、誰しも気づくところだった。

侍女として雇われる子女の多くは下級貴族の娘。

伯爵令嬢ほどの身分の高い令嬢が、侍女になることはおそらくないだろう。

ゲルディバラ伯爵は、慌てて娘を止めようとする。

「なにを言う。わしの娘が侍女などと、許さんぞ」

「お父様、お許しください。わたくし、公爵のおそばにいたいのです。そのためでしたら、働くこともいといません」

普段の彼女はきっと、父親に意見したことがないのだろう。

自分の意志を伝えながらも、父親を恐れて声も体も震わせていた。

「エロイーズ！」と怒鳴られて怯《おび》えても、必死に「お許しください」と懇願する彼女。

やがて伯爵はあきらめたように大きく息を吐き、娘ではなく公爵に言った。

「仕方ありませんな。どうぞエロイーズをお連れください。ただし、いずれは妻にするとの約束はもらいませんと。それまではけっして手を出さぬと、父である私に――」

伯爵の話を遮るかのような、高笑いが辺りに響いた。

それはオルドリッジ公爵の声で、どこかあざけるような響きのある笑い方だ。

数秒の後に、いぶかしむ伯爵に呼びかけられ、彼はやっと笑いを収めた。

「これは失礼。喜劇を見せられた気がしたものですから」

「き、喜劇ですと⁉」

「ゲルディバラ伯爵、申し訳ないが、貴公の娘を連れていく気はない。妻にもしない。

そばに置くなら美しい女のほうがよいと、男の誰しもが思うことでしょう」

目を見開いて驚いた後に、ゲルディバラ伯爵の顔が真っ赤に染まる。

浮かれ女呼ばわりした私よりも、愛娘の容姿が劣ると言わんばかりの公爵の言い方。

それに激怒しているようだ。

しかし立場上、訂正しろと詰め寄ることができないようで、歯ぎしりするばかり。

エロイーズ嬢は両手で顔を覆って、シクシクと泣きだしてしまった。

かわいそう……とは、これっぽっちも思えない。

傷ついた彼女に同情するのではなく、侮蔑の思いが湧いていた。

孤児院の子どもたちは、生きるために日々食料確保に追われているというのに、恋に浮かれ、それが破れて泣くとは、なんてくだらない。

苦労を知らないお嬢様は、あきれるほどに心が弱いのね……。

涙する彼女を見据えていると、公爵が右手で私の顎を掴み、斜め上に向かせた。

そこには私の顔を覗き込むようにしている端正な顔があり、ニヤリと口の端をつり上げて彼は問う。

「やはり、連れていくのはやめた……と言ったら、お前はどうする？　同じように泣くのか？」

試すような言い方に、私は答えを模索する。

しかし、考えても彼がどんな返事を望んでいるのかわかりそうになく、正直な気持ちで答えることにした。

「泣いても結果は変えられないでしょう。くだらないわ。連れていかないと言うなら、勝手についていくだけよ。馬の尻尾にしがみついてでも」

再び高らかに笑う公爵だったが、その笑い方は先ほどとは違って楽しそうだ。

どうやら私は、正解したらしい。

「出発するぞ」と彼がひと声かけると、護衛の者たちは馬にまたがり、御者は馬車の扉を開けて頭を下げていた。

彼にエスコートされる私が、馬車に向けて歩きだすと、沿道の群衆の中から「クレア!」と呼ぶドリスの声がした。

振り向くも、男たちの陰に隠れてしまっているのか、ドリスの姿は確認できない。

危険だと止められそうに思ったから、直接別れを告げず、手紙を置いてきた。

それには、私が貴族の出自であることも含めたすべての事情と、突然出ていくことへのお詫びや、今までお世話になったことへの感謝を綴ってある。

それを読んでドリスは駆けつけてくれたのだろう。

手紙の最後には、こう書いた。

【きっとこの町を変えるから、待っていて】

十二歳で孤児院を出てから、衣食住に困らず生きてこられたのは、ドリスのおかげ。

群衆の中の見えない彼女に向けて、「待っていて」と手紙と同じ言葉をつぶやいた。

それから西の丘に視線を移すと、孤児院の建物の端と、点のような墓石群がここからでも確認できた。

メアリーの埋葬に立ち会えなかったことは悔やまれるけど、もう後戻りはできない。

最後に見たメアリーの笑顔を思い出すと、他の子どもたちの無邪気な顔も次々と脳裏によみがえってきた。

馬車の前で思わず足を止めた私に、「早く乗れ」と、公爵が背中を軽く押す。

促されて乗り込んだら、親しき人と別れる一片の寂しさを、完全に封じ込めた。

私の覚悟は揺るぎない。

必ずやゴラスに変革をもたらしてみせるから、みんな、楽しみに待っていて……。

企み合うふたりは、海風に吹かれて口づける

旅立ちから、十日が過ぎた。

ここは王都エルゴーニュ。ゴラスからは馬車で丸二日もかかり、国の南に位置している。

海に面した港も緑豊かな山もある美しくも巨大な街で、その正確な大きさは、まだ私には計り知れず、オルドリッジ公爵邸の周囲しか把握できていない。

部屋数が八十ほどある三階建てのこの屋敷で、私は使用人たちに行儀見習いの侍女として紹介され、二階の南西に立派な居室が与えられていた。

六時の朝の鐘の音を聞きながら、私は身支度を始める。

キャビネットを開けると、そこにはオリーブグリーンや明るい水色、クリーム色などのワンピースが十数着かけられていて、これを着るようにと言われていた。

他の使用人女性と同じような、簡素な服のほうが着慣れているけれど、私はメイドではないのだから、少々見栄えのする服を着る必要があるみたい。

オリーブグリーンのワンピースを選んで着て、その上に白いエプロンをつける。

洗面鉢で手と顔を洗ったら、自室を出て一階に下り、北側の通路を通って別棟へ。

ここは使用人たちの寝起きする居室があり、掃除用具置き場や洗濯室、厨房もこの棟に設けられていた。

洗濯室に入っていくと、木綿の頭巾をかぶったメイドが三人、しゃがみ込んでいて、たくさんの洗濯物を前に手を泡だらけにしていた。

「皆さん、おはよう。私も洗濯を手伝うわ」

そう言って腕まくりをした私に、メイドたちはそろってギョッとした顔をして、四十代と思われる一番年長のメイドが、慌てて私を止めた。

「クレアさんに、御端《おはした》仕事をさせるわけにはいかないですよ」

「私、ここに来る前は毎日、何十枚ものシーツや枕カバーをひとりで洗っていたのよ」

「え、そうなんですか⁉　それでも、ここではお手伝いいただくわけには……。私どもがジェイル様に叱られてしまいますし……」

ジェイル様というのは、オルドリッジ公爵の名だ。

彼はジェイル・フランシス・セオドア・オルドリッジといい、屋敷内の者にはファーストネームで呼ばれている。

この屋敷に暮らすオルドリッジ家の人間は、今は彼ひとりだが、秋の収穫祭を終えると、都から遠く離れた領地の大邸宅で暮らす彼の家族もやって来るそうだ。

爵位を早々に息子に譲り、楽隠居生活を送っている彼の父親が『旦那様』と呼ばれているため、公爵となっても彼は名前で呼ばれるという事情があるらしい。

よって私も、彼をジェイル様と呼んでいる。

『ジェイル様に叱られる』という理由で、私は洗濯をさせてもらえなかった。

「クレアさんは、ジェイル様のお世話をなさってください」とも言われて洗濯室を追い出され、私は唇を引き結ぶ。

ジェイル様のお世話をしろと言われても……。

彼を私に執心させるという思惑があるので、もちろん世話を焼きたい気持ちはあるが、させてもらえないのだ。

通路を引き返して、階段を上り、三階の南側の廊下に足を進める。

廊下の中ほどにある扉の先がジェイル様の寝室で、そのドアの前に立つと、どうせ今日も追い払われるだろうとわかっていながら、ノックした。

中からすぐに顔を出したのは、ジェイル様の近侍。

仕事の補佐から屋敷の鍵の管理、身の回りの世話までなんでもこなしている細身の三十代男性で、彼は使用人たちから『オズワルドさん』と呼ばれている。

いつも深緑色の上着に茶色のズボンを穿いて、黒っぽい短めの髪は、前髪からすべてを後ろに流していた。

彼はゴラスでの視察にも同行していた側近で、私の印璽を見極めていた人でもある。

私を見るとオズワルドさんは、『またか』と言いたげに、知的な面立ちの眉間に微かに皺を寄せる。

「オズワルドさん、ジェイル様の朝のお支度を私にやらせてください」

「無用ですと言ったのは、これで五度目ですが」

「私は侍女として働くために、この屋敷に来たのよ」

「あなたがなにをして、なにをしないのかを決めるのは、ジェイル様です。それに従ってください」

やはり今日も私には、なにもさせてくれないようだ。

都の男性貴族は侍女をはべらせていると聞いたのに、旅人の話は嘘だったの？

それとも、ジェイル様が特別に女性に興味を持たない男性なのか。

私としては、純潔を早々に散らされることも覚悟の上でついてきたというのに、彼は私を近寄らせず、寝室と執務室への立ち入りを禁じた。

主人の世話の代わりに私に言いつけられたことは勉強で、一階にある広い書庫で

『知識を身につけろ』と命じられたのだ。

勉強が、なんの役に立つというのよ……。

読み書きや金勘定以外の教養の必要性を理解できず、命令には従っていない。

私には月給が支払われるのだから、労働をもって応えたいという思いもある。贅沢に勉強をして一日を終わらせるなんて、ズルをしている気分で落ち着かないのだ。

仕事を求める私と、『無用』の単語を繰り返す、厳しい表情のオズワルドさん。

ドア前で押し問答を続けていたら、まだ白い寝間着姿のジェイル様が、ナイトガウンを無造作に羽織って、近侍の後ろに現れた。

髪の跳ねさえ魅力的な麗しい男は、片眉をつり上げ、あきれ顔で私を見る。

「クレア、オズワルドは忙しい。煩《わずら》わせてくれるな」

オズワルドさんの前に出て、私と向かい合うと、ジェイル様は私の頭に大きな手のひらをポンとのせた。

まるで駄々っ子をあやすような仕草にムッとして、その手を払いのけると、私は直ちに切り返す。

「忙しいのならなおのこと、私が手伝います。仕事を与えて」

「駄目だ。時間があるなら本を読め。朝の勉強ははかどるぞ。お前の行き先は書庫だ。

嫁入り前の娘が、男の寝室に立ち入るものじゃない。わかったら、回れ右だ」

ジェイル様の手が私の肩を掴んで体の向きを反転させ、背中をトンと押した。

私が一歩前につんのめった直後に、パタンとドアの閉められた音がして、振り返るとふたりの男性の姿は消えていた。

ドアを見つめて、困ったと心の中でため息をつく。

ゴラスでは、私がたった三秒見つめただけで男たちはたちまち頬を赤らめ、いやらしく言い寄ってきた。

このプラチナブロンドの髪や碧眼や白い肌を褒めそやし、誰もが私に触れたがった。

それなのに、私が見つめても、作り笑顔で話しかけても、ジェイル様は動じない。少しも心を動かしてはくれないのだ。

美貌という私の武器が、彼に通じないのはどうして？

彼自身が見目麗しい男性だから？

私が自分を美しいとみなしているのは、けっしてナルシスト的な思いではなく、客観的な感覚だ。

ゴラスの男たちが、私の容姿は男に求められるものだと、教えてくれたのだ。

もしや、王都の女性たちには優れた容姿の者が多く、ここだと私は平凡の部類に入るのだろうか……。

それなら私は困ることになる。自分から男を誘って惑わせた経験はなく、どうしたらジェイル様の心を奪えるのか、さっぱりわからない。

見た目の他に、使える武器はないかしら……。

冷静に黒い考えを巡らせながら廊下を歩きだし、私は自室へと引き揚げた。


その日のほとんどを自室で企むことに費やした私は、空が薄っすらと赤みを帯びるのを見て、やっと部屋を出る。

向かう先は、別棟にある厨房だ。

夕方のこの時間、使用人たちはお茶を飲みながら休憩中だと知っている。

オルドリッジ家の人間はジェイル様しか暮らしていないというのに調理人は五人もいて、晩餐の準備には少しばかり早いから、彼らもティータイムの輪の中に交ざっているはずだ。

別棟の廊下を、足音を忍ばせて歩く。

前方には開けっ放しのドアがあり、大勢の人の楽しそうな話し声が聞こえてきた。

「でね、今朝は洗濯を手伝わせろと言うのよ。もう、びっくりしちゃって。ご実家では洗濯を日課にしていたとも話してたわ」

「趣味が洗濯？　変わってるな。クレアさん、どこの家の娘さんと言ってたっけ？」

「さあ？　オズワルドさんからは、懇意にしている子爵家の令嬢としか聞かされていないよ」

どうやら話題にしているのは、私のことみたい。

二十数年前に領地を奪われた辺境伯の娘であることは、他の者には『黙ってろ』とジェイル様に言われている。

エリオローネという家の名も伏せ、印璽も見せてはいけないそうだ。

ゴラスを発つ馬車内で、その理由を彼はこう説明した。

『お前の家が敗戦したせいで、国境線が書き換えられたんだ。この国に害を及ぼした一族だと、敵意を向ける者がいてもおかしくない。素性を隠したほうが身のためだ』

その言葉は私の身を案じているように聞こえたけれど、一方で裏がありそうな感じの笑みを、口の端に浮かべていたのが気になった。

私を連れていくことにしたのは、ただ単に気に入ったからではなく、なんらかの思惑があってのことだったのかもしれない。

しかし、あのとき、すぐに問いただすことはしなかった。

私だってジェイル様を利用しようと企んでいるのだから、お互い様で、彼が私をどうしようとしているのかは、これから距離を縮めつつ探っていけばいい。

ドアに近づいてそっと部屋の中を覗き込む。

そこは使用人の食堂で、三十人ほどの男女が簡素な木目のテーブルを囲んでいた。大きなテーブルの上には、焼き菓子が数種類と果物やジャムの瓶が並べられ、紅茶を飲みながら会話を楽しみ、なかなかの贅沢ぶりだ。

すごいわね……。

ゴラスの庶民には、夕方のティータイムの習慣はなかった。

そんな贅沢ができるのは一部の金持ちだけで、これだけ見るにつけても、王都の民はゴラスの民よりも豊かな生活を送っているのがよくわかる。

孤児院の子どもたちがひとり立ちした後には、ここの使用人のように、ひとときのティータイムを楽しめる生活をさせてあげたい……。

私を動かすのは、丘の上の孤児たちの顔。

今もあの子たちのことを思いながら、足音を立てないように気をつけて、すばやく食堂前を通り過ぎ、廊下の突きあたりにある無人の厨房へと足を踏み入れた。

広々とした厨房には、煮炊き用のレンガのかまどが四つもあり、壁にはめ込まれた立派な石窯もあった。

たくさんの調理器具が壁にかけられて、天井からは干し肉の大きな塊が三つもぶら下がっている。

『ドリスの宿屋の台所と、ずいぶん違うものね』と感心しつつ、私は部屋の中央にドンと構える調理台に歩み寄る。

そこには今夜の晩餐用と思われる、たくさんの食材が並べられていた。

まだ見に行ったことはないが、王都には巨大な港があると聞いている。

そのためか、ここでの食事のメイン食材は、肉より魚介類のほうが多かった。

ゴラスは海から遠く離れており、私は川魚料理しか作ったことはないけれど……なんとかなるだろう。

これから私は勝手に料理する。

それは自室にこもって半日を費やし、やっと思いついた企みの第一段階だ。

平べったい魚の名前は知らないが、木桶に入っていた見たことのない魚十匹をすべてさばいて、白身に小麦粉をまぶす。

それをバターでソテーした後は、発酵させてあったパン生地を伸ばしてひねりを加えて成形し、石窯で焼いた。

野菜と干し肉のスープを作り、白身魚のソテーにかけるトマトソースを作り終えたら、厨房の入口に人影が見えた。

「ク、クレアさん⁉　なにやってるんですか！」と男性調理人たちが、慌てて私に駆け寄ってくる。

「晩餐用の料理よ。よくできたと思うんだけど、どうかしら。味見してくれる？」

小皿に料理をよそい、調理人たちの手に押しつける。

困っているような、怒っているような顔をしながらも、彼らは渋々味見してくれた。

「味は悪くないですよ。ですが、舌平目のムニエルにはホワイトソースをかける予定でしたし、ジェイル様のご帰宅時間に合わせて調理するほうが断然おいしいのに……」

ジェイル様は今、王城に出向いている。

彼はよほど優秀なのか、国王の一番そばで政務の補佐をしているそうだ。

貴族たちがそれぞれの領地の田舎屋敷から、王都の町屋敷にやって来るのは、秋の収穫祭を終えた頃で、男たちは議会に出席し、女たちはお互いを訪問して交流する。

サロンや各種宴も頻繁に催され、それは春まで続くと聞いた。

ジェイル様を含め、国王が認めた男性貴族だけはその範疇《はんちゅう》になく、年中都に暮らして国に仕え、領地のことは他の家族に任せているらしい。

そして王城で仕事をしている彼の帰宅時間は、だいたいいつも二十時頃。

今から二時間ほど後のことになる。

調理人のティータイム中に料理をしなければ止められてしまうので、作る時間が早すぎるという指摘は覚悟の上。

この平べったい魚……舌平目にかけるソースは、トマトがたくさん置いてあったから、トマトソースだと思い込んでしまった。

ホワイトソースにしなかったことについては、「間違えてごめんなさい」と謝罪の言葉を口にした。

私より二十ほど年上に見える調理人は、苦情をたっぷりと言った後に、焼き上がって間もないパンを指でつついている。これについても、文句があるようだ。

「パンだって、予定していたものと違いますよ。なんでひねってあるんですか」

ひねりパンは、ゴラスでは一般的。

髪を編み込んだような形にしてある理由は、少ない生地でも大きく見栄えがするからで、貧しい庶民の知恵といったところだ。

王都では丸いコロンとした手のひらサイズのパンや、四角いパンをスライスして食べることが多いみたい。

それについては、理解していながらわざとひねりパンにしたので謝らない。

思惑があってのことだから。

「クレアさん、料理は我々の仕事です。あなたに作らせたと知られたら、我々がジェイル様やオズワルドさんに叱られるんですよ」

「それなら、私が作ったことは内緒にしましょう。今回のことはどうか許して。二度としないわ。なにもさせてもらえないことが苦しかったの。けっしてあなた方を困らせたかったわけじゃないのよ」

殊勝な態度で謝り、頭を下げた。

非のない彼らを困らせたかったわけじゃないという気持ちは本心だが、目的を遂げるためには困らせてもかまわないと思ったこともまた、正直な気持ちである。

深々と下げた頭をなかなか上げない私に、調理人たちは慌て始めた。

一番の年長者が私の肩に手をかけて上体を起こそうと試み、「わかりました。クレアさんが作ったことは内緒にして、それで終わらせることにしますから……」と、許してもらえた。

やっと頭を上げた私は、一人ひとりと視線を合わせて、「ありがとう」と作り笑顔を浮かべてみせる。

すると五人の男たちの頬は、そろって赤く染まった。

その反応を確認して、心で分析し始める。

王都であっても私の見た目は、男に好かれるようね。

やっぱりジェイル様は美しい自分に見慣れているから、私の容姿に興味を示さないのかしら……。


黄色の月が王都の夜空を飾る二十一時、沐浴《もくよく》をすませた私は、自室の鏡の前で髪を梳《と》いていた。

寝間着姿ではなく、淡く澄んだ水色のワンピースを着て、エプロンははずしている。

櫛《くし》を鏡台に置き、ランプの明かりに照らされる真顔の自分と視線を合わせながら、そのときがくるのをじっと待っていた。

料理人には内緒にすればいいと言ったけど、今夜の晩餐を作った者が私だと、ジェイル様は気づくはずだ。

ゴラスの庶民の生活路まで視察していた彼だから、ひねりパンがゴラスの食文化であることも知っていることだろう。

そして彼は私を呼び出す。注意を与えるために……。

そろそろ彼は食事を終えた頃かと思ったら、緊張に鼓動が二割増しで速度を上げた。

常に冷静でいないと、と深呼吸をして心を落ち着かせると、部屋のドアが小さく三度ノックされた。

来たわ……。

椅子から立ち上がってドアを開けたら、晩餐の給仕係のメイドがひとり立っていた。

たしか彼女は私よりひとつかふたつ、年上だったはず。

しかし、そばかすを散らしたその顔は、私よりもずっと幼く純真そうに見える。

大人になっても綺麗な心のままでいられるのは、これまで人の悪意に触れずに幸せに暮らしてきたせいなのかもしれない。

彼女の用向きは聞かずともわかるが、「どうしたの？」と首をかしげてみせた。

「ジェイル様がクレアさんをお呼びになられています」

「そう。どこへ行けばいいのかしら？」

「執務室です」

「わかったわ」と答えると、メイドは一礼してから立ち去った。

無人となった廊下に歩きだしながら、私はひとり、ほくそ笑む。

ここまでは計画通りね……。

ジェイル様の寝室と執務室には、立ち入り禁止だと言われている。

それなのに今、彼のほうから私を叱るために執務室に呼び出してきた。

勝手に料理をするなと注意しても、私ならふた言三言、言い返してきそうだと、これまでの関わりから予想できるはずで、使用人たちのいる場での口論は避けたいと、彼は考えたことだろう。

それは口論の末に私が余計なことを口走り、辺境伯の娘であるという素性がバレることを懸念しているためだ。

彼には彼の思惑があって、私の素性を隠したがっているのは、わかっていた。

ジェイル様の心をうまく読み取り、操ったつもりでいる私は、わずかに口角を上げて、二階の北東の角にある執務室までやって来た。

廊下の壁の燭台にぼんやりと照らされるのは、浮き彫りの二重枠で飾られた一枚板の立派なドア。

それを初めてノックすると、「入れ」という低い声が中から響いた。

いつものようにオズワルドさんが開けてくれるのではないことも、予想通り。

近侍の彼はジェイル様の食事中も後ろで待機していて、主人の食事後にやっと自身も別室で食事となる。今頃は、私の手料理を口にしているところだろう。

「失礼します」とドアを開けて一歩中に入り、後ろ手に閉める。

「呼びましたか？」と素知らぬふりして尋ねたら、「ああ、呼んだな。お前を叱るために」と、不機嫌そうな声が返ってきた。

初めて目にした執務室は、私に与えられた部屋の二倍ほどの広さ。

火の入っていない暖炉と振り子の柱時計と窓以外の壁は書架で埋められ、私には読めない他国の文字を背表紙に刻んだ難しそうな本も並べられていた。

中央には重厚な執務机が置かれ、羽根ペンにインク、書類が山と積まれている。

執務机の奥に目をやると、足を伸ばしてくつろぐことのできる布張りの長椅子が一脚。それと、カップがふたつしかのせられないような小さな丸テーブルがあった。

ワインレッドとダークブラウンでまとめられた執務室は上品で貴族的だが、機能的にも見える空間。

ジェイル様は執務机に向かって革張りの椅子に深く腰掛けていて、その琥珀色の瞳は、ドア前に立ったままの私を鋭く睨みつけていた。

「来い」と言われて歩きだし、私は執務机の二歩手前で足を止め、机を挟んで彼と向かい合う。

「晩餐の料理を勝手に作ったそうだな」と、冷たい声で想定通りの言葉をかけられ、私は用意していた返事を口にする。

「調理人には秘密にしてと言ったのに、彼らは正直ね。余計なことをしてごめんなさい。でも私、ジェイル様のためになにかしたかったの。あなたは私を遠ざけるから、せめてこっそり料理を作って食べてもらいたかったのよ」

殊勝な態度で弁明してからわざと目を泳がせ、困っているように見せかけた。

そんな私をいじらしく思い、怒りを解いてくれるのでは……そう考えていたのに、

「嘘つきめ」と見破られてしまった。

彼はおもむろに立ち上がると、執務机を回って私の前に来た。

いつもの黒い上着を脱ぎ、シルクのブラウスと黒いズボンという装いで、上級貴族の彼にしては簡素な身なりをしていた。

それでも気高い迫力を失わないのは、彼自身に染みついている貴族的な品格によるものなのか……。

わずか半歩の距離から睨むように見下ろされては、気圧されそうになる。

それに耐えて引かずに強気な視線をぶつけていたら、「扱いにくい女だ」と、彼はため息まじりにつぶやく。それから、瞳の厳しさをいくらか和らげてくれた。

「俺を騙せると思うなよ。お前が料理したことを、最初から俺に気づかせる算段だっ

たのだろう？　ゴラス風のパンを焼いたのだからな。さしずめ俺に叱られたくて勝手に料理したというところか。こうしてふたりになる時間をつくるために」

言いあてられて、内心驚いていた。私の企みに気づいていながら、こうして執務室に入れてくれたことも予想外だ。

しかし、驚きはしても慌てることはなかった。

彼のプライベートな空間でふたりきりになるという、望んだ結果が得られたのだから、なにも不都合はない……そう考える私の口もとは、緩やかな弧を描いていた。

私が微笑したことに気分を害したのか、ジェイル様はまた少し瞳の厳しさを取り戻し、男らしくも繊細な指で私の顎をすくい上げた。

じっと探るように私の目を覗き込み、フンと鼻を鳴らす。

「目的をまだ白状させていなかったな。ゴラスで俺の馬車を止め、連れていけと言った理由を聞かせてもらおうか」

「今はまだ言いたくないと言ったら？」

「地下室に閉じ込められたくなければ吐け。あのとき、自分だけが貧困から抜け出そうという目的ではないと言ったよな？　家の再興も違うと言った。さらに色恋でもないのなら、いったいお前は――」

彼の話を遮るように、私は顎にかかる指をはずした。眉間に皺を寄せる彼の首に両腕を回しかけ、背伸びをしてその頬に口づける。

唇を離しても腕はほどかず、息のかかる距離で精いっぱい、妖艶に微笑んでみせた。

「ジェイル様についてきたのは、色恋が目的よ」

「俺に惚れたようには見えないぞ」

「ええ。私があなたに惚れる必要はないの。あなたを私の虜《とりこ》にしたいのよ。ねぇ、この体……欲しくない？」

大丈夫。鼓動は速まるけれど、まだ平常心の範疇で、台本通りの演技を続けていられるわ……。

私の容姿に惹かれてくれないのなら、女の色気を新たな武器にすることを思いついて、この計画を企てた。しかし、色気という武器をこれまで使ったことがないので、これで正解なのかはわからない。

彼の頬を指先でなでてみる。甘ったるい声で「欲しいでしょう？」と誘い、できうる限りの色気を出そうと試みている私だが、彼の反応は期待するものと違っていた。

顔を赤らめるのでもなく、舌舐めずりするのでもなく、声をあげて愉快そうに笑ったのだ。

「そういえば、ゴラスの兵士に襲われているところを助けてやった後、お前は聞いたな。俺ならゴラスを救えるのか？と。読めたぞ。俺の心を奪って操り、ゴラスの政治に介入させようとしているのだな？」

この人……賢いわ。

企みのすべてを教えていないのに、私の最終的な狙いを言いあてられた。

笑みを消して、彼の首に回しかけていた腕もはずし、私はどうしようかと考える。

ゴラスに干渉することは、彼にとって利のないことだから、私にのめり込ませるまでは打ち明けないでおこうと思っていた。警戒されないために。

台本通りにはいかないわね……。

琥珀色の瞳を見ながら計画を練り直そうとしていたら、ジェイル様がニヤリと笑い、私の腕を掴んだ。その腕を引っ張るようにして歩きだし、奥の長椅子まで移動する。

座って話そうというのかと思いきや、そうではないようだ。

彼は足を投げ出し、くつろいだ姿勢で長椅子を独占すると、私を目の前に立たせて麗しい唇の端に悪意のある笑みを浮かべた。

「脱げよ」

「下着になれというの？」

「いや、裸になれ。俺を落としたいんだろ？」

その言葉に私はわずかに目を見開く。

なんとしても彼の心を掴まねばならないのだから、色仕掛けの結果として、ここで破瓜《はか》を迎えることも覚悟していた。それでも『脱げ』と命令されるとは、予想外だ。

男が女の衣服を脱がせ、女はされるがままでいいと思っていたけど、違うのかしら。世間一般の情事のあり方を知らないので、これについても正誤が判断できなかった。

脱がされるのではなく、自分で脱ぐ……そのことに戸惑って動けずにいたら、生ぬるい覚悟でいるのかと勘違いされてしまう。

「俺を虜にさせると豪語していたくせに、怖気づくのか？　汚い体に興奮することはないから、見せてみろと言ってるんだ」

「私は綺麗よ。純潔を守っているわ」

「そういう意味じゃない。俺がお前に欲情できるかどうかが重要だ。お前が生娘であろうがなかろうが、どうでもいい。どうせ妻にはできないのだからな」

妻にはできない……その言葉に引っかかりを感じて、私はまた考え込む。

そういえば、彼の妻の座に納まるという野望は持たなかった。

ジェイル様が未婚であることを知ったのは、ゴラスで馬車を止めた後のこと。ゲルディバラ伯爵の末娘が出てきて、伯爵がゆくゆくは娘を妻にしてほしいというようなことを言ったときだ。

私としては、彼に妻がいてもいなくてもかまわない。彼の妻よりも気に入ってもらえるような関係になればいいのだから。

私自身の幸せなど望んでいない。愛人で結構なので、ゴラスを救うと約束させたい……望みはただひとつ、それだけだ。

長椅子には、ワインレッドのビロード生地を銀糸で美しく彩ったクッションがひとつ添えられている。

彼はそれを手に取り、枕にして、完全に長椅子に寝そべってしまった。「どうした？」と問われ、「脱げないのなら出ていけ。話は終わりだ」と冷たく言い放たれる。

考えていただけで、覚悟がないわけじゃない。

『見くびらないで』と心につぶやいた私は、水色のドレスに手をかけた。Uの字に開いた胸もとのボタンをはずし、ドレスを裾からまくり上げるようにして脱ぎ捨てる。

レースのついた上質の下着も、ここでそろえてもらったもの。

靴を脱いだ後に下着もためらいなく剥いでいき、絨毯《じゅうたん》敷きの床に落とした。

一糸まとわぬ姿を男性に見せたのは、生まれて初めてのこと。

私に言い寄ってきたゴラスの男たちの中には、裸を見せろというような要求をしてきたいやらしい者もいたけれど、応じなかった。金貨一枚をくれてやると言われても、そこまでのことはできない。

男たちに対する嫌悪や、貢ぎ物の報酬を与えることに罪悪感のようなものもあり、なるべく触られないようにしていたし、肌を見せることもしなかった。

それが今は、嫌だという気持ちさえ湧かない。いや、心の奥底に押し込め、覚悟という名の蓋をして、湧き上がってこないようにしている。

娘らしい恥じらいや、嫌悪さえ捨て去らなければ、きっとこの人は落とせないと思うからだ。

それでも、鼓動が爆音を響かせているのは、どういう理由なのか……。

意志の力がわずかに及ばぬこの心を悟られまいとして、無表情を貫いていた。恥部を隠すこともせず、両腕は横に下ろしたままで、肌をすべるように移動する彼の視線に耐える。

恥ずかしいと思っては、負けよ……。

そう言い聞かせても、どこまでも速まる鼓動と、不安定に揺れだす心。

それらに必死に抗う私の努力は……無下にされることとなる。

欲情するどころか、「その程度の体で、俺が惑わされるとでも思ったのか？」と、彼は言い放ったのだ。

ショックを受けて顔をこわばらせたのは、裸体をけなされたからではなく、武器としての利用価値を失ったせいだ。

裸を見せても、彼の心を動かすことができないなんて、これから私はどうやって戦えばいいの……と、途方に暮れる思いでいる。

思わず目を逸らしてうつむくと、彼が長椅子で身を起こした気配がした。

長い腕が床の上のドレスを拾い上げ、ポンと投げるように私に渡す。

「着ろ」

「はい……」

下着を拾い、脱いだのと逆の順序で衣服を身につけ、もと通りの姿になると、彼に言われた。

「痩せすぎだ。もっと食べて太れ」

「……醜いのは、痩せているせいなの？」

「誰が醜いと言った。お前の体はバランスが取れていて、肌は白く美しい。だが、肉の厚みが足りん。触りごたえがなさそうだ。食事量を半分にしていると聞いたぞ。なぜ減らす？」

膝の上にのせた手の指を組み合わせ、眉間に皺を寄せて彼は静かな声で問う。

「それは……私には多すぎるから。残すのは嫌なの。粗末にしたくないから、半分の量で出してくれるように頼んだのよ」

答えながらも、目を瞬かせて考えていた。

彼の言い方だと、もう少し太れば、私の体は彼好みになるということなのか。

武器としての価値が生まれるのなら、太りたいと思うけれど……食べることは得意じゃない。

これまで貧しさが日常であったためか、食べることに罪悪感が伴う。私が多くを食べれば、他の人の取り分が減ると心配してしまうのだ。

無論、ここでは無用の心配と理解していても、染みついた罪悪感を拭うのは難しい。この屋敷での食事は特に贅沢だから、おいしいと感じるたびに心が痛み、食べることは苦痛だった。

たくさんの料理を前にする自分を想像し、顔をしかめていたら、ジェイル様がフッとやわらかく笑うのを見た。

「クレア、これからは朝食を俺と同じテーブルで取るようにしろ。晩餐も、俺の帰りを待っていられるなら、一緒に食べよう。ひとりで食べるよりは、話しながらのほうが食が進むだろう」

急に優しい言葉をかけてきた彼に、戸惑う。

その提案は、彼に近づきたい私としては願ってもないことだけど、どうして突然そんなことを言うの？　今まで世話をさせてくれず、書庫にこもって勉強してろと命令し、私を遠ざけてばかりだったのに……。

彼の思惑が読めなくて、首をかしげながらもうなずくと、勉強についても言われた。

「ちっとも書庫に出入りしてないそうじゃないか。勉強しろと言っただろ。学び方がわからないのなら、家庭教師を雇うか？　なるべくなら、クレアをまだ外部の者に接触させたくはないが……」

「そんな贅沢なことしないで。やろうと思えば自分で学べるわ。必要性がわからないから勉強しないだけよ」

私が教養を身につけても、使い道がない。サロンや宴に出席して他の貴族と交流するわけでもないし、家の再興を望んでいるわけでもない。貴族的に振る舞う必要はないのだ。

読み書きと金勘定さえできれば問題ないと思う私に、ジェイル様は諭すように言う。

「クレアは教養を身につけねばならない。必要性ならあるぞ。俺は中身のない女は嫌いだ。いくら見た目が美しくとも、抱きたいとは思わんな」

挑戦的な目をして「俺を落としたいんだろ?」とニッと笑った彼に、私は素直にうなずいていた。

そう言われたら、勉強する気になるわね……。

「よし」とジェイル様は立ち上がり、私の腰に腕を回して歩きだす。誘導した先はドアだった。

「学びやすいよう、毎日課題を与えよう。時間があれば、俺が教師をしてやる。早く知識を身につけて、俺が惚れるような才女になれよ」

アハハと楽しそうに笑う彼にドアの外に追い出され、パタンと扉を閉められた。

明るい執務室から出ると、廊下はやけに薄暗く感じる。

目が慣れるまでその場に佇み、静けさの中で私は眉を寄せて考えていた。

今日企てた計画は、失敗なのか、成功なのか……。

台本通りにはいかなかったけれど、今後、彼と過ごせる時間は増えそうで、望む結果には近づけた気がする。

でも、からかわれてうまくあしらわれ、彼の思惑通りに動かされたような……。

私よりも彼が終始優位に立っていたと感じたのは気のせいではなく、きっと彼のほうがずる賢く、一枚上手なのだ。

私にあの人が落とせるだろうか？と疑問が湧いて、迷いが生じる。

なにもできないまま、ゴラスに逃げ帰るつもりはないけれど……。


朝の五時だというのに、夏の太陽はまぶしいほどに照りつけて、小鳥たちは庭の梢の葉の陰で盛んにさえずり合っている。

開け放した書庫の窓からは、夜の涼しさをいくらか残した風が入ってきて、隣に座る見目麗しい男の前髪を揺らしていた。

「ここは覚えておけ。古代の英雄の歴史は、貴族たちの好物だ。会話の中で上がることもある。それと、ここの……おい、クレア。聞いているのか？」

右隣から問いかけられて、ハッとする。窓からの涼風がジェイル様の香りを私に届けるから、つい気持ちよくなっていたのだ。

彼の美しい面立ちはすっかり見慣れたが、まとう香りにはいつも心惹かれるものがある。

どうして彼は、いつもバラの香りがするのだろう。

王都には香り成分を抽出する技術があって、瓶に入れたバラの香りを振りかけているということかしら。

ゴラスには、そんな商品はない。いや、高級店の棚にはあったのかもしれないが、庶民には無縁のもので、私はこれまでに見たことがなかった。

朝の勉強中、うっかり素敵な香りに気を取られてしまった私だが、けっして話を聞いていなかったわけではないし、今『覚えておけ』と言われた箇所も丸暗記してある。

隣から非難めいた目で見られ、「聞いてたわよ」と私は急いで口答えをした。

書架に囲まれた空間の中央には、彫刻の美しいマホガニーのテーブルと椅子が四脚。

書庫にいるのは私たち、ふたりだけ。

前に執務室で『時間があれば、俺が教師をしてやる』と言った約束を彼は守っていて、朝食までの二時間ほどを、毎日隣で過ごしてくれていた。

多忙な彼の貴重な時間を無駄にしないためにも、私は貪欲に勉強に励んでいる。

丸暗記している該当箇所を、空で口にしてみせたら、彼は眉間の皺を解いてくれた。

「いいだろう。お前の記憶力はたいしたものだな」

存分に本を読める環境を与えられ、勉強することの面白みを初めて知った私は、自分の世界が広がりつつあるのを感じている。

新しい知識を得るたびに思うのは、ゴラスの孤児院の子どもたちのこと。

あの子たちにも、勉強できる環境をつくってあげたいと夢見て、そのためにはジェイル様を恋に落とさねばならないと、心は黒い企みの中に戻されるのだった。

早く、彼にとって価値のある女にならないと……。

やがて書庫の扉がノックされた。

現れたのはオズワルドさん。

今日も真面目で愛想のない顔を見せる彼は、「朝食のご用意が整いました」と事務的にジェイル様に伝える。そして、私にはひと声もかけてくれず、すぐに出ていった。

ドアの開閉により窓から涼風が吹きつけて、バラの香りが色濃く私に運ばれてくる。

それによって私はまたしても、ふっと気を抜きたくなるような気持ちにさせられた。

何度嗅いでも、いい香りね……。

「ここまでにするか」とジェイル様は椅子から腰を浮かし、手もとの本を閉じて、別の本を私の前に置いた。

「さっき教えた部分は復習しておけよ。これは明日の朝までに目を通して――」

私が学ぶべきことを指示している彼は、なぜか途中で言葉を切った。椅子に横向きに座り直すと、ニヤリと口の端をつり上げて私を見る。

「勉強を教えてやるようになって、ひと月か。お前の努力と根性は認めてやる。知識の向上も目覚ましい。今日は褒美をくれてやろう」

「褒美？」

その言葉に私は顔をしかめる。

メアリーの薬代が必要だったときとは違うのだ。アクセサリーも宝石も欲しくない。

しかし彼が与えようとしている褒美とは、物ではなかった。

長い腕が一瞬にして私の後頭部と背に回され、勢いよく抱き寄せられた。

とっさに突っぱねることもできないほどのすばやさで、私は鼻先を彼の胸もとに埋めていた。

シルクのブラウス一枚の胸もとからは、均整の取れたほどよい筋肉の質感が伝わってくる。

彼が私に惚れた結果としての行為なら、しめしめと思うところだが、まだそんな関係に至っていないことはわかっている。

だったら、なぜ？　抱きしめられることを私が望んでいると思ったの？

上品で甘いバラの香りをうっとりと吸い込みながらも、「これのどこが褒美なの？」と反論すれば、耳もとに低く艶めいた男の声がした。

「バレてないとでも思ったのか？　お前、ときどき俺の匂いを嗅いでいるだろう。これはバラの香水だ。好きなんだろ？　存分に嗅いでいいぞ」

途端に熱くなる私の頬。

まさか気づかれていたなんて……。

彼の察しがいいのか、それとも私は自分で思うほどには注意深くないということか。

恥ずかしさに慌て、全力で彼の胸を押したら、腕の力を緩めてくれたので、すんなりと距離を離すことができた。

まだ赤みが引いていないであろう私の顔を見て、彼はアハハと愉快そうに笑う。

「俺の前で、拒むことなく全裸になった女が、この程度のことで恥じらうのか？」

「これは、その……」

視線を落ち着きなくさまよわせ、返事に窮すれば、彼をさらなる笑いのつぼに落としてしまったようだ。

「したたかで度胸があり、この俺を相手に悪巧みをするお前が、言い訳も思いつかんのか！」

「そんなに笑うことじゃないでしょう？」

「いいや、笑うところだ。食事でも、お前はまず嗅ぐよな。パンでもスープでも、なんでも。俺の前でだけならかまわんが、よそでやるなよ。犬じゃないんだからな」

犬にたとえられたことに、ムッとした。

そんなに、なんでもかんでも嗅ぎ回っているわけじゃないわよ。いい香りだと感じたときに、つい多めに息を吸ってしまうくらいで。

ゴラスでは、石鹸と太陽の香りがする干したてのシーツの匂いを、毎日のように嗅いでいたけれど……。

その後の朝食の席では、なにも嗅がないように気をつけていた。

丸いパンがふたつと、蒸し野菜をチーズソースで和えたものと、ポーチドエッグとハムが二枚。オニオンスープと新鮮なミルクと、バターにジャムに、デザートに桃のコンポートまで……。

私にとっては多すぎる量の食事を、ジェイル様に見張られながらなんとか胃袋に納め、食堂を出た。

彼も私の後についてきて、頭に手をのせ、ワシワシとなでてくる。

その親しみを込めたような仕草も、嬉しいものではない。子どものように扱われては困る。女として見てくれないと……。

「俺は仕事に出かけるが、しっかり勉強してろよ」

「言われなくてもやるわよ」

つっけんどんに言い返しても、頭から彼の手を払い落としても、なんのダメージも与えられなかったみたい。

払われた手で前髪をかき上げる彼は、フッと魅力的に笑って言葉を付け足した。

「今日の仕事は早めに切り上げる。十四時頃には帰るから、出かける支度をしておけ」

「私も出かけるの？　どこへ？」

「都を案内してやる。ひと月半も屋敷に閉じ込めていたからな。息抜きになるだろう」

ここに来てから、ひと月半も経ったのかと、過ぎた月日を振り返っていた。

たしかに屋敷の外にはほとんど出ていないけど、閉じ込められていたという意識はない。

勉強と食べること。そのふたつに今は全力を注いでいるので、街の中を見て歩きたいという気持ちが湧かなかったのだ。

それでも、せっかく彼が王都を案内してくれるというのなら、喜んで従おうと思う。彼と過ごす時間を、少しでも増やしたいという思惑があるからだ。

それから数時間が経ち、午餐の食事後も書庫にこもってひとり、本を読みふけっていると、ノックもなくドアが開いて「帰ったぞ」と声がした。

どんなに集中していても、その響きのよい声にはすぐに反応することができる。

振り向いて「ジェイル様、お帰りなさい」と答えたら、優雅な足取りで近づいてきた彼はあきれ顔を見せた。

「出かける支度をしておけと言っただろう」

本を閉じて立ち上がった私は、今朝と変わらぬ自分の身なりに視線を落としてから、「できてるわ」と首をかしげる。

夏だから外套《がいとう》はいらないし、着ている服だって、ゴラスだとドレスと言っていいほどに上質なオリーブグリーンのワンピース。フリルやリボンまでついている。

これ以上、なにを身につけろと言うのだ。

そう思っていたのだが、ジェイル様に「帽子と化粧を忘れてるぞ」と指摘された。

「帽子は持ってないわ。化粧は道具もないし、やり方もわからない」

ゴラスからは印璽のみを握りしめて出立したのだから、ここでそろえてもらった物以外の私物はない。化粧品に関しては、ゴラスでも持っていなかった。

「なるほどな」と納得した様子の彼は、「出がけのついでに買ってやる。行くぞ」と先に立って歩きだす。

その大きな背中を見ながら後ろに続く私は、贅沢品など欲しくないと考える。しかし、それらが彼を落とすために必要ならば、手に入れたいとも思っていた。

広い屋敷の廊下の角を二度曲がり、玄関ホールまで来たら、玄関ドアの横に控えているオズワルドさんの姿を目にした。

どうやら彼は外出に同行しないらしい。

「行ってらっしゃいませ」とジェイル様にのみ頭を下げる近侍は、珍しくその後に私にも声をかけてくれた。

「クレアさん、ジェイル様のお手を煩わせないよう、気をつけてください」

オズワルドさんの物事の捉え方はきっと、主人にとってどういう影響や利害があるのかということに終始するのだろう。

だから私には、注意の言葉しかかけてくれない。

それに対して、『立派な忠誠心ね』と思うだけで非難の気持ちはいっさいなく、「はい、わかりました」と無表情に答えれば、ジェイル様が隣でクッと笑った。

「お前たち、ひと月半も同じ屋敷で暮らしているんだ。少しは打ち解けたらどうだ？」

その提案に、「ジェイル様がそうしろと言われるのなら」と答える声がオズワルドさんとかぶり、思わず彼と目を見合わせる。

「なんだ、気が合ってるじゃないか」と、ジェイル様はひとり、愉快そうに肩を揺らして笑っていた。

外に出ると、玄関ポーチ前に、中型の馬車が一台止められているのを目にした。

それを引くのは栗毛の美しい二頭の馬。馬車を使うということは、王都の広い範囲を案内してくれるということだろう。

御者が恭しくドアを開けてくれて、ジェイル様は紳士的に私を先に乗せた。続いて彼も乗り込み、隣の座席に腰を下ろす。

馬車はゆっくりと走りだし、石畳の長いアプローチを抜けて門の外へ出ると、オルドリッジ家の邸宅全体が確認できた。

この屋敷は左右対称のH型をしている三階建てで、向かって左側が南棟、右側を北棟と呼んでいる。白塗りの壁は一部が大理石で飾られていて、屋根は灰色がかった青緑の瓦。三角形の上部を切り取ったような屋根の形状をしていた。

一周歩くのに十分はかかりそうな広い前庭も左右対称で、緑は直線的に切りそろえられ、芝生はいつも同じ長さに整えられている。

余計な草は一本も生えていないのではないだろうか。

防火用の丸い池には、白大理石の彫像が三体。

いかにも貴族的で、オルドリッジ家の財力をうかがわせるような邸宅は、門の外に出てしばらく進むと、他の建物に視界を遮られて見えなくなった。

四階建ての似たような外観の庭のない屋敷が軒を連ね、これはなにかと尋ねたら、庶民が部屋を借りて住む集合住宅だと教えられた。

ゴラスの集合住宅といえば平屋の長屋で、王都の民はこんなに立派な屋敷に住まうのかと驚きをもって眺める。

役所と銀行。病院と郵便施設、ブティックに劇場に画廊……。

広い大通りに建ち並ぶ店々は、古い歴史と新しい流行の両方を感じさせる店構えで、それぞれの調和がとれていて外観的に美しい。

ここを見た後では、ゴラスのメインストリート沿いの高級店は、張りぼてでつくられた紛《まが》い物《もの》のように感じてしまう。

ジェイル様は車窓を過ぎる主な建物の一つひとつに、解説を加えてくれる。

「あれは商工会議所だ。王都の商人や職人は組合と呼ばれる組織をつくり、お互いの権利を守っている。建物は百年以上の歴史があり、中央が太い円柱の柱と彫刻は……」

この外出はきっと王都についての学習で、物見遊山《ものみゆさん》ではない。

彼が話してくれることは、私が記憶しなければならない知識なのだと思って、真剣に耳を傾けていた。

そうやって勉強しながら大通りをゆっくりと進んでいたが、ある場所まで来ると、御者が馬を止めた。

「この先は、今はまだお前を連れていくことのできない場所だ」とジェイル様が言う。

ここは大通りの端で、その先は木立の中を緩やかな坂道がうねるように延びているようだ。

小高い丘の上にそびえるのは王城。

この街に到着した日にも、遠目に城の姿を確認したが、丘の麓から見上げると、その巨大さがよくわかった。

何本もの尖塔《せんとう》を備えた石造りの城は、立派という言葉だけでは表現できない、まさにこの国の支配者が住まうにふさわしい荘厳で威圧的な佇まいだ。

その尖塔には、双頭の鷲の国旗がはためいていた。

この城の門を、祖父や父はくぐったことがあるのだろうか。エリオローネ家がまだ領地を保有し、辺境伯と呼ばれていた遠い昔に……。

数秒間の停車の後に、馬車は来た道を引き返す。

人で賑わう通りの一軒の店先まで来ると、ジェイル様が御者に声をかけ、馬車を止めさせた。

「お前の帽子と化粧品を買うぞ」

それが目的みたい。

老舗の帽子屋だというこの店のドアには、王家御用達という標章が貼られていた。

中に入ると、壁が埋もれてしまいそうなほどの帽子の数に目を丸くする。

「好きなものを選べ」とジェイル様に言われても、多すぎてなにを手に取っていいのか判断できない。今まで自分のために装飾品を選んで買うといった経験がないので、自分の好みさえもわからなかった。

それで適当に、目の前にあったレースつきの黒い帽子をかぶってみようとすると、「それは葬儀用だ」と指摘された。

次に手に取ったのはリボンのついた赤い帽子で、「どう見ても子ども用だろ」と、あきれたような声を聞く羽目になる。

そこに中年の女性店員が手揉みしながら近づいてきた。

「これはこれは、オルドリッジ公爵。ようこそご来店くださいました。早速、奥の部屋でご注文を――」

店員の言葉を皆まで聞かずに片手を上げて制した彼は、私の肩に手を置いて言う。

「今日は俺の帽子を作りに来たのではない。この娘のものを見繕ってくれないか。時間がないものでな、既製品でいい」

店員の目が私に向いて、「まぁ、白百合のようにお美しいお嬢様でいらっしゃいますこと！」と大袈裟に褒められた。

ジェイル様はクッと笑い、「黙っていれば白百合かもな」と皮肉を言う。

ジロリと横目で彼を睨んだが、「公爵家の縁のお嬢様でいらっしゃいますか？」と店員に問いかけられて、なんと答えようかと思案する。

素性を誰にもバラすなと言われているから……。

ニッコリと作り笑顔を浮かべた私は、冗談めかしてこんな返しをした。

「オルドリッジ公爵とは、なんの繋がりもありません。公爵は道端に落ちていた石ころのような私を拾ってくれたんです。どうやら、小石拾いが趣味のようで」

「はあ」と生返事をする女性店員に対して、ジェイル様だけは声をあげて笑っていた。

どうやら私の返答を気に入ってくれたようだ。

帽子は普段使いのものから、なぜか正装用、儀礼用、訪問用と、種類や色形も様々に八つも買ってもらった。

その店を出て、「こんなにあっても使い道がないわ。もったいない」と贅沢を非難すれば、「俺は金持ちだから気にするな」と笑われた。

その後には、「そのうち使う日も来るはずだ」と、意味深長な言葉も付け足される。

「まさか私を社交界に出すつもりでいるの？　危険だから素性をバラすなと言ったのは、あなたなのに」

彼は私をなにかに利用しようとしている……。

それは前々から気づいていたことであっても、彼の思惑の中身までは探ることができずにいた。それを少しだけ、垣間見たような気持ちでいる。

歩きだした彼の腕を掴んで振り向かせ、「なぜ答えないの？」と問いかければ、「さあ、どうしてだろうな」とニヤリ、笑われただけ。答える気はさらさらないようだ。

掴んだ手はほどかれて、逆に腕を捕らえられる。そのまま引っ張られて、二軒隣の化粧品店に連れていかれた。

そこで私は、生まれて初めて化粧の仕方を教わることとなる。

頬に数種類の粉をはたいて、唇に紅を引く。

化粧をした金持ちの女性たちに憧れたことはないけれど、唇を赤くした自分の姿は新鮮で、鏡を見ながらこそばゆい心持ちでいた。

「色気が出てきたな」とジェイル様は満足げにうなずいて、大きな手のひらで私の頭をなでた。

いつもの私なら子ども扱いされた気分でムッとするところだが、今は頬が少しばかり熱くなり、恥ずかしさに目を逸らす。

照れくさいという言葉は、こういう気持ちのときに使うのかと、新しい感情の芽生えを感じていた。

買い物をすませ馬車に戻ると、御者は馬の鼻面を横道に向け、住宅が建ち並ぶ中を南へと走らせる。

「次はどこへ行くの？」

「港を見せてやる。王都の港は大きいぞ。きっとお前の目には珍しく映るだろう」

王都といえどもやはり、大通りからはずれると景観の質は下がる。

このあたりは装飾性の低い平屋の民家が軒を連ね、庶民の生活路といった雰囲気だ。

道行く人々の身なりも、素朴で機能的。それでもゴラスとは比べ物にならないほど、豊かな生活を送っているように見えるけれど。

二十分ほど南に進むと、急に景色が開ける。

石のブロックを緻密《ちみつ》に積み上げた倉庫と思しき大きな建物が、前方に十二棟も建ち並び、その手前は石畳の広場のようになっていた。

噴水が涼しげに水飛沫を上げ、木陰にベンチが置いてある。

幌を上げた馬車の荷台で雑貨を売っていたり、天幕の下に木箱を並べ、魚介類や果物、食器などを売る店が広場の中央に集まって商いをしていた。

たくさんの店に買い手も大勢群がっていて、活気に満ちあふれたこの場所は、とても面白そうだ。

「ここは？」と問うと、「青空マーケットだ」とジェイル様が教えてくれる。

新鮮な食材、特に海の幸は水揚げ間もないものが並べられ、その価格は街の中心部の店よりはるかに安いという。

珍しい魚が網にかかることもあり、食道楽の貴族たちが自らマーケットに足を運ぶこともあるそうだ。

広場の端には馬車止めが用意されていて、そこに五台の馬車が止められていた。

馬は水を飲んで木陰で休憩し、御者がのんびりと番をしている。

私たちの馬車もそこで止まる。

買ってもらったばかりの淡い緑色の鍔広《つばひろ》の帽子をかぶり、私は石畳の地面に足を下ろした。

倉庫に遮られて見えないが、海の気配を感じる。

海を見たことのない私だが、ドリスの宿屋に泊まった旅人のひとりが『潮の香り』と言っていたのは、きっとこの匂いのことだろう。

耳を澄ませば、波音も聞こえてきた。

「行くぞ」とジェイル様はブーツの爪先を倉庫のほうへ向けた。倉庫の脇を通り、港へ出ようとしているみたい。

黒い上着の袖を掴んで引き止め、「青空マーケットを覗いてみてもいいかしら？」と問えば、「どうぞ」と彼は微笑して、爪先の向きを変えてくれた。

人混みに紛れ、木箱の中身を一つひとつ興味深く見て回る。真っ赤でおいしそうなリンゴが山と積まれた箱があり、そこに貼られた価格に目を丸くする。

安いわ……。リンゴひとつが二セルダで買えるなんて驚きよ。ゴラスの価格はその三倍もするのに。

品物の流通量が少ない上に、暴君が法外な税をかけるから、ゴラスの物価は高い。

こんな安値でリンゴが食べられるなんて、王都の民は幸せね……。

食材だけではなく、ここに窯や鍋を持ち込んで調理したものを売る店もあった。

焼き魚の身をほぐして、野菜とともにバゲットに挟んだものや、揚げパンにカラメルをたっぷりとまとわせた菓子。

平べったいパリパリしてそうな薄い食べ物は、なにかしら？

私には名前も知らない食べ物がたくさん売られていて、樽を背負ったワイン売りの男からワインを買って飲みつつ、立ち食いしている人が大勢いた。

興味を引かれるままに露店を見て回り、珍しい食べ物を見つけては立ち止まる。

すると、離れずにピッタリと隣についてくる彼が言う。

「クレアが食べ物に興味を示すとは珍しいな。食べたいなら買ってやるぞ？」

「私が食事を苦痛に感じることは、前に話したでしょう？　残念だけど食べたいとは思わないわ。でも興味はあるのよ。ゴラスではよくベーコンのことを考えていたわ」

そう答えたら、ベーコンを食べたがっていたリッキーの顔が浮かんだ。

ここでたくさんの食材を購入してゴラスに送ってあげたい気持ちだが、現実的に不可能。

輸送費というのはなによりも高く、必ずしも目的地に送り届けられるとも限らない。途中で盗まれたり、食べ物は腐ってしまうからと、断られることもあると聞く。

早く目的を遂げてゴラスに帰り、あの子たちをお腹いっぱいにしてあげたい……。

その気持ちは口に出していないので、ジェイル様は解せないといった顔をして、質問を重ねてきた。

「ベーコンなら食べたいと思うのか？　それなら毎食出してやるが」

「違うわ。ベーコンが好きなのは、私じゃなくてリッキーよ」

「誰だ？」

「ゴラスの孤児院の子ども。面倒を見ていたの。私も二年間そこで育ったから」

その打ち明け話に彼は驚くのではなく、同情するのでもなく、クッと笑って私の顎をつまんできた。

「孤児院……なるほどな。それがお前の原動力ということか」

顔を彼のほうに向かされて、背ける自由を奪われた。

私たちはそのまま見つめ合い、お互いの思惑を探り合う。

孤児院育ちと知っても、彼にはそのことを卑下する気持ちはないように見える。ニヤリと悪巧みをしていそうな口もとを見る限り、孤児院というキーワードを、私を操るための鍵にしようと企んでいる気がした。

なにを企んでいるのか知らないけれど、おそらく私はそれにのってはいけない。操られるのではなく、私が彼を動かさないと。

でも、どんな言動を取ればこの人の心は私に傾くの？　早く夢中にさせたいのに、思うようにいかないわ……。

琥珀色の瞳の奥を覗いて無言の間が数秒続いていたら、急に喧騒の中から怒鳴りつけるような男性の声が響いた。

「なんてことをしてくれたんだ！　下ろしたてのわしの上着にシミをつけるとは、不届き者め！」

ハッとして声のほうに振り向くと、そこはすでに人垣ができていた。

「あの声は……」

ジェイル様はそんな独り言をつぶやいて、人垣の向こうに目を凝らす。それから「クレアは馬車に戻ってろ」と低い声で命じ、ひとりで歩きだした。

その命令に従わず、私は数歩の距離を置いてついていく。じっとしてはいられない。怒鳴る男に泣きながら口答えしている、子どもの声が聞こえてきたからだ。

人垣まで来ると、彼から離れるように反対側に回り込み、人の間に潜り込んで輪の中を覗いた。

年の頃は六十になろうかという初老の紳士が、子どもを叱りつけていた。肩までの茶色の髪には白髪が交ざり、口ひげを蓄え、立派な身なりをしている。

上背があって恰幅《かっぷく》もよく、肥えた腹の脇には装飾性の高い剣の鞘が見えていて、貴族であることはひと目でわかった。

しきりに「下ろしたての上着が」と口にしているところを見ると、金刺繍の施されたワインレッドの上着が、ことのほか大切なようだ。

一方、叱られている子どもは六歳くらいで、庶民的な服装をしている。そばに親らしき人の姿はなく、近くに住む少年のようだった。

彼の足もとには露店で売られている、カラメルをまとった揚げ菓子が転がっていた。状況から判断するに、この子が貴族とぶつかり、菓子のカラメルで上着を汚してしまったようだ。

「ごめんなさいって謝ってるのに！」と、子どもは泣きながらも反論している。

「おじさんも謝ってよ。落ちちゃったお菓子も弁償して」

「なんだと？　このわしに盾突くとはなんと生意気な小僧だ。子どもとはいえ容赦せぬぞ」

取り巻く群衆はざわめいていても、少年をかばおうとする者はいなかった。

「これはマズイな。なだめに行くか？」「俺にはそんな勇気はねぇよ」と聞こえた会話から、皆、あの貴族を恐れていることがわかった。

私の中にカッと怒りが湧く。助けない者たちにも、子どもの不注意を許さない貴族にも。

薄情な傍観者たちをかき分けると、私はためらわずに輪の中へ飛び出す。それから少年をかばうように背中に隠し、貴族と対峙した。

初老の貴族が、ジロリと目をすがめて私に問う。

「母親か？　それにしてはずいぶんと若く、身なりがよいな」

「母親じゃないけど、あなたに意見したくて出てきたの。こんな小さな子を相手に大人げないわ。もう許してあげて」

「お前も口の利き方がなっとらんようだな。娘、見かけぬ顔だが、どこの家の者だ？　お前の主人にも注意を与えねばならんようだ」

顎ひげをなでつつそう言った貴族は、その手を腰へ移動させる。私に恐怖を与えようとするかのように、剣の柄をもてあそび始めた。

背中に冷や汗が流れ落ちたのは、剣の脅しに屈したからではなく、その目つき。

なんて冷たい目ができる男なのだろう……。

子どもを叱りつけていたときのほうがまだマシだった。今は静かで冷酷な怒りを、私にぶつけてくる。

この人が誰かは知らないが、本気で怒らせてはいけない相手なのだということだけは感じ取っていた。

それでも私には、逃げ出すという選択肢はない。後ろに少年がしがみついているので、足を引くこともできずに、殺気のこもる視線にじっと耐えていた。

「どこの家の者だと聞いておるだろう。答えぬか！」

男が半歩、私との距離を詰めるから、ビクリと肩を揺らして身構える。

すると、後ろから聞き覚えのある響きのよい声がした。

「私の家の侍女ですよ。アクベス侯爵」

やっと出てきたのね。他の人たちと同じように、傍観だけの薄情者と見なすところだったわ……。

ジェイル様は私の隣に並ぶと、やれやれと言いたげな視線を私に向ける。それから上品な作り笑顔を、目の前の男に向けた。

すると男はフンと鼻を鳴らして剣の柄から手を離す。

「オルドリッジ公爵でしたか。侍女がいるということは、母君はもう町屋敷にお越しということですかな？」

侍女とは一般的には女性の上級貴族の付き人だ。

私のことをジェイル様の母親の侍女だと思っているみたい。

「いいえ。私の家族は今年、王都に来ないことになりまして、この娘は私の侍女として雇っています」

ジェイル様がそう答えると、アクベス侯爵はしゃがれ声で低く笑った。

「公爵が侍女を召し抱えるとは、驚きですな。てっきり若い子女にはご興味がないと思っておりましたが、陰ではうまいことやっておるということでしたか」

からかいとも取れる言い方をされても、ジェイル様の作り笑顔は崩れない。

「どうぞお好きなようにご想像ください」と淡々と返したら、アクベス侯爵は笑うのをやめ、顔をしかめた。

「我が娘のことを、蔑《ないがし》ろにしてもらっては困りますぞ」

「もちろんです。ルイーザ嬢のことも、他の御令嬢方のことも、真面目な思いでおります。ただ私は慎重な男ですので、伴侶を選ぶにはもう少し時間が必要です。ご理解ください」

それはどうやら、ジェイル様の花嫁選びの話みたい。候補の令嬢が何人かいて、その中にアクベス侯爵の娘も含まれるということなのか。

貴族のことなど無知に近い私だが、侯爵よりも公爵のほうが階級が上であることくらいは知っている。

アクベス侯爵はジェイル様を気に入っているというよりはきっと、より爵位の高い家に娘を嫁がせたいと考えているのだろう。

それにしても、ジェイル様の妻になれる年頃の娘がいるとは驚いた。

侯爵夫人とは、かなりの年の差があるのかもしれない。

アクベス侯爵の注意は、完全に少年から逸れていた。蔑《さげす》むような目で私を見て、また鼻を鳴らす。

「大方、容姿だけで雇われた地位もない家の娘だろう。オルドリッジ公爵、侍女をそばに置かれるなら、躾はしっかりとされたほうがよろしいですな」

「雇ったばかりで躾の最中なのです。今は大目に見てやってください」

「いいでしょう。今日のことは忘れるよう努めます。そろそろ時間なので、これで失礼します。陛下に呼ばれているものでしてな。今度はルイーザも一緒にお会いしましょう」

「ええ、ぜひ……」

アクベス侯爵の従者らしきふたりの青年が、人垣の中に交ざっていた。

侯爵が背を向けたのを合図に、見物人たちに指図して道を開けさせ、ワインレッドの上着の背中が悠々と馬車の並ぶ方へと遠ざかる。

その姿が完全に見えなくなったら、人の輪も散り散りに、買い物客で賑わうもとの広場の状態に戻った。

　私のお尻にしがみついていた少年は、やっと手を離して前に出てくる。

「お姉ちゃん、ありがとう！」と無邪気な笑顔を向けていて、私はドレスの裾が地面につくのもいとわず、しゃがんで目の高さを合わせた。

　茶色の短い癖毛をなでて、「怪我はない？」と心配する。

「うん、あのおじさんにぶつかったときに尻餅ついちゃったけど、痛くないよ」

「そう、よかったわ。これからは気をつけてね。人の多い場所では周りをよく見て歩かないといけないのよ」

　相手はまだあどけない顔をした小さな子ども。

　優しく怖がらせないようにと、私は微笑みながら注意を与えた。

　すると上から「そんな言い方では、効果はないだろう」という声がして、中腰になったジェイル様が突然、少年の襟首を掴んで引っ張り、顔を近づけた。

「お前、死にたいのか？」と、子ども相手にすごんでいる。

「ちょっと、なにしてるのよ！」

　慌てた私は少年を抱えるようにして、彼から引き離す。

　助けてくれた大人に怒られて、子どもの目には見る見るうちに涙があふれ、怯えて再び私にしがみついてきた。

それをかわいそうに思う私は、ジェイル様をキッと睨み上げて非難する。

「怖がらせないで。小さな子ども相手に――」

「小さな子どもだから、記憶に残るように言っているんだ。お前の叱り方は優しさじゃない。貴族に対する接し方を教えてやらねば、この子はいつか命を落とすぞ」

命って、ちょっとぶつかっただけなのに大袈裟な……。そう思う一方で、そういうものかしら？と考え始める。

ジェイル様が気さくに接してくれるから、王都に住まう貴族全体にも同じような感覚でいたのは否めない。

ここがゴラスで、ぶつかった相手がゲルディバラ伯爵だったとしたら……たしかに子どもの不注意ではすまされず、命の危険を感じるところだ。

私より、ジェイル様の言い分が正しそう。

そう結論づけた私は、少年を抱きしめる腕の力を緩めた。

ジェイル様が私から子どもを引き剥がし、自分の前に背筋を伸ばして立たせる。

「これから言うことをよく覚えておけ。身なりのよい人間が通れば、道を開けろ。万が一ぶつかってしまったら、地に額を擦りつけて謝れ。どんな理由でぶつかっても口答えするな。怪我をしたくなければ、なるべく貴族に関わり合うな。わかったか？」

脅すような低い声に、少年は震えながらうなずいた。

ジェイル様の言葉は恐怖の記憶とともに、その胸にしっかりと刻まれたことだろう。

かわいそうに思ってしまうけど、今後を考えたら、こうするのが正しいのよね……。

「わかったら家に帰れ」

ジェイル様は少年の手に銀貨一枚を握らせてから、肩を掴んで向きを変えさせ、トンと背中を押した。

少年は二歩進んで足を止め、手の中を確認している。それからおずおずと肩越しに振り向き、怯えと疑問の混ざった視線をジェイル様に向ける。

「明日、親と一緒にここに来て、落とした菓子を買えばいい。ひとりで来るなよ」

「う、うん！　ありがとう……ございます！」

広場から走り去る小さな背中を見送り、立ち上がった私はクスリと笑った。

「銀貨一枚とは、お菓子が何十個も買えるわね。ジェイル様のほうこそ甘いじゃない」

「そうだな。これではいかん。馬車に戻ってろと命じても従わないお前には、これから厳しくするか。言葉遣いも直さんとな。俺以外の貴族には軽々しい口をきくなよ」

「私には、命が惜しければいっさいの口答えをするなと言わないの？」

「お前は自分の命を惜しまないと知っているからな。処刑覚悟で視察の馬車を止めた女だ。そんな注意は無駄だろう」

麗しき微笑とともに帽子にのせられた手の重みに、心地よさを感じていた。

あのとき、ジェイル様が私を連れていかないと言ったなら、私の命はもうこの世になかったことだろう。ゲルディバラ伯爵の逆鱗《げきりん》に触れる行為をしたのだから。

しかし、あのときは死をも覚悟で飛び出したが、さっきは違う。アクベス侯爵に無礼を働いても、まさか命を取られるほどの状況になるとは少しも考えなかった。

それはジェイル様が助けてくれることを、暗に期待していたからなのかもしれない。

つまりは、私が彼を信頼し始めているということだろうか……？

そんな疑問が頭をよぎり、じっと琥珀色の瞳を見つめた。

すると、私の視線を遮るように帽子の鍔を引き下ろされる。

「ゴラスよりここは日差しが強い。上を向けば日焼けするぞ」

冗談めかしたように言うその声は笑いを含み、私の腰に腕を回して「行くぞ」と歩みを促す声は、なぜか機嫌がよさそうだった。

広場の奥に建ち並ぶ倉庫群の間を通り抜けると、そこは港。

石を積んで整備された海岸線には、大型商船から小型の漁船まで、その数、百艘ほども係留されている。

「今は人が少ないが、夜明けから午前中いっぱいは、漁民でごった返しているぞ」とジェイル様が教えてくれた。

想像よりもずっと大きな港に、私は感嘆のため息をつく。

するとジェイル様がクスリと笑い、「灯台に行けばもっとよく見える」と、港の端に建つ円柱状の背の高い建物を指差した。

わりと近くに建っているように見えたが、そこに着くのに歩いて五分ほども要した。

見上げる石造りの塔は、首が痛くなりそうなほどに高くそびえて空まで届きそう。

「ジェイル様、てっぺんまで上ってみたいわ」

「十階建て相当の高さがあるぞ。上れるか？」

「ええ。足腰には自信があるわ。丘の上の孤児院に毎日通っていたもの」

「それは頼もしいな」

灯台の入口は塗装の剥がれかかったアーチ型の板戸。

それを彼がノックすると、中から薪を抱えた中年の男がひとり、顔を覗かせた。

木綿のすすけたシャツに、皺の寄ったベストとズボン。鍔のついた鼠色の帽子の下には愛想のない日焼けした顔があり、「なにか御用ですか?」と仏頂面で聞いた。

「仕事中にすまないな。この娘を灯台に上らせてやりたい。中に通してくれ」

ジェイル様は上着の内ポケットから銀貨を数枚取り出し、男の手に握らせる。

すると男は幾分愛想をよくして、「どうぞご自由に。落ちんようにだけ気をつけてください」と、私たちを中に入れてくれた。

内部はずいぶんと薄暗い。他に人の姿はなく、男はランプの明かりの下で、黙々と薪を積み上げる作業をしている。

最上階との間に階はなく、てっぺんまでくり抜かれたような空間には、石壁に沿わせた螺旋《らせん》階段がグルグルと上まで続いているのが見えた。

所々に顔も出せないほどに小さな明り取りの窓が開いている。階段には手すりがなく、飛び石のように次のステップまで隙間があり、かつ擦れ違う幅はないほどに狭い。

ジェイル様が再度「上れるか?」と聞いてくれた。

その問いにうなずいた私は、危険な階段にためらいなく足をのせ、その後はリズミカルに靴音を響かせて上り続け、数分後には最上階のフロアを踏んでいた。

続いて上ってきたジェイル様は、「落ちる心配など無用だったな」と私を見て笑う。

口角を上げてひと言、「そうね」と返し、ぐるりと辺りを見回した。

灯台は上に行くほど細くなっていたから、面積は一階の半分にも満たない。

床の真ん中は丸くくり抜かれていて、天井につけられた滑車にロープをくぐらせ、それが下まで伸びていた。どうやらこれで、薪を上まで運ぶようだ。

興味を持って見て回る私に、ジェイル様が説明してくれる。

下にいる男は灯台守で、昼は薪を割り、日没から夜明けまではここで火をたいているそうだ。夜闇の中でも船が迷わないように、海を照らす大切な仕事ということだ。

海側の壁にはくり抜いただけの大きな窓が三カ所あって、そこから外の景色に注意を移すと……私は息をのんだ。

なんて美しいの……。

コバルトブルーとエメラルドグリーンが溶け合うような海はどこまでも広がり、キラキラと水面が波打ちながら陽光を反射させていた。

上から見下ろすと、港の様子も一望できる。

大型商船はこれから出航するところなのか、小人のような船乗りたちが甲板を忙しく動き回り、帆を張ろうとしていた。

港は緩やかに弧を描く湾になっていて、整備された波止場から先の海岸線は白い砂浜が続いている。

さらにその先は陸地が急勾配をつけて盛り上がり、緑なす岬となっているようだ。

宝石よりも美しく輝く青い海と、透き通るような水色の夏空。白い羽を持つ海鳥が大空を自由に飛び回り、私には珍しいその鳴き声を、潮風にのせて聞かせてくれる。

海を初めて目にした私は、「すごいわ！」と自分らしくない無邪気な歓声をあげ、すっかり魅了されていた。

「そういう顔もできるんだな」

そう言ったジェイル様は、私の斜め後ろに立つと、腰に腕を回して引き寄せた。

窓から少々身を乗り出していたので、引き戻されたと言ったほうが適切かもしれない。

海から視線を離さないままに「そういう顔って？」と尋ねたら、「無垢な笑顔」という答えが返ってきた。

それについて、私は首をかしげる。屋敷の中では使用人に対しても、笑顔で受け答えをしているつもりだったからだ。

「私はそんなにいつもムスッとしているかしら？」

「いや、笑っているときもある。本心を隠した作り笑顔でな……。クレアが心から嬉しそうにするのは初めて見た。連れてきてよかった」

海から視線をはずして隣を見ると、彼はこっちを向いていた。

視線が絡み合うと、なぜか大きな両手で頬を包み込まれる。

端正な顔がこぶしふたつ分ほどの至近距離まで近づいて、私の目の奥を覗き込んだ。

「クレアの瞳は美しい。まるでこの海を映したように青く透き通り、吸い込まれてしまいそうだ」

見目麗しい貴公子は、その瞳を艶めかせて甘くささやくように私を褒めた。

口説き文句のようにも聞こえて心臓が跳ねたが、それは一瞬だけのこと。すぐに冷静に、彼の本心を読み取ろうと試みる。

私に惹かれているのならば企み通りで喜ばしいことだけど、なにか違うわ……。

口角をやや上げて薄く開いたその口もとは、なんらかの思惑があることを隠しきれずにいる。

それに気づいてスッと真顔に戻った私を見ると、彼は手を離して苦笑いした。

「手ごわいな」とつぶやいた後は甘い雰囲気を消し、視線を海に移して真面目な声で私に聞いた。

「教えてくれ。お前の生い立ちと、ゴラスでの暮らしぶりを」

「どうして知りたいの？」

「クレアに興味があるからだ」

今度は嘘のようには聞こえない。

毎朝、私の教師役を務めてくれることや、こうして王都を案内してくれることからも、私に少なからず興味はあるのだと思う。恋愛ごととは無関係の興味が。

「あの海鳥はなんていう名前なの？」

「カモメだ」

「カモメ……聞いたことがあるわ。父の故郷の海に飛んでるって、昔、母が教えてくれた……」

美しい景色の中を自由に遊ぶカモメを見ながら、私は生まれたときからの不自由な暮らしぶりを話し始めた。

遊んだ記憶などない。生きるためには、子どもだってできることをしなければならないのだ。

孤児院の畑を耕していたあの子たちの姿は、かつての私……。

波音を聞きながら、淡々と生い立ちを説明する。

母から聞いた父のことや、母とふたり暮らしの貧しい生活のこと。母が病死し、孤児院に預けられた二年間のこと。その後のドリスの宿屋での暮らしぶりについても。

メアリーの薬代を稼ぐために、男たちと駆け引きをして、貢がせていたことも隠さずに話した。ゴラスでの医療費の高さを知ってほしかったからだ。

ゲルディバラ伯爵が法外な税をかけるから物価は高く、経済は衰退するばかり。まともな職もない中で、ドリスの宿屋で住み込みの仕事を得た私はかなり幸運だった。

大きな子どもを置いておける余裕のない孤児院は、十二歳になったら出ていかねばならないが、孤児の全員が私のように案定した職を得られるわけじゃない。

貧しい農家で奴隷のように扱われて命を落とした少年がいたと聞いた。騙されて娼婦にさせられ、性病で早死にした少女がいた話も。

家も仕事もなく、物乞いをして歩き、孤児院を出た最初の冬を乗り越えられずに、雪降る街角で凍死していく子どももいるという。

どんなにひどい町でも、領主の許可証がなければ領民が勝手に出ていくことはできないので、みんなゴラスから抜け出せない。

あの町で生きていくのは、かなりつらいことなのに……。

話し終えて、小さなため息をついた。

こうして王都でなに不自由ない贅沢な暮らしをさせてもらっていることに罪悪感がある。私だけがゴラスを抜け出したことに、後ろめたさを感じるのだ。

苦しさに襲われて、ドレスの胸もとを握りしめ、心の安定を取り戻そうとする。
逃げたんじゃない。私はゴラスを救うために、ここにいるのだから。なんとかして
ジェイル様に頼みを聞いてもらわないと。
早く目的を果たして、ゴラスに帰らなければ、この胸の痛みは消えないことだろう。
右隣を見ると、吹き込む海風に彼の前髪が揺れていた。
目幅を狭めて遠くを見つめる彼の気持ちは読めないが、私が話したゴラスの窮状に
心を痛めていることを期待してしまう。
石造りの窓の縁にのせている彼の左手に、そっと自分の手を重ねると、琥珀色をし
た瞳の視線だけが私に流された。
「ジェイル様、お願いです。どうかゴラスに改革をもたらして。小さな子どもたちま
で働かねば食べていけない。病気になっても医者にかかることもできない。私たちを
貧困の苦しみから救い出して」
広場で子どもをきつく叱ったのは、あの子を案じる彼の優しさだった。
ジェイル様は私利私欲のみで動くゲルディバラ伯爵のような悪人じゃない。
期待を膨らませて頭を下げたが、返ってきたのは「やめろ」という冷たい返事。
「前にも言ったよな。なぜ俺が欲しくもない土地の民を救わねばならん。クレアの生

い立ちには同情するが、他の領民たちに心を砕けるほどの関わりはない。今後も関わるつもりはない」

失望を隠せない顔を上げて、「冷たい人ね」と非難すれば、鼻で笑われる。

「お前はなにもわかっていない。救えと簡単に言うが、侵略すれば剣が交わい、多くの血が流される」

「血を流してとは言ってないわ。あの町の税率を下げるよう、ゲルディバラ伯爵に意見するくらいしてくれても――」

「他の領地に政治介入しないことは暗黙のルールだ。それを破れば、俺の領地にもどうぞ干渉してくださいと言っているようなもの。なぜ俺が不利益を被らねばならん」

真顔で視線をぶつけ合う私たちの間に、塩辛い風が吹き抜ける。

私たちの今の希薄な関係性では、まだ願いを聞いてもらうことはできないみたい。

それを感じて目を伏せ、うつむいたら、軽く握ったこぶしで顎をすくわれた。額がコツンとぶつかり、唇が触れそうな距離で問われる。

「どうした？　お前の魅力で俺を虜にするという企みは、あきらめたのか？」

「あきらめてないわよ……。でも、それが難しいことに気づいているわ。これまで私に言い寄ってきた男たちとあなたは全然違う。私に心を揺らすそぶりは少しも見せないもの。むしろ、その逆に……」

言葉を区切り、小さなため息をつく。

思惑とは逆に、今は私のほうが胸を高鳴らせているのだ。こんなに接近されると、嗅がなくてもハッキリとバラの香料を感じて、つい気を緩めたくなる。

琥珀色の美しい瞳に吸い寄せられそうになり、唇が触れそうで触れないこの距離に、心の中は穏やかではいられなかった。

恋などという、くだらない思いを抱いている暇はないというのに、私はいったいなにを考えているのよ。彼の色香に惑わされないで……。

自分を戒めたその瞬間、なぜか帽子を取られて床に落とされる。

彼の右腕が腰に回されて、左手は私の後頭部の髪に潜り込んだ。逃げられないような状態で、唇が触れ合う。

驚いて彼の胸を強く押して拒絶すると、唇はすぐに離されたが、腕はほどけない。

目を見開いている私に、彼はいたずらめかした調子で問う。

「男に貢がせていたくせに、キスは初めてなのか？」

「唇にするのは初めてよ。なぜ？　私を好きでもないのに」

「俺がお前に惚れる必要はない。お前を俺の虜にして操ってやる」

その台詞に聞き覚えがある気がして記憶を探ったら、それは私の言葉だった。

『私があなたに惚れる必要はないの。あなたを私の虜にしたいのよ』

執務室に入ることを許された日、服を脱ぐ前に、彼とそんな会話を交わしていた。

やり返された状況に、ムッとして睨んだが、フッと笑われただけで効果はない。

「海を見ろ。先ほどのように無邪気に笑え」と命じられ、顔を強引に窓に向かされた。

海を見せられたままで抱きしめられ、彼の肩に頭を預ける形となる。

「辺境伯の領地は、プリオールセンという地名で呼ばれている。知っていたか？」

「いいえ」

「己の領地名も知らぬとは、哀れだな」

「元領地よ。今は他国のものでしょう？」

「ああ」とうなずいた彼は、その後に声を低くして付け足した。

「プリオールセンの半分は、隣国が支配している。もう半分は……辺境伯領と領地を接していたアクベス侯爵が、領地を拡大する形で取り込んだ」

「え……？」と、もたせかけていた顔を上げて、琥珀色の瞳を見る。

アクベス侯爵は広場で出会った初老の貴族。

あの人がエリオローネ家の領地の半分を支配しているとは、どういうこと？

すべての領地を隣国に奪われたと思っていたので、目を瞬かせて彼の言葉を待つ。

ジェイル様は私の反応をうかがっていて、もったいぶるような間を空けてから、やっとその理由を教えてくれた。

「アクベス侯爵は、辺境伯に加勢して、敵の侵攻を半分で食い止めた。侯爵がいなければ、すべてを奪われていたことだろう。しかし、辺境伯は戦死し、お前たち一族の所在が不明となったため、アクベス侯爵は辺境伯領の半分を現在まで管理している」

「そうなの……。それなら感謝しなければいけないのかしら」

「表向きにはな」

その言い方だとまるで、真相は違うと言っているようだ。

ニヤリと口の端を上げ、続きを聞きたいだろう？と言いたげな顔をしている彼。

しかし私は目を逸らし、広く逞しい肩にまた頭を預けて青い海を眺める。

プリオールセンという領地への関心は薄い。

私の家の領地と言われたって、見たこともない土地に知らない人々が暮らしている。

父と祖父の顔も知らない私は、彼らの悔しさを受け継いでいなかった。

ジェイル様は私を抱いたまま、顔を覗き込もうとしている。おそらく、領地の話に食いつかない私の態度が不思議だったのだろう。

「プリオールセンは、様々な作物の育つ豊かな土地だぞ」

「そう」

「南北に細長い領地で、南端は海に接し、港もある。取り戻したいと思わないのか？」

「思わない。プリオールセンなんて知らない。私は生まれたときから、ゴラスの民よ」

もしかしてジェイル様は、私に領地を取り戻させたいのかしら？

それが私を連れてきた、彼の企み？

エリオローネ家の復活が、彼にとってどのような利益に繋がるのかわからないが、詳しく知りたいと思えない。領地を取り戻すつもりは、さらさらないのだから。

ただ、私たちの思惑は別々の方向を向いていると知って、私の目的を遂げることの難しさに思い悩むだけ。

『俺がお前に惚れる必要はない。お前を俺の虜にして操ってやる』

さっきの言葉は単なる仕返しかと思っていたけれど、本心かもしれないわ。

腰に回される腕の力を強められ、優しげな手つきで頭をなでられながら、私は自分に注意を与える。

この人に惹かれないよう、常に心を冷やしていないと。私だけが利用されてしまわぬように、気をつけないと……。

契約。胸に咲いた赤いバラ

灯台でのキスから三カ月ほどが経っていた。

秋の夜空に大きな月が昇る頃、私はジェイル様と晩餐の席に着いている。

一階の北棟の中央に位置する食堂は、ワインレッドの絨毯敷きの豪華な広間。

浮き彫りの施された壁や精緻な彫刻の施された柱に、シャンデリアや壁の燭台が室内を明るく照らしていた。

八人掛けのダイニングテーブルには真っさらなクロスがかけられて、一番奥の上座にジェイル様が座り、角を挟んだ隣には私。他は空席だった。

この時季は例年、彼の両親と兄弟たちがやって来て椅子は埋まるそうだが、今年は彼の命令で家族はこの屋敷に来ないそうだ。

それは私を住まわせているから。

辺境伯の娘である私の存在を、彼はまだ他の貴族に知られたくないみたい。

しかし、私に貴族令嬢が身につけるべき知識を与えているところをみると、いつかは社交界に出すつもりでいるようだ。

栗のタルトを無理して胃袋に詰め終え、紅茶を流し込み、口内に残る贅沢な甘さを故意に消し去った。

「すべて食べました。ご馳走様でした」

彼がうなずくのを見てから立ち上がり、退室しようと歩きだしたら、「クレア」と呼び止められた。

「はい」と返事をして振り向けば、彼はニヤリと口の端をつり上げる。

それはなにかを企んでいるときの彼の表情だ。

「三十分後に執務室に来い。どれだけ肉がついたのかを調べてやる」

「はい……」

また裸にさせられるということなの？

それを理解すると鼓動が速まり、頬がわずかに熱くなる。

おかしいわ……。

前に裸になれと言われたときは、破瓜を迎えることも覚悟の上でためらいなく服を脱いだのに、今は恥ずかしいと戸惑う自分がいる。

その心の変化を悟られぬように顔を背けると、私は足早に食堂を後にした。

それから三十分後、言われた通りに私は執務室の前にやって来た。できるだけ心を冷やして羞恥心を押し込め、代わりにこれはチャンスだと自分に言い聞かせる。

私はジェイル様の望み通りに太ったわ。もう痩せすぎではないこの体を見て欲情し、抱きたいと思わせることができたなら、それは私の狙い通り。

彼を虜にするための一歩を踏み出せると思えば、恥ずかしくも怖くもないわ……。

覚悟が決まり、作り笑顔を浮かべると、私はドアを三度ノックした。

「入れ」と中から声がして、真鍮《しんちゅう》のドアノブを回して入室すると、彼は前回と同じように書類が積まれた執務机に向かっていた。

羽根ペンを紙に走らせて、どうやら仕事をしている様子。

前回と違う点は、オズワルドさんが執務机の横に控えていることだ。

ジェイル様の晩餐後にオズワルドさんは別室で食事を取るはずなのだが、食べ終えるのが早すぎる。ということは食事を後回しにして、ジェイル様の仕事の手伝いをしていたのだろうか。

オズワルドさんの空腹を気にかけながらも、いてくれてホッとしていた。ジェイル様とふたりきりでないということは、全裸になれと命じられることもないと考えて。

しかし、ジェイル様は羽根ペンを置くと、書き込んでいた紙を含めた書類の束をオズワルドさんに渡して言う。

「急がせて悪いが、これを今晩中に処理してくれ」

「かしこまりました」

主人に会釈をしたオズワルドさんは、書類を抱えて私のほうへと歩いてくる。

いつも通りの無愛想な目でチラリと見られたが、なにも言葉をかけてくれず、彼はドアを開けて執務室から出ていってしまった。

どうしよう……。

これはチャンスだと思い込ませていた決意は、一度気を緩めたことで崩されて、心の中にまた恥ずかしさが広がっていく。

ドキドキとうるさい鼓動を静める時間が欲しいのに、立ち上がったジェイル様に「来い」と命じられてしまった。

「どうした?」と聞きながらも、彼の口もとはほくそ笑んでいる。

戸惑う感情を読み取られたのかもしれない。

恥ずかしさに悔しさも混ざり、作り笑顔を保持できずに膨れっ面をして、私は彼の指図に従った。

奥の長椅子まで移動した彼は、自分だけが腰を下ろし、目の前に私を立たせた。

前回と同じ成り行きに、やはり裸にならねばならないのだとますます心臓を忙しくさせる。

『脱げ』という言葉を緊張して待ち構えていたら……じろじろと私の赤ら顔を注視していた彼が、やがてこらえきれぬといった様子で噴き出し、肩を揺すって笑い始めた。

「なにがおかしいのよ」

「ずいぶんと初々しい反応をするようになったと思ってな。瞳を濁して俺に色仕掛けを企んだお前はどこへいった？　俺に惚れて、純朴な少女に変わったのか？」

「違うわ。あなたといると調子が狂うだけよ。私は私。肉と知識が身についても、心は変わらず黒いままよ」

「それはよかった。真っ白な心では社交界をうまく渡っていけないからな。だが、クレアの腹黒さなど可愛いものだ。上には上がいることを、いずれお前は知ることになるだろう」

上とは、ジェイル様のことかしら。それともアクベス侯爵や他の有力貴族？

彼の言わんとしていることのすべてを理解できずに考えさせられたが、おかげで頭を冷やすことができた。動悸を静めて、羞恥心が戻ってこないうちにさっさと裸になってしまおうと、私はドレスの胸のボタンをはずし始めた。

三つ目まではずしたら、「なにをしている？」とおかしな問いを投げかけられる。

「なにって、服を脱ぐのよ。肉のつき具合を確かめるんでしょう？」

首をかしげた私の前で彼は立ち上がり、「脱がずとも触ればわかる」と、私の肩を掴んで体を反転させた。

背中に彼の体温を感じつつ、意表を突かれた私はまた戸惑いの中に落とされる。

見られるのと、触られるのとでは、どちらが恥ずかしいのかしら……。

触れられたことで、鼓動がたちまち速度を上げ、自分の中の変化に気づく。

冷静でいたいのに、それができないなんて、私らしくない。ジェイル様の前でだけ、私の中の初心《うぶ》な部分が顔を覗かせてしまうのはどうしてなのか。

もしかして、灯台での初めてのキスが、時間を経た今でも効いているというの？

ドキドキして、胸が苦しいわ。でも、平気なそぶりを見せていないと……。

彼の左手は、私の左腕を握るように上下して、その太さを確かめている。男らしくも繊細なその手は、肩を経由して鎖骨に触れ、体の前面をゆっくりと下降し始めた。

ボタンをはずした胸もとはレースの下着があらわになっていて、彼の左手がその下着の中へと斜めにすべり下りていく。

たどり着いた場所は私の右の乳房で、優しくなでた後に包み込むように握りしめ、彼は色のある声を私の耳に吹き込んだ。

「大きくなったな。よい触り心地だ……」

心臓が跳ねて、ゾクリと肌が粟立つ。

心の乱れを修正しなければと、私は直立不動のままにもがくような心持ちでいた。

クスリと笑う声が聞こえたと思ったら、彼の手はすぐに胸もとから出ていった。

その後には服の上から腹部とお尻をなでられて、スカートをたくし上げられた。

「次は足だ」

「ま、待って……」

心を落ち着かせる時間が欲しかったが、私の頼みは無視されて、太ももがあらわになるまでスカートをまくり上げられる。その上で「持ってろ」と命じられた。

スカートが下りないように、自分でまくり上げていろと言うのだ。

こんなの、恥ずかしすぎるわ……。

中途半端に肌をさらすことは、もしかすると思いきって全裸になるより羞恥心を煽《あお》られる行為かもしれない。まだこの先があると、想像させられるからだ。

下腹部あたりでまとめたスカートを両手で保持させられた私は、固く目を閉じる。

無心になろうと試みたのだが、それも失敗に終わろうとしていた。

背後の足もとに、彼が屈んだ気配がする。

私よりいくらか温度の低い手が足首から膝へ、さらに上へとゆっくりと這い上がり、その刺激は目をつむることで余計に強調されて感じてしまった。

太ももまで上がってきた彼の手が下着の中に潜り込もうとしているのを察知したら、思わず「あっ」と色のある声が漏れた。

すると彼の侵攻はピタリと止まり、私から離れて長椅子に腰を下ろした音がした。

これで終わりということで、いいのよね……？

スカートから急いで手を離して胸もとのボタンを閉め、乱された呼吸を整える。

とてもじゃないが今は顔を見せることができない……そう思っていたのに、容赦のない命令が飛んだ。

「こっちを向け」

「その必要はないわ。肉づきを確かめたなら、用はすんだじゃない。自室に戻ります」

「口答えするな。お前は俺の侍女だろう？　返事は〝はい〟以外にない」

たしかに侍女として給金をもらっているけれど、働くことを禁じられている。

雇用主と一緒に食事をし、勉強を教えられ、ドレスや帽子を買ってもらい……まるで妹か妻みたい。こんな侍女、どこにもいないわよ。

反論は心の中だけにして、仕方なく「はい」と答えて、ゆっくりと振り向いた。

彼の気分を害して屋敷から追い出されたら、元も子もないからだ。

鼓動はいくらか落ちつき、呼吸も平常に近いが、おそらく頬の赤みは引いていない。どうせ、からかうのでしょう？　こんな私が恥じらうのか、と。

琥珀色の瞳と、視線を合わせることができない。偉そうに組んでいる長い足のブーツの紐を見つめて心構えをしていたら、予期せぬ真面目な声を聞いた。

「まだ痩せ気味だが、ここまで肉がつけば合格としよう。食事に苦痛を感じるお前が、よくがんばったな」

食べて褒められるとは、ゴラスではあり得ないこと。おかしな気分にさせられる。けれど、がんばったという評価はその通り。

ひとり分の食事を減らしもせずに完食するのは、私にとって大変な作業。

三食の他に、夕方にもお茶と菓子が出されるし、寝る前にも食べろとドライフルーツの瓶を渡されている。瓶の中身の減り具合は、ときどきジェイル様にチェックされるから、怠るわけにいかなかった。

満腹になれば、孤児院の子どもたちへの罪悪感に襲われるというのに……。

食に関しての自分の努力を認めてうなずき、やっと視線を彼の顔に移した。

するとフッと笑った彼も満足げにうなずいて、それから次の指令を下す。

「クレア、社交界に出ろ。教養を身につけ、見栄えもするいい女になった。今のお前なら、他の貴族と渡り合えるだろう」

来たわね……ジェイル様が私を駒《こま》にする時が。

彼の策略にのって領地を取り戻す気はないので、注意深く意見する。

「辺境伯の娘だと知られたら身の危険があると、あなたは前に言ったわ」

「そうだな。今は身の上を明かすときではないが、そろそろ貴族たちと触れ合わせねばならん。だから偽りの姓を名乗れ。三日後のマリオット伯爵邸での舞踏会に、お前を連れていくぞ」

有無を言わせぬ鋭い眼光の前で、私は反論の言葉を封じられていた。

それはすでに決定事項で、私の意見など求められていないのだ。

心の中を忙しくして、自分の狙いと彼の思惑の間で、折り合いをつけようと試みる。

姓を偽るように言われたのだから、その舞踏会に参加したからといって、辺境伯領を巡る争いに巻き込まれたりしないはず。

私の価値をつり上げるために参加するのなら、いい機会かもしれない。彼が私に強い利用価値を見出せば、それと引き換えにゴラスの政治に介入させられる。

彼に操られるのではない。あえて利用されてみるのよ……。

それから数時間が経ち、月が西へと高度を下げ始める夜半過ぎに、自室で眠りについていた私は胃の不快感に目が覚めた。

彼の執務室を出る前に、新しいドライフルーツの瓶を渡されて、古いものは今日中に食べてしまえと言われたせいだと思う。

痛むほどではなく、なんとなく気持ち悪いだけ。

水を飲んでから寝直そうと、ベッドから下りてテーブルへ。しかし、陶器の水差しを持ち上げると空で、くみ忘れていたことに気づいた。

ポンプ式の井戸は一階の別棟にある。そこまで行かなくては水が飲めない。

白い寝間着の上にベージュのナイトガウンを羽織り、水差しを手に部屋を出た。

ここは二階の南棟。階段は北棟へ繋がる廊下の真ん中にある。

壁の燭台にポツリポツリと火がともされていても、照度を最小まで絞っているため、長い廊下は薄暗い。

誰もが寝静まった屋敷は昼間と違う顔を見せ、廊下に飾られた額縁の中の貴婦人に、じっとりと睨《ね》めつけられているような錯覚に陥る。

秋が深まると夜間は冷え込み、ゾクゾクと粟立つ肌が、不気味さを助長させているのかもしれないが。

やっと階段までたどり着いたら、ふと人の話し声に気づいた。

思わず廊下に飾られた彫像に振り向いてしまい、そんなはずはないと、落としそうになった水差しを持ち直す。

途切れ途切れに聞こえてくる低い声は男性のもので、耳を澄ませばジェイル様の声に似ている気がした。

この先の北棟の廊下の角をひとつ曲がれば、執務室がある。

きっと執務室内での会話が夜のしじまに漏れていて、会話の相手はオズワルドさんだろう。

今夜中に処理しろと、オズワルドさんに書類を渡していたことを思い出していた。

ジェイル様の仕事内容は知らないけれど、こんなに遅くまで執務室にこもるほどに大変なのかしら……。

興味がそそられて階段を下りることなく、足を北棟に向けていた。

食べることとは違い、立ち聞きすることに罪悪感は覚えない。声を落とさない会話ということは、聞かれて困る内容ではないだろうから。

足音を忍ばせて北棟の廊下を進み、執務室前にたどり着いた。

ドアの隙間から漏れるのは橙色の光と、オズワルドさんの声。

「私は反対いたします。付け焼き刃の教養では、ジェイル様の伴侶は務まりません。辺境伯の血筋といえ、育ちはただの町娘。お考え直しください」

いつもは従順な近侍が、主人に意見していることに驚いていたが、内容はそれ以上のもの。

『ジェイル様の伴侶が務まらない』の主語は、私よね？

ジェイル様が、私を妻にしたいとでも言いだしたの⁉

聞き間違いを疑う私の耳は、次に不機嫌そうなジェイル様の声を捉える。

「俺にアクベスの娘と結婚しろと言うのか？」

「そうは申しておりません。ルイーザ嬢でなくとも、マリオット伯爵やペラム伯爵の御令嬢でも、よろしいではありませんか」

「オズワルドよ、つまらん女を勧めてくれるな。クレアは気骨のある女だ。なかなかいないぞ、この俺を操ろうと企む女は」

鼓動が耳もとで鳴っているかのような、大きな音を立てていた。

ジェイル様はたしかに私を娶《めと》ろうとしている……それを理解しても、納得できない。

なぜ私を？　惚れたわけではないでしょうに。

その疑問を代弁してくれたのは、オズワルドさんだった。

「ジェイル様、お戯《たわむ》れがすぎます。家も財もない娘を、なぜ。まさかあの美貌に、心酔してしまわれたのですか？」

執務室内に響いたのは、ジェイル様の笑い声。

それがやむと、低くあざけるような調子の返答が聞こえてきた。

「いくら美しかろうと、俺が女に惚れることはない。恋愛感情など、くだらんな。クレアを妻にすれば……の大義名分ができるだろう。それだけだ」

肝心なところが聞きとれず、歯がゆい思いをさせられていた。

私を妻にすることで、いったいなんの大義名分ができるというの？

もっとよく聞こうと、ドアに耳をあてたら、抱えている水差しをぶつけてしまう。

コツンと響いた小さな音に、気づかないでほしかったが、会話がピタリとやんだ数秒後にドアが開けられ、オズワルドさんに見つかってしまった。

「クレアさん、盗み聞きとは、はしたない真似を……」

非難の声を聞いた後は、「入ってこい」と、部屋の奥から響く声に命じられた。

窮地に立たされた気分で肝を冷やしたが、すぐに思い直す。

見つからなかったとしても、どのみち私はこの扉を開けたことだろう。私を妻にしようなどと、理由を問いただ さずにはいられない状況だったのだから。

執務室内は暖かく、暖炉に薪の弾ける音がする。

彼は長椅子に腰掛けていて、オズワルドさんはドア前で待機。

私だけが彼に近づいて、テーブルを挟んで向かい合った。

ジェイル様は盗み聞きをとがめることなく、「その水差しはなんだ？」と普通の調子で聞いてきた。

「水をくみに行くところだったのよ」

「呼び鈴を鳴らして、メイドにやらせればいいだろう」

「寝ているのにかわいそう。それに、自分のことくらい、自分でやりたいの」

深刻さのない会話をさせられていても硬い表情を崩さないでいたら、彼は期待はずれと言いたげな顔をしてから、フッと笑った。

「嬉しそうにしろよ。この俺が、お前を妻にしてやると言ったんだぞ」

「お断りします」

「なぜだ？　俺を虜にすると言ったくせに、妻の座はほしくないと言うのか？」

「ええ。私はゴラスに帰るもの。あなたに願いを聞かせた後に」

なにがおかしいのか高らかに笑う彼は、立ち上がると「下がれ」と命じた。それは私にではなくオズワルドさんに対してで、ドアの開閉音が背後に響いた後はふたりきりになり、緊張が増す思いでいた。

私たちの間にある丸テーブルが蹴り倒され、鈍い音とともに床に重々しく転がる。驚いた私は後ずさろうとしたが、その前に一歩で距離を詰められ、逞しい腕に捕らえられた。

「帰さん。ゴラスのことなど、忘れさせてやる」

腰に腕が回され、もう一方の手で後ろ髪を鷲掴みにされては、逃げることも顔を背けることもできない。

唇が重なったと思うとすぐにこじ開けられ、彼の舌先が私の口内で暴れていた。

陶製の水差しはとっくに床に落ちて、割れている。

力を振り絞るようにして両手で筋肉質の胸もとを押すと、唇が離れ、体の距離もいくらか開けることができた。

頬を叩いてやろうと右手を振り上げたが、やすやすと手首を掴まれ、長椅子の上に引き倒される。

私の体に馬乗りになる彼は、狩りを楽しむ獣のような瞳をして、濡れた唇を舌先で舐めていた。

「選べ。今この場で初夜を迎えるか、それとも正式な手続きを踏んだ婚礼後のベッドの上か」

ニヤリとつり上がる口の端を見ると、おそらく彼は私が選べないとみて選択を迫っているのだろう。

しかし私は迷うことなく「今ここで」と即答した。

結婚の意思がないのだから後者を選ぶことはなく、処女性にこだわる気持ちなど、ゴラスで彼の馬車を止めたときに捨てている。

「抱きたいなら、抱けばいいわ。ただし私は明日にはここを出ます。他の貴族の屋敷の門を叩いて、あなたにしたのと同じ取引を持ちかける。私の願いを聞いてくれないあなたに興味はないの」

彼の口もとから笑みが消えたところを見ると、私の言葉はいくらかダメージを与えることができたのだろう。

睨みつける琥珀色の瞳に気圧されまいと、私も目つきを鋭くした。

しばらくの睨み合いの末、作戦を変更するかのように、急に彼の瞳が優しくなった。

「感心するほどに、気の強い女だ。女も強くなければ生きられぬということか。ゴラスの民には同情する」

どうせ口先だけでしょう。騙されないわ。でも……。

ゴラスの民に対し、これまで冷たい言動を取ってきた彼が初めて口にした哀れみの言葉に、湧き上がる期待を抑えられなかった。

長椅子の上に抱き起こされて、今度は優しく腕の中に捕らえられる。

彼のブラウスの胸に顔を埋めると、私の好きなバラの香料を嗅がされ、心が揺さぶられていた。

「どうしたらあなたはゴラスを助けてくれるの？　妻にはなれないけど、他に私にできることがあるなら、なんでもするわ」

他の貴族の門を叩くなどと強気な発言をしても、正直言って自信はない。できることなら、彼に力を貸してほしかった。

今までのように冷たく拒否されることも覚悟していたが、「なんとかしてやれないでもない」と、私の期待をさらに煽るような答えが返ってきた。

「議会が頻繁に開かれるこの時期なら、議題にあげることができる。俺ひとりでは面倒ごとに発展するが、諸侯の連名のもとにゲルディバラ伯爵に改善要求を通達することなら可能だろう。それでも、根回しに骨を折ることになりそうだが……」

明るい未来を見せられた気持ちで顔を上げようとした。しかし、私を抱きしめる腕の力を強められ、再び鼻先を彼の胸もとに埋めることになる。

表情が見えないことで、その言葉に嘘はないのか、判断することができなかった。

「そうしてください。お願いします。私はあなたに頼るしかないの」と弱さを漏らせば、案の定、付け入られる。

「クレア、取引しよう。妻になれぬのなら、花嫁候補でいい。俺に群がる令嬢どもを蹴散らしてくれ。それができたなら、議会でゴラスの窮状を議題にあげてやろう」

「……本当に？　その程度のことが、私にやらせたいことなの？」

にわかには信じられずにいると、腕の力が緩んで体をわずかに離され、顎をすくわれた。

琥珀色の瞳を至近距離で覗き込み、彼の真意を読み取ろうと試みる。

真面目な表情を見る限り、嘘はないように思えるけど……どうにも腑に落ちない。

地位が高く国王の補佐まで務めている彼が、ひとりでは花嫁候補者を拒めないというのだろうか。弱気な性分でもないというのに。

疑問は口に出さずとも伝わったようで、彼は補足を始めた。

「女をひどく傷つけて振るのはたやすいが、オルドリッジの名に傷をつけるわけにいかない。俺の花嫁選びは、お前が考えるより遥かに大きく貴族関係に影響する。今までのらりくらりとかわしてきたが、いい加減に疲れてきた」

「それなら、早くひとりの令嬢に決めて結婚してしまえば、煩わしい思いをしなくてすむのではないかしら？」

「お前もオズワルドと同じことを言うんだな。婚姻とは、好きでもない女の機嫌を取り、妻の実家に心を砕く生活のことだ。俺は忙しい。いずれ子を産む女が必要となろうが、今はまだいらない」

私を妻にと考えたのは、実家もなく、機嫌を取らねばならない相手ではないからという理由だろうか。

もっと他に企みごとがある気がしたのは、深読みしすぎなのか……。

考え込んでいると、彼は顎先から指を離し、少々わざとらしいため息をついた。

「お前なら令嬢どもを蹴散らすことができると思ったが、できないのなら取引も――」

「やるわ」

花嫁候補の令嬢たちを追い払うだけなんて、簡単よ。

彼を恋に落としてやろうと企んでいたときよりはずっと、実現の可能性が高い。

この屋敷で暮らすことおよそ四カ月、彼は恋心などという不毛な思いを抱かない男だということが身にしみてわかった。

そういう意味で、私たちは似ているのかもしれない。

私の承諾の言葉に、彼は不遜な笑みを浮かべた。

「交渉成立。契約書に調印といこうか」

「あっ」と声をあげたのは、再び長椅子に押し倒されたからだ。

ナイトガウンの合わせ目を開かれ、寝間着のリボンもほどかれて、左の乳房をあらわにされた。

隠そうとする私の手首は捕らえられ、「じっとしてろ」と命じられた直後に、形のよい唇が白くやわらかな膨らみを吸う。

数度にわたって強く吸われ、私の胸には赤紫色のバラの花が一輪咲いた。

拘束を解かれた後は、慌ててナイトガウンの襟を引き合わせ、目を泳がせる。

「これが調印だというの？」と上擦る声で尋ねれば、「俺の胸にもつけるか？」とからかうように問い返された。

「つけないわよ……」

顔の熱が引かないのは、きっと部屋が暑いせいせい。

赤々と炎をくゆらせる暖炉を横目で睨みつけ、『薪の無駄遣いよ』と心の中で文句を言う。

彼には裸を見られ、触られもした。『この程度のことでは恥じらう理由にならないわ』と自分に言い聞かせ、高鳴る動悸を抑えようとしていた。


胸に契約のバラを咲かせた日から、三日後の夜。

空高くに晩秋の小さな月が輝く中を、華やかな真紅のドレスに身を包んだ私は、ジェイル様にエスコートされて屋敷の中に足を踏み入れた。

ここはマリオット伯爵邸。

舞踏会の招待状に記載されているのはジェイル様の名前だけで、私の名はない。存在すら知られていないのだから、それは当然のことで、この屋敷の執事に案内されて二階にある大広間に入れば、入口付近にいた複数人の貴族たちの視線が、いっせいに私に向いた。

ジェイル様の腕に手をかけている見たことのない娘は誰かと、ヒソヒソと会話が交わされているようだ。

「オルドリッジ公爵がお見えになりました」という執事の知らせに、他の貴族への挨拶を中断してあたふたと歩み寄るのは、この屋敷の主人、マリオット伯爵。

茶色の燕尾服に金のブローチを胸に飾り、中肉中背の四十歳の紳士で、下がった眉尻と頬に大きなほくろがあるのが特徴的。

性格は温和で決断力が弱く、他貴族に押されがちだが、夫と真逆の性格をしている夫人に尻を叩かれるようにして、このような大規模で豪華な宴を毎年開催している。

息子がふたりと娘がひとりいて、十七歳のフローレンス嬢はジェイル様の花嫁候補のひとりだ。

それらの情報は、ジェイル様の指示でオズワルドさんが作成した資料に書かれていたことで、一文字の忘れもなく、すべて私の頭に刻まれている。

頬の大きなほくろを見ながら『ほくろというよりシミね』と感想を持っていたら、「お待ちしておりました」と手揉みをするマリオット伯爵の視線が、ジェイル様から私に向いた。

「失礼ですが、こちらのお嬢様は……？」

ジェイル様の黒い燕尾服から手を離した私は、ドレスのスカートを品よくつまんで軽く腰を落とし、挨拶をする。

「お目にかかれて光栄に存じます。私はアドニス・ボルドウィンの娘、クレアと申します。マリオット伯爵におかれましては、ご清栄のこととお喜び申し上げます。父がかってずいぶんと恩を受けたと申しております。本日は父に代わりまして、ご挨拶を」

作り笑顔を向けた私に、マリオット伯爵は戸惑うような笑顔を見せている。

それもそのはず。アドニス・ボルドウィンなどという人物は存在せず、彼が世話したこともないのだから。

それでも自分が忘れているだけかと危ぶむ彼は、話を合わせようとする。

「そうでしたか。あなたがボルドウィン……ええと……」

「ボルドウィン子爵ですよ。足を悪くされて以降、何年も領地から出られずにいてお気の毒ですが、まさか子爵をお忘れに？」

そう言ったのはジェイル様で、その声色には焦らせて楽しんでいる雰囲気が滲んでいるのを、私だけは感じ取っていた。

「と、とんでもない！　もちろんハッキリと覚えておりますとも。あのボルドウィン子爵の小さな御令嬢が、このように麗しいお嬢様に成長されたとは、いやはや月日が経つのは早いものですな」

目に見えて慌てているマリオット伯爵は、これ以上話を広げられると困ると思ったのか、すぐに挨拶を終わらせようとする。

「我が家の宴は堅苦しさを抜きに楽しんでいただきたく、ダンスが始まるまではどうぞご自由にお過ごしください。隣室に料理もたっぷりと用意してございます。では、また後ほど」

そそくさと立ち去るマリオット伯爵を見送ってからジェイル様と目を合わせると、どちらからともなく噴き出して笑ってしまった。

ありもしない子爵名を名乗れと彼に指示されたときに、挨拶中にすぐに嘘がバレるのではないかと予想もしたが、まったく問題なかった。

『貴族という生き物は、往々にして見栄っ張りで知ったかぶりだ。そんな子爵がいただろうか？とは、誰も言わんだろう』と、彼がニヤリとして発した言葉は正しかった。

その後も、次から次へと私たちのもとに貴族たちが挨拶に訪れ、ジェイル様の注目度が高いのがうかがえる。王政の中枢に関わる彼が連れている見慣れぬ娘ということで、私に対しても皆の興味は尽きないようだ。

マリオット伯爵とのやり取りと、似たような会話を続けること四十分ほど。

大広間の隣室にご馳走が山ほど用意され、ダンスが始まるまで食べて楽しめと言われても、それができないほどに忙しい。

続々と到着する貴族とその家族により、大広間は百名近い人でごった返している。

広々とした大理石の床をシャンデリアの明かりが照らす豪華な広間が、今は狭く感じるほどだった。

「クレア、疲れてないか?」と耳打ちするようにジェイル様が話しかけてきて、「平気よ」と答える。

貴族的な場で上品に振る舞わねばならないことに神経を擦り減らしているのは事実。

しかし疲れたと感じないのは、強い目的意識があるからだろう。

私は物見遊山に来たわけではなく、彼の花嫁候補者を打ち負かしに来たのだと……。

「頼もしいな」とフッと笑うジェイル様は、やっと挨拶が途切れたので、私の腰に腕を回して壁際に誘導する。

壁際に立つと広間の全体が見渡せ、すぐに音楽が流れだした。

広間の隅には楽団がいて、ピアノだけが流行曲を控えめな音色で奏でている。

すると若い男性たちが移動し始め、目あての娘にダンスの申し込みをしていた。

私の周囲にも二十名ほども男性が集まってきて、「ぜひ一曲」と誘ってくる。誰もかれも鼻の下を伸ばしたしまりのない顔をして、目だけは欲望に色めき、気持ち悪い。

一曲目の相手を選べずにジェイル様の指示に従おうと隣を見たら、遅れて到着した貴族がちょうど挨拶にやって来たところだった。

その男性貴族だけは、私と初対面ではない。

白髪交じりの肩までの茶色の髪に、長身で恰幅のよい紳士は、港の青空マーケットで子どもを叱りつけていたアクベス侯爵だ。夫人と娘のルイーザ嬢を連れている。

「これはこれは、いつぞやお会いしたお嬢さんではないですか」と、アクベス侯爵は横目で私を見ながら、「侍女付きでお越しとは、どういうことですかな？」とジェイル様に問う。

マーケットで遭遇したときには、私のことを『最近雇い入れた侍女』と話していたから、疑問に思われて当然だった。

「お久しぶりにございます」と、それだけ挨拶した後は、口をつぐんでジェイル様に任せる。

彼は「あのときは侍女とごまかしてしまい失礼いたしました」と一応詫びてから、他の貴族に説明したのと同様に、私の偽の身もとを口にした。

するとアクベス侯爵が顎ひげを指先でしごき、いぶかしむような目つきをする。

「ボルドウィン子爵……知りませんな。どのあたりに領地をお持ちですかな？」

他の貴族は無知を悟られまいと話を合わせてきたのに、この人だけは違うみたい。

嘘を見破られた気がして身構える私に対し、ジェイル様に動揺はなく、「我が領地の一画を管理させています。遠縁にあたるもので」と余裕の笑みでさらなる嘘を重ねていた。

信じたかどうかは判断がつかないが、アクベス侯爵はそれ以上、子爵の存在については追及してこなかった。その代わりに、私がジェイル様と同じ屋敷で暮らしていることへの不満を口にする。

「たしか、今年はご家族が都にお越しにならないとおっしゃっておいででしたな。それなのに、遠縁のお嬢さんだけを町屋敷に呼び寄せるとは、ずいぶんと面倒見がよろしいことですな」

嫌味のようなその言葉に、ジェイル様は微かに口の端をつり上げた。侯爵と、その横に並ぶルイーザ嬢と夫人を順に見て、もったいぶるような間を空けてから口を開く。

「クレアをしかとご覧ください。どうです、まぶしいほどに美しいでしょう？　年頃になりましたので、そろそろ皆様にお披露目せねばと、呼び寄せました。行儀見習いとしてそばに置き、日夜可愛がっております」

ルイーザ嬢の顔が、しかめられるのを見た。

斜め前に立つ彼女と私の視線がぶつかり、火花が散る。

ルイーザ嬢は私よりふたつ年上の二十歳。そろそろ嫁に行かねば、行き遅れと呼ばれる年頃だ。

しかし麗しい面立ちと、アクベス家の娘ということで、貴族令嬢としての価値は最高級に位置づけられていると、オズワルドさんの資料に書かれていた。

王家に嫁いでもおかしくない身分の令嬢だが、ジェイル様に狙いを定めているのは、今、王家に年頃の男性がいないためだ。

王太子はまだ五歳の少年だというから、結婚相手にはなれない。

けれども、親に言われたからというのではなく、ジェイル様との婚姻は彼女の望みでもあるみたい。

胡桃《くるみ》色の艶やかな長い髪と、同色の勝気な大きな瞳にツンと尖った鼻をした、美しい女性。彼女は上品さを保ちながらも私を睨みつけ、嫉妬しているのがひしひしと伝わってきた。

「ルイーザの好敵手だという解釈で、よろしいですかな？」と、アクベス侯爵がいましげに問う。

「どうでしょう。今の私の一番の気に入りは、クレアだとだけ、申し上げておきましょう」

あえて肯定せずに曖昧な言い方をしたのは、ジェイル様の策略なのか。

彼は私と花嫁候補者たちを争わせようとしている。より火花が多く散るようにと、相手の不愉快さを煽ったのかもしれない。

そこまで話したときに、今まで静かに流れていたピアノ曲が終わり、三十人編成の楽団が軽快にワルツを奏で始めた。

すると、主催者のマリオット伯爵夫妻が広間の中ほどに進み出て、最初に踊りだす。それを合図に若い男女が続々とペアを組み、三拍子のステップを踏み始めた。

アクベス侯爵との話は、ここで中断となる。

私はダンスを申し込んできた男性たちの中から、一番近くにいた人に手を差し出し、

「お相手を務めさせていただきますわ」と、作り笑顔を向けた。

誘われたら、嫌でも踊るのが貴族女性の嗜《たしな》みだと教えられているので仕方ない。

汗ばむ手で私の手を必要以上に握りしめ、鼻息を荒くする相手には不快感を覚えるが、私の意識のほとんどはライバルたちに向いていた。

資料によると、花嫁候補者の中で有力者が三人いて、ジェイル様はその三人を私に片づけさせたいようだ。

ひとりは先ほど睨み合ったルイーザ嬢で、他のふたりは、マリオット伯爵の娘のフローレンス嬢と、ペラム伯爵の娘、ディアアナ嬢。

まだふたりの令嬢とは挨拶を交わしていないが、資料に書かれていた身体的特徴か

ら、ダンスに興じる集団の中にその姿を見つけ出していた。

ディアナ嬢は社交的で活発な娘で、フローレンス嬢は内気だという資料の説明は、そのまま見た目にも表れている。

ふたりとも可愛らしい容姿をしているが、ルイーザ嬢に比べると見劣りしてしまう。顔の造作というより、気高さが違うと言ったほうがいいかもしれない。

一番の強敵は間違いなくルイーザ嬢で、彼女は胸もとをレースで飾った紫色のドレスの裾を翻《ひるがえ》し、ジェイル様と踊っていた。

紫色の染料は非常に高価だと聞く。

リボンのみではなく、ドレスまでもが紫色なのは、ルイーザ嬢ただひとり。

相当な財力と高貴さを全身から醸し出す彼女は真の貴族令嬢で、私とは違う。

ワルツのステップを踏んで回りながら、視界に紫色のドレスを捉えるたびに、なぜか不愉快な気持ちでいた。そのような自分の気持ちに、首をかしげる。

貴族に対して僻みのような感情を持ったことはない。ゴラスにいたときは、ゲルディバラ伯爵を憎みはしても、うらやましいと感じたことは一度もなかった。

それなのに、なぜハッキリしない不快感に襲われるのだろう。

花嫁候補者を打ち負かす必要はあっても、憎む必要はないというのに。

フローレンス嬢とディアナ嬢を見ても、そのような気持ちは湧かなかった。

ジェイル様と踊っているルイーザ嬢にだけ、どうして私は苛立つの……。

わからないままに、それぞれ別の男性たちと四曲を踊り、五曲目の申し込みの相手には、「後ほど」と約束して今は断り、奥の壁際を歩いていた。

五曲目を踊らなかった理由は疲れたからではなく、フローレンス嬢が泣きだしそうな顔をしてダンスの輪からはずれるのを見たからだ。

壁の隅で両手で顔を覆う、十七歳の彼女。

そこに駆け寄るのは母親であるマリオット伯爵夫人で、心配するというよりは、しっかりしなさいと檄《げき》を飛ばしているように見えた。

まずは、ひとり目……。

気弱そうな彼女に同情心が湧かないように、心を冷やし、ゆっくりと近づいていく。

「お取り込み中、失礼いたします」

ビクリと肩を震わせて私のほうに振り向いた茶色の瞳は、涙に潤んでいた。

長い栗色の髪を結い上げて、白く細っそりとしたうなじを覗かせる清楚な女性。濃い水色のシルクのリボンを首にひと巻きして後ろで結び、背中へ流すように長く垂らしている。

ドレスはリボンより薄い水色で、清流を思わせるような装いの彼女は、心までもがすぐに流されてしまいそうに頼りなく見えた。

それに対し、目幅を狭めるようにしてこっちを見るマリオット伯爵夫人は、資料に書かれていた通り、夫の尻を叩きそうな気の強さが表情に透けていた。

「マリオット伯爵夫人とフローレンスさんですわね。ご挨拶が遅れて申し訳ありません。私は――」

名乗ろうとしている私の言葉を遮り、夫人が息巻いて詰め寄ってくる。

「オルドリッジ公爵がお連れになったお嬢さんね。あなたにも言いたいことがありますが、それよりも今はあれよ。いったい、どういうことですの⁉」

『あれ』と言って指差したのは、ダンスに興じるジェイル様とルイーザ嬢の姿だ。

舞踏会というものは、若い貴族たちが結婚相手を見つけるための交流の場でもある。相手を次々と変えて踊るのがマナーで、同じ相手と四曲以上を踊るのは好ましくないとされている。

それなのにジェイル様は始まってからずっとルイーザ嬢を離さずに、もう五曲目が終わりそうだった。

娘をジェイル様に嫁がせようと考えている夫人が憤慨しているのはそのせいで、フローレンス嬢が泣き顔をしているのも、おそらく同じ理由。

ということは、彼女はジェイル様に恋い焦がれているということみたい。

「オルドリッジ公爵はアクベス侯爵の娘に決めたということなの⁉」と歯ぎしりをして、羽根扇を折れそうなほどに握りしめるマリオット伯爵夫人。

まるでふたりの邪魔をしに行けというように、私の背に手をあてると、広間の中心に向けてドンと押し出した。

つんのめるように二歩踏み出し、立ち止まったら、ジェイル様の視線が私に向いた。

彼は踊りながら広間を移動して、先ほどよりは私に近い位置にいる。間に二、三組の男女を置いて、私と視線が合わさると、微かに顎をしゃくり、『早くやれ』と言いたげだった。

催促しなくても、やるわよ。それが契約なのだから。

不愉快な気持ちが込み上げるのは、彼に顎で使われたからなのか、それとも他に理由があるのか……。

得意げな顔で彼に手を取られ、紫色のドレスをヒラヒラと揺らすルイーザ嬢を見ていると、ドロリとした重たい負の感情が湧いてしまう。それはなぜかと心に問いかけても答えを導き出せず、今はふたりに背を向けて気持ちを立て直すしかなかった。

自分の仕事に集中しようと、うるさく文句を言ってくる夫人を無視して、涙目のフローレンス嬢のそばに寄り、心配しているふりをする。

「おかわいそうな、フローレンスさん。心中、お察しいたしますわ」

胸もとからレースのハンカチを取り出して、彼女の目にたまった涙を拭いてあげると、「あの……」と、か細い声を聞いた。

戸惑うような瞳は、『あなたは私の味方なの？』と尋ねているかのようで、ニッコリと微笑んでうなずいてみせた私は、水色のドレスの華奢な背中をなでながら、耳もとでそっとささやいた。

「心配いらないわ。あなたの悩みごとは、私がすぐに解決してあげる」

「ほ、本当ですか……？」

「ええ。ここはさわがしいから、バルコニーに出ましょう」

彼女がうなずくのを確かめてから、まだ後ろでわめき立てているマリオット伯爵夫人に向き直り、毅然《きぜん》と言い放った。

「おばさん、さっきからうるさいですわ。まるで季節はずれの油蝉《あぶらぜみ》のようね」

「あ、油蝉⁉」

「そんなに気に入らないのなら、ご自分でふたりを引き離しに行ってください。はしたなくわめくのがお上手なご様子なので、きっとうまくいきますわ。私はフローレンスさんの心の傷を癒《い》やしてあげたいの。邪魔になるからついてこないでください」

目を白黒させる夫人は、魚のように口をパクパクさせるだけで、言い返す言葉を見つけられない様子。

その隙をついて私はフローレンス嬢の背を押すようにして歩みを促し、大広間のバルコニーの扉を開け、ふたりきりで外気の中へ出ることに成功した。

バルコニーはアーチ型をしていて、細工を凝らした白大理石の手すりが、月の光を青白く反射させていた。

彼女と並んで手すりにもたれ、夜風にさざめく暗い色をした庭木を眺める。

「ショールを用意すればよかったかしら。寒くない？」と声をかけると、彼女は首を横に振ってから、なぜか尊敬の眼差《まなざ》しを向けてきた。

「あの……」

「クレアよ」

「クレアさんは頼もしいお方ですわね。お母様をあのように言い負かしてしまわれるなんて。お父様ですら、意見することができずにおりますのに」

マリオット伯爵夫人を黙らせたことが、尊敬の理由だったみたい。

気弱な彼女もマリオット伯爵も、夫人に逆らうことはできないようで、それをいくらか煩わしく思っているようだ。

「あの程度で頼もしいというなら、私の住んでいた町の女性は皆、強者ね。フローレンスさんもハッキリと主張すればいいのよ。ジェイル様のことだって、結婚相手は自分で選びたいと言えばいいわ」

彼女がジェイル様に恋い焦がれているのはわかっている。

それでもあえて、気持ちの伴わない政略結婚扱いすると、彼女は慌てて否定した。

「違いますわ！　わたくしは両親に薦められたからだけではなく、心よりオルドリッジ公爵のことを、その……」

彼を初めて見たのは二年前のとある式典で、その麗しい容貌と、頼もしく紳士的な人柄に心を奪われたのだと、彼女はモジモジしながら話してくれた。

いつもは分け隔てなく、多くの女性をダンスに誘う彼なのに、今日はルイーザ嬢としか踊らないので、これはもう花嫁を決めてしまわれたのだと、失恋に涙していたということも。

彼女は母親と違い、話すのが苦手なようだ。

要約すればそれだけの内容の話を、十分ほどもかけて、たどたどしく説明するから、退屈さを隠すのに苦労する。

くだらない涙の理由にあきれつつも、それを表情に出さないように努め、話し終えた彼女にすまなそうな顔をしてみせた。

「そうだったの。勘違いしてごめんなさいね。私、政略結婚が嫌で泣いているのかと思ったのよ」

「いえ、どうかお謝りにならないで。クレアさんのお優しいお心遣いは、感じておりますわ。それで、あの、悩みごとを解消してくださるとおっしゃったのは……」

勘違いをしていたというのなら、その話もなかったことにされるのかと、心細そうな目がこちらに向いていた。

私は眉をハの字にかしげたまま、困ったふうを装って、悩みごとの解消方法について打ち明けた。

「私は今、ジェイル様のお屋敷でお世話になっているの。だから彼がどんな人なのか、よく知っているわ。彼の本当の姿をお教えしたら、あなたのご両親は花嫁候補を辞退させると思ったのよ。娘の幸せを願っていることでしょうから」

フローレンス嬢は先ほど彼のことを、頼もしく紳士的だと頬を染めて話していた。

まるでその評価が間違っていると言わんばかりの説明に、茶色の瞳が揺れている。

「本当のお姿って……」

華奢なその肩に手をかけて、ゆっくりと後ろに回り込むと、彼女の首のリボンがほどけかかっていることに気づいた。

一度ほどいてから結び直してあげようとする。

しかし、彼女はそんなことよりも話の続きが気になるようで、チラチラと振り向くから、結びづらくて仕方ない。

「じっとしていて」

「は、はい。申し訳ありません……」

「できたわ」と結び終えても、私は気になる答えを与えてあげず、「寒いわね。中に戻りましょう」と、彼女に背を向け、バルコニーに足音を響かせた。

すると案の定、「お待ちになって！」と引き止められる。

「どうか、本当の姿という意味をお教えくださいませ。このままでは、わたくし、眠りにつくこともできませんわ」

足を止めた私は、扉のほうを向いたままで口を開く。まんまと引っかかる彼女にほくそ笑んでしまい、振り向けないのだ。

「フローレンスさんは、彼をお好きなのでしょう？　話せば、傷つけてしまうわ」

「それでもかまいません。クレアさん、お願いします！」

「そう。そこまで言うなら話します。ジェイル様の本当の姿を……」

バルコニーの扉の横には、ガーデン用の丸テーブルと椅子が置かれていた。

そこに向かい合って座る私たち。

体はすっかり秋の夜風に冷やされて、鳥肌が立っていた。

話し終えた私は、うつむいて体を震わせるフローレンス嬢をひとり残し、席を立つ。

ちょうどそのとき扉が開いて、マリオット伯爵夫人がショールを手に現れた。

私をキッと睨みつけるも、文句のひと言もないのは、うるさい蝉のようなおばさんだと言われたことを気にしているせいかもしれない。羊毛の温かそうなショールは一枚しかなく、娘の肩に羽織らせると、夫人は励ますように声をかけた。

「少しは落ち着いた？　今、ようやくオルドリッジ公爵がルイーザ嬢から離れたのよ。次はきっとフローレンスが誘われるから、早く中に――」

これまでの彼女ならきっと、母親に逆らわずに従ったことだろう。しかし今は、椅子を鳴らして立ち上がり、ショールを落として、取り乱したように意見する。

「嫌ですわ！　お母様、どうかオルドリッジ公爵との結婚のお話を進めないでください。わたくしには、そのような扱いは耐えられません！」

「まあ、いったいどうしたというの⁉」と夫人も慌てていて、母娘して落ち着きを失っている姿にクスリと笑う私は、ふたりを残して広間に戻り扉を閉めた。

するとそこには、待ち構えていたように立つ、ジェイル様がいた。扉の横の壁に背を預け、腕組みをして、口の端をわずかにつり上げて私を見ている。

なぜか不愉快な思いが込み上げて、その前を素通りしようとしたら、「おい」と手首を掴まれた。

「主人への報告は義務だ」

「心配しなくても、ひとり目は片づけたわよ」

「どうやったんだ？」

「特別なことをしていないわ。あなたが私にしてきたことを、詳細に教えただけよ」

そう、フローレンス嬢に話したことは、怖がらせるためのつくり話などではなく、私が彼にされたことで、そこに嘘は少しもない。

全裸になるよう命じられた後に、『その程度の体』とけなされたことや、胃が気持ち悪くなるほどに食べさせて太らそうとすることを教えてあげた。

それと、肉づきを確かめる目的でスカートをたくし上げているように要求され、太ももや胸に直に触られたこと。純潔を散らすぞと脅され、押し倒されたことも話した。

それらの話の証拠として、まだ左胸の膨らみに咲く赤紫のバラを見せたら、彼女は青ざめて震えだした。

私も話しながら体を震わせていたが、それは寒さのせいだった。

「そうそう、あれも話したわ。書庫での勉強中、あなたが褒美だと言って私に体臭を嗅がせたことも」

「バラの香水だろ！　お前が嗅ぎたそうだから、嗅がせてやったんだ」

たいした苦労もなく、ひとり目を片づけた私に、彼は渋い顔をする。

「俺の評判を落とすようなやり方はやめてくれ」

「事実を教えてあげただけで非難されたくないわ。それとも、私に対する自分の行いが、ひどいものだったと認めているということかしら？」

会場の誰より麗しき美青年を、横目で睨みつけたら、小さなため息が聞こえた。

「まあ、いい」と珍しく降参した様子で話を流した彼は、私の腰に腕を回して歩みを促し、どこかへ誘導する。

「どこへ行くの？」

「隣の応接間に、料理が並んでいる」

「食べたくないわ」

「そこにペラム伯爵一家がいるんだ」

そういうこと……。早速、花嫁候補者のふたり目に接触しろということね。

大広間に隣接する応接間の扉は開放されていて、招待客が自由に出入りしている。中に入ると、いくらか舞踏曲の音色は遠のき、代わりに語らいの声で満ちていた。

壁際にクロスをかけた長テーブルが並べられ、ご馳走が所狭しと盛られている。そばには使用人がいて、貴族が指す料理を小皿に取り分け、給仕にいそしんでいた。

六席を用意した丸テーブルは八つ設置されていて、招待客がワインと料理と交流を楽しんでいる。

ご馳走の山なんて、見ているだけで胸も胃も苦しくなるけれど、仕方なく歩み寄り、魚介をトマトソースで煮込んだ料理を少量取り分けてもらう。

ジェイル様はローストビーフの皿を手にし、私たちは窓際の丸テーブルのひとつに歩み寄った。

「同席しても、よろしいでしょうか？」

ジェイル様が声をかけたのは、ペラム伯爵。

三十六歳とまだ若い伯爵は、艶々と脂ののった光る丸顔をしていた。

資料によれば、ペラム家は国の北西部に領地を有し、銅や銀の採掘で財を成しているそうだ。

伯爵の横の席は夫人で、その隣には四歳になる長男、さらに隣には私が打ち負かすべき相手のディアナ嬢が座っていた。

ジェイル様は私とペラム伯爵の間の席で、ディアナ嬢の隣には私が座る。

「クレアさん、初めまして。お話しできて、嬉しいですわ」と、無邪気な笑顔を見せる彼女に、「ええ、私も嬉しいです」と、作り笑顔を向ける。

彼女は茶褐色のまっすぐな髪のサイドを編み込み、造花の髪飾りをつけていた。フリルのたくさんついたレモン色のドレスがよく似合う。

その胸もとの膨らみは控えめで、つぶらな瞳と丸い鼻が特徴的。美人ではないが、愛嬌のある可愛らしい顔立ちをしている。

資料には社交的で活発と書かれていたが、それに幼いという印象を加えたい。私と同じ十八歳なのに、明るく笑うその顔はあどけなさを残していた。

少女と呼びたくなるようなディアナ嬢に接して、チクリと胸に痛みが走る。

こんな子を花嫁候補から突き落とさねばならないなんて……。

同情しかけた気持ちを消してくれたのは、他ならないディアナ嬢。

彼女の前には皿が三つも並んでいて、どれも少しだけ手をつけて残している様子。

食べられないのなら、取り分けてもらうなと言いたい。この世に飢えて死ぬ者がいることについて、きっと彼女は考えたことさえないのだろうと、侮蔑の感情が湧き上がった。

さて、どのように攻めようかしら……。

フローレンス嬢に用いた手法は使わないことにする。先ほど、ジェイル様に俺の評価を落とすなと、小言を言われたことを気にしたからだ。

攻め口を模索して、食事をしながら彼女に話しかける。

「ディアナさんは、なにがお好きかしら。日中はレース編みや読書をして過ごされているの？」

すると彼女は口の横に片手を添えて顔を少し私に近づけ、「レース編みは苦手なの。内緒にしてくださいね」と、クスクスと笑いながら打ち明けた。

楽しそうに話し続ける彼女は、趣味は乗馬で木登りも好きだというお転婆ぶりも、こっそりと教えてくれる。

弟と遊んであげるつもりで始めた庭での探検ごっこでは、土を掘り返して古い硬貨や錆びた短剣を見つけ、自分のほうが夢中になってしまったそうだ。

ジェイル様とペラム伯爵は、議会や王都の政情について話していて、夫人は長男の世話に忙しそう。

しかし、貴族令嬢らしからぬ彼女の内緒話に、「まあ、探検ごっこを⁉」と私がわざと大きな声を出して驚いてみせたら、皆の視線がこちらに向いた。

「なんでもないのよ。気にしないでください」と慌てて言ったのは、ディアナ嬢。

彼女は私の腕を軽く引っ張り、「大きな声で言わないでください。オルドリッジ公爵にお転婆だと知られたくないわ」と耳打ちしてきた。

無邪気で幼い印象の彼女に、もしや結婚は周囲が勧めるだけで、本人はさほどの興味もないのではないかという気もしていたが、違うようだ。

「ジェイル様がお好きなのね？」と小声で問いかけると、彼女の頬は赤く色づいて恥ずかしそうに首を縦に振っていた。

それを見た途端に、私の心の温度はさらに冷える。

無邪気に食べ物を粗末にする令嬢は、幼く見えても、ジェイル様の妻になりたいという野望をしっかりとその胸に抱いている。

自分の幸せばかり願うとは、なんて醜い性根かしら。契約がなかったとしても、その恋をこの手で壊してあげたくなるわ……。

ジェイル様とペラム伯爵は難しそうな話題をふたりだけで楽しんでいる様子だった

が、それもひと段落したみたい。

「それはそうと、お連れになっているクレア嬢のことですが……」と、ペラム伯爵が話題を変えようとしていた。

名前を出されて、視線をペラム伯爵に向けたら、なにかをごまかすかのような、ぎこちない笑みを返される。

「いやはや、お美しいお嬢さんだと思いまして。オルドリッジ公爵の遠縁というお話でしたな。お年頃とお見受けしますが、公爵とは、その……」

ハッキリと言わずとも、私も花嫁候補のひとりなのかと聞きたそうだ。娘をジェイル様に嫁がせたいと考えているのだから、気になって当然だった。

私はなにも言わずに、ジェイル様が答えるのを待っている。

彼は注ぎ足された赤ワインのグラスを持ち上げて、シャンデリアの光に透かして色を確かめ、香りを嗅ぐ。口をつけるまでにずいぶんと時間をかけ、焦らしてから、ようやくペラム伯爵に答えを与えた。

「ご推測の通りです。クレアは美しい。この美貌に心奪われぬ男はいないでしょう」

ワインを流し込むようにして半分ほどを一気に飲んだ彼は、横目でチラリと私を見てほくそ笑む。

私は目を逸らし、恥ずかしがるふりをしつつ、口に出さずに毒づいた。

心にもないことを、よく言うわね……。

ペラム伯爵は笑顔を引きつらせ、ディアナ嬢は元気を失い悲しげに私を見る。

「やはり、そうでしたか」と言った伯爵は、娘が私に勝てる点を探して口にした。

「オルドリッジ公爵の婚姻ともなると、尊重すべきはやはり、家柄と財力でしょうな。クレアさんは、ボルドウィン子爵の御令嬢でしたな。失礼ですが、領地は持たず、公爵家の土地を間借りしている状況と耳に挟みましたが？」

領地もない子爵令嬢では、公爵家の嫁にふさわしくない。

そう言いたげなペラム伯爵は、微かに顔をしかめて私を見ていた。

本当は子爵令嬢ではなく、辺境伯の娘だと言ったら、この人はどうするのかしら？

と思いつつも、それは公にできない。

私を牽制するペラム伯爵に、愛想よく微笑みかけ、彼の望む言葉を口にしてあげた。

「ご心配には及びませんわ。私、身の引き方は心得ておりますの。ディアナさんのほうがジェイル様にお似合いですわ」

伯爵夫妻は意表を突かれた顔をして、ディアナ嬢は私の手を取り、「クレアさん！」と感激している様子。

ジェイル様だけは不満げで、『話が違うだろ』と言いたげに私を睨んでいた。

その不愉快そうな様子は無視して、私は話を進める。

「ジェイル様、ディアナさんをお屋敷にお招きしてもいいかしら？　もっと深いお話もしてみたいわ。私たち、とても仲よくなれそうよ」

貴族の女性は、お互いの町屋敷を訪問し合って交流するものだと聞いた。

ディアナ嬢とのんきにお茶を飲み、無駄話に時間を費やすつもりはないけれど、お転婆な彼女が楽しめるように、趣向を凝らしてお招きしようと思いついた。

作り笑顔を向ける私の意図を感じ取ったのか、ジェイル様の口もとにも腹黒さの滲む笑みが広がる。

「それはよい考えだ。ディアナ嬢、ぜひとも我が屋敷へお越しください。クレアの友人になっていただけると嬉しく思います。その日は私も早めに仕事を切り上げ、時間をつくるよう努力しましょう」

ペラム伯爵一家は、私たちの黒い思惑には気づいていない。

伯爵夫妻はホッとした様子で顔を見合わせていて、ディアナ嬢はパッと花が咲いたような無邪気な笑顔を見せている。

「お伺いしますわ。いつがいいかしら？」と、今から待ちきれない様子で話しかけてきて、私の心には冷たい木枯らしが吹き抜ける。

ジェイル様の屋敷に招かれ、彼との距離が縮まる予感に喜んでいるのね。私にはめられ、恋が砕け散ることになるとは露知らず……。

ディアナ嬢を招くのは明後日という約束をして、ペラム伯爵一家と離れる。

ジェイル様とふたりで大広間に戻ると、彼が「どんな計画だ？」と面白そうな顔をして聞いてきた。

「帰ってから教えるわ。ここでは駄目よ。誰かに聞かれるかもしれないもの」

彼と並んで話しながら、楽団の前を通り、壁際を歩いていく。

奥には休息用に椅子が並べられている一角があり、そこにルイーザ嬢の紫色のドレスが見えた。

座っている彼女は、若い男性貴族に声をかけられている様子だが、首を横に振ってひと言ふた言答えると、彼は残念そうな顔をして去っていく。

きっとダンスに誘ったのに、ルイーザ嬢に断られたのね。

男性からのダンスの申し込みは、断ってはいけないとマナー本に書かれていた。

けれども、彼女は暗黙の決まりごとを守るより、ジェイル様を待っていたいようだ。

なぜか急激に湧き上がる不快感に押し流されぬよう、深呼吸をして心を落ち着かせると、奥の椅子が並べられているほうへと近づいていく。

今すぐにルイーザ嬢と対決しようという意図はない。

この舞踏会は私にとって初めての社交の場で、言葉遣いや立ち居振る舞いに常に気を配り、見知らぬ男性と何曲も踊らねばならないことに少々の疲れを感じている。

この状態でルイーザ嬢に仕掛ければ、ボロを出しそうで得策ではない。

父娘してひと筋縄ではいかなそうな印象を受けることでもあり、彼女との決戦は次回にしようと考えていた。

それならばなぜ奥へ進んでいるのかというと、ルイーザ嬢の三つ隣の椅子に座っている、深緑色の燕尾服を着た若い男性貴族に用があるからだ。

フローレンス嬢を陥れる前に、彼からダンスに誘われ、それを『疲れたので後ほど』と言って断っていた。その約束を果たそうとしている。

黙って隣を歩いているジェイル様は、またルイーザ嬢をダンスに誘うつもりではないかと思うけれど。

ルイーザ嬢まであと五、六歩のところで、若い男性貴族が私に気づいて立ち上がり、頬を紅潮させて近づいてきた。

彼の後にルイーザ嬢も立ち上がる。彼女が用があるのは、私ではなくジェイル様。

得意げに微笑むその顔を見れば、『やっぱりわたくしのところへ戻ってきたのね』という心の声が聞こえてきそうな気がした。

男性貴族は私の前で足を止め、「クレア嬢、ぜひ私とダンスを一曲」と言って手を差し伸べる。興奮気味に膨らんだ小鼻に、いやらしい目つき。

不快感にしかめそうになる表情を無理やり笑顔に変えて、私は手を重ねようとする。すると、ジェイル様に手首を掴まれ、止められた。

「申し訳ないが、クレアと踊るのは私です。あなたは他の女性をお誘いになればいい。たとえば、すぐ後ろでパートナーを探している、ルイーザ嬢はどうですか？」

あれだけ彼女を独占していたというのに、なぜそんなことを言うの？

驚く私の手を自分の腕に絡ませたジェイル様は、フッと笑って、ルイーザ嬢を見ろと言いたげにわずかに顎をしゃくる。

私たち三人の視線を浴びる彼女は、三歩ほど離れた位置に立ちすくんでいた。

美しい顔をゆがめ、悔しげに唇を噛みしめて、侮辱されたような心持ちでいることがひしひしと伝わってくる。

私たちを睨む彼女は、目の前の男性貴族に誘われる前に踵を返し、足早に離れていった。

「追ってあげてはどうですか？」

ジェイル様に促された彼は、「い、いえ、私はそろそろお暇《いとま》しようと考えていましたもので……」と言い訳すると、私たちに会釈して、彼女とは逆方向へ逃げ去る。

追っていってダンスを申し込んでも、怒りの中にいる彼女にひどく振られることは想像にたやすかった。

「踊るぞ」と言うジェイル様にエスコートされ、私は大広間の中ほどに移動する。

彼の左手が私の右手を取り、もう一方の手は背中に回され、引き寄せられる。

彼と踊るのは初めてではない。これも学ばねばならないこととして、屋敷の中でダンスの指導をしてくれたことが数回あったから。

彼に合わせて三拍子のステップを踏み、ワルツを踊りだす。

他の男性と踊るより気持ちよく動くことができるのは、巧みなリードと、身を任せても大丈夫だという安心感のおかげだろう。

踊りながら「いいの？」と彼に聞く。

「なにがだ？」

「ダンスを申し込まれたら、断ってはいけないと本に書いてあったわ」

「基本はな。だが、お前を誘ったあの男は雑魚《ざこ》だ。末端貴族の三男坊など、なんの力も持たない。無視してもかまわん」

あの男性貴族を低く見ているようなことを言う彼だけど、馬鹿にしている口調ではなく、ただの事実説明に聞こえた。

すべての申し込みを受ける必要はないのかと、新たな知識を頭の中に書き加えつつ、クスクスと笑ってしまう。

「なにがおかしい？」

「その雑魚を、ルイーザ嬢に押しつけようとしていたからよ。あれだけ彼女を独占していたくせに、手のひらを返したようにひどい扱いね」

紫色のドレスを踊りながら探したが、見あたらない。

ルイーザ嬢は応接間で食事をしているのか、それとも悔しさのあまり、アクベス侯爵夫妻より先に帰ったのかもしれない。

今回のジェイル様の振る舞いは、当然アクベス侯爵の耳にも入ると予想できる。

「ルイーザ嬢を粗末に扱えば、アクベス侯爵に睨まれるんじゃないの？」と、からかうように指摘すれば、彼はフンと鼻を鳴らす。

「誰のためだと思っているんだ」

「え……？」

クルリと回転させられたその後は、腰を引き寄せられて必要以上に体が密着し、耳もとに艶めいた低い声が忍び込む。

「クレアがやきもちを焼くからだろう。こうでもしないと、お前の機嫌が直らんと思ってのことだ」

やきもち……私が？

鼓動が急加速し、心が乱される。

恋心などくだらないと思っているのに、嫉妬する必要がどこにあるというの？

それは違うと言いたいが、ジェイル様のリードで紫色のドレスがひらひらと舞うたびに苛ついたのは事実で、その理由を自分では見つけられずにいた。

もしかして、私は……。

体の距離を戻した彼は、ニヤリと笑って私の心を読もうと目の奥を覗き込んでくる。

悟られまいと目を逸らしても、動揺と頬の火照りは隠せそうになかった。

「やめてよ……。私に恋は不要だわ。おかしな暗示にかけないで」

「俺はなにもしていないぞ。お前が勝手に俺に惹かれ始めているだけだろ」

「違うわ！」と声をあげた直後に息をのんだのは、麗しきその顔が急に距離を詰め、唇が触れたからだ。

周囲がざわついているのは、キスに気づかれているせいに違いない。

それでも彼は唇を離そうとしなかった。

曲にのっていた足は完全に止まり、心臓が壊れそうに波打ち、心は勝手に弾みだす。

そんな自分の気持ちに抗おうと、顔を背けて唇をはずした。

けれども顎先をつままれて、すぐに顔を正面に戻されてしまう。

「そんなに赤い顔をして、まだ違うと言えるのか？　素直になればいいだろう。クレア、俺の妻になれ。可愛がってやるから」

「嫌よ。可愛がるのではなく、利用してやるからの間違いでしょう？　その手にはのらないわ。目的を果たしたら、私はゴラスに帰るのよ」

周囲の注目を集めているのはわかっているので、声を潜めて言い返した。

私に断られても動じない彼は、「いつまでそう言っていられるか、見ものだな」と薄く笑い、再び私の手を取り踊りだした。

彼の策にはまらないように、色を醸すその瞳から、視線を逸らしてうつむいた。

しかし、彼の襟もとのピジョンブラッドのブローチが、真紅の輝きで私を惑わせようとしてくる。

ジャボットから香るバラの香料も、覚悟と使命感で固めた私の心を、その甘さでたぶらかそうと企んでいるかのようだ。

たまらず目を閉じ、鼻も塞ぎたい心持ちになっていたが、そのとき耳に「メアリー、こっちにいらっしゃい」と呼びかける女性の声が届いて、ハッと目を開けた。

メアリーと呼ばれたのは、ピンクのドレスを着た幼い少女で、その母親と思しき女性貴族に駆け寄る姿が壁際に見えた。

『クレアお姉ちゃん……』

丘の上の孤児院で儚く命を散らしたメアリーの声が記憶の中からよみがえり、揺さぶられた心は無事にもとの位置に着地する。

私が彼の花嫁候補者を打ち負かすことができたなら、彼はゴラスの悪政について議会で議題にあげてくれると約束してくれた。

その契約の履行だけが、今の私がやるべきことのすべてで、他の令嬢たちのような生ぬるい恋心など抱いている暇はない。

明るい曲調の三拍子のステップを踏みながら、すっかり冷えた瞳でジェイル様と視線を合わせる。

すると、彼は片眉を少々つり上げ、その口からはため息がこぼれ落ちていた。

「まったく、扱いにくい女だ……」

その文句は、彼の色香に惑わされずによくぞこらえたという褒め言葉に聞こえる。

お互いの思惑を胸に、ルイーザ嬢以上の曲数をふたりで踊り続けるうちに、舞踏会の夜は緩やかに更《ふ》けていった。

彼の香りに流されぬように

舞踏会から二日後。今日はディアナ嬢がこの屋敷を訪問する日だ。

秋晴れの空の下、約束の十五時少し前に彼女はやって来た。

ジェイル様は今朝、私と打ち合わせた後に、仕事のために城に出向いている。

ディアナ嬢を陥れる策略に彼も参加してもらわねばならないので、帰宅は十七時にとお願いしていた。

玄関で彼女を迎えた私は、再会を喜ぶふりをして招き入れる。

「ディアナさん、よく来てくださいましたわ。私、昨日からソワソワして、とても楽しみにしていたのよ」

「こちらこそ、お招きありがとうございます」と品よくスカートをつまんで挨拶する彼女は、淑女を装っている様子。

他家を訪問しているのだから礼儀は大切。

しかし、こちらとしてはお転婆でいてくれないと都合が悪いので、「堅苦しい挨拶はいらないわ。楽にしてね」と笑顔で言い、彼女らしさを引き出そうとした。

するると、すぐに緊張を解いた彼女が、「実はね」と小声で打ち明ける。

「お母様に、侍女を連れていくように言われたんです。それを拒否して、ひとりで馬車に乗って出てきたのよ」

「まあ、そうでしたの。ペラム伯爵夫人は、どうしてそう言ったのかしら？」

「私が粗相しないように、ですって。私はもう結婚を考える年で、そんなことするわけないのに、お母様は心配性なんです」

ここに来る前のひと悶着を思い出したのか、彼女は頰を膨らませている。

その様は子どもっぽく見えて、彼女の母親が心配するのも無理はない気がした。

「そうよね」と微笑して同意しながらも、『母親の言うことを聞いていたほうが、あなたにとってはよかったのに』と冷たい声で心につぶやく。

これから彼女には粗相をしてもらう。いや、粗相ではすまない事態になるのだから。

その後は、彼女を一階の南棟の奥へと案内し、南西の角部屋のドアを開けた。

ここはサンルーム付きの応接室。壁の一部と斜めにせり出した庇《ひさし》がガラス張りで、この季節でも日中は初夏のような暖かさだ。

素焼きのタイル敷きの床に、マホガニーの丸テーブルと、若草色の長椅子が置かれ、日光を浴びながら庭の草花を愛でることができる。

今は盛りを過ぎたコスモスと紅葉したナナカマド、それと温室がここから見えた。

胸の前で指を組み合わせるディアナ嬢は、「気持ちのよいお部屋ですわね」と庭に視線を向けている。

彼女をガラスの壁際に誘導して、外を指差して説明した。

「あそこに温室が見えるでしょう？　育てているのはバラなの。ジェイル様はバラがお好きで、年中愛でていたいそうよ」

「そうなんですか！」と、いとしの彼に関する情報に興味をそそられた様子の彼女は、自分の髪にそっと手を伸ばしていた。

彼女の髪を飾っているのは、マーガレットの造花のついた髪留め。

バラの髪飾りにしたほうがよかったのかしら？と、考えているのではないだろうか。

私は彼女から離れて、長椅子の後ろの壁際に置かれているコンソールテーブルの前まで行くと、花瓶に生けられているバラの中から、黄色のものを三本抜き取った。

次にテーブルの引き出しから、花切りばさみを取り出し、その茎を小指の長さを残して切り落とす。

不思議そうな顔のディアナ嬢に、「座って」と長椅子に腰掛けさせると、私は彼女の後ろに立ち、マーガレットの髪留めをはずした。

「クレアさん？」

「クレアと呼び捨ててくれてかまわないわ。敬語もいらない。私もディアナと呼ぶから。私たちはお友達。お友達の恋を応援してあげたいの。じっとしていてね」

温かい声色で言ったが、彼女に見られていないので、表情は白けたままでいる。

彼女の背中まである長い髪は、舞踏会の日と同じく両サイドのみを編み込み、それを結わえていて、はずした髪留めの代わりに黄色のバラを三輪飾ってあげた。

今日の彼女は紅葉した銀杏《いちょう》の葉色のドレスを着ているので、黄色のバラともよく合っている。

できあがると、キャビネットの引き出しから手鏡を二枚持ってきて、合わせ鏡で後ろ髪を見せてあげた。

「ディアナは黄色が似合うわね。とても素敵よ。夕方になればジェイル様がお帰りになるわ。そのとき、あなたの髪を見て褒めてくださると思うの」

鏡を置いて振り向いた彼女は、感激のあまりに長椅子に膝立ちし、両手を私の肩に回すようにして抱きついてくる。

「嬉しいわ、クレア！　あなたとお友達になれた私は幸運ね。ありがとう！」

ひとしきり喜んだ後に彼女は腕をはずし、なぜかばつの悪そうな顔をして「ごめんなさい」と謝ってくる。

「どうして謝るの？」

「私、実は……舞踏会でのあなたの言葉を信じきれずにいたの。オルドリッジ公爵とクレアが、その……キスしているのを見てしまったから」

信じきれずにいた言葉とは、『身の引き方を心得ている』という発言のことだろう。

私は恋敵ではなく、ディアナ嬢を応援するようなことを言った記憶は、まだ新しい。

キスを見られたことに関しては、私の計画にはなかったことで、『余計なことをしてくれたものね』とジェイル様に文句を言いたい心持ちでいた。

けれど、それくらいごまかせない私ではない。

私たちのキスシーンを目撃した衝撃を思い出したためか、不安げな表情になってしまったディアナ嬢。

そんな彼女に言い聞かせるように、ゆっくりと語りかける。

「おかしな場面を見せて、ごめんなさい。でも不安に思う必要はないのよ。あのキスは、妹をからかうようなものだから」

「妹を？」

「ええ。私は彼の遠縁で、小さい頃に遊んでもらったことがあるわ」

ジェイル様と私は幼い日に結婚式ごっこをして遊んだことがあり、舞踏会で踊りながら話していたのは、そのときの思い出。

彼は私をからかって、昔を再現しただけだというつくり話をした。

「私はもう子どもじゃないのに、困ってしまうわ」と言って話をしめくくると、「そうでしたの」とディアナ嬢はホッとしたように頬を緩め、「子ども扱いされるなんて私と同じね！」と喜んでいた。

簡単に騙される彼女に心であきれつつ、「それと、もうひとつ理由があるわ」と興味を誘う。

「どんな？」と食いついた彼女から離れて、長椅子を回り込み、テーブルを挟んで彼女の向かいの一人掛けの椅子に座る。

彼女も前に向き直り、若干身を乗り出すような姿勢で、話の続きを待っている。

嘘に食いつくその様子が滑稽で、クスリと笑ってから、彼女の望みに合うようなキスの理由を加えてあげた。

「ディアナにやきもちを焼かせたかったんだと思うわ。舞踏会の帰りの馬車では、ジェイル様はずっとあなたのことを話していたのよ。花嫁候補者の中で、あなたはきっと最有力ね」

馬車内での話題がディアナ嬢のことだったのは事実だが、それは好意的なものではなく、今日のための策をふたりで話していただけだ。

そうとは知らずに、「まあ！」と両手で頬を挟み、恥ずかしそうに赤面する彼女。

「そんなことないと思うわ。アクベス侯爵家のルイーザさんとは、何曲も踊っていらっしゃったもの、私なんて……」

謙遜しながらも期待は隠せないようで、身悶えして喜んでいた。

笑顔を保持しつつ、冷ややかな思いでいると、ドアがノックされてワゴンを押したメイドが入ってくる。

「失礼します。お茶をお持ちしました」

「ありがとう。やらせてしまってごめんなさいね。ここからは私がするわ」

私とメイドの会話を聞いているディアナ嬢は、不思議そうな顔をしている。

メイドが退室した後は、私がワゴン上の焼き菓子をテーブルに並べる。

ティーポットから白磁に蔦の模様の入った美しいカップに紅茶を注いで彼女のために給仕していると、「どうしてクレアがそんなことまでするの？」と、尋ねられた。

ディアナ嬢は、お茶の一杯も自分の手で入れたことがないのだろうか？

私がしたことは、紅茶を注ぎ、メイドが用意してくれたものを並べたにすぎない。

たったそれだけのことであり誰がやってもいいようなものなのに、貴族令嬢という生き物は『そんなこと』に含めるようだ。

テーブルの上には、ジャムを添えたビスケットが三種類と、切り分けたアップルパイが彼女の分だけ並び、他にはふたり分の紅茶とシュガーポットが置かれている。

給仕を終えてもとの椅子に座った私は、思わず侮蔑の視線を向けてしまう。

ビクリと肩を震わせた彼女に、ニッコリと微笑みかけて不安を取り除いてあげてから、「自分のことは自分でやりたいのよ」と説明した。

「そのアップルパイもビスケットも、私が焼いたものよ。どうぞ召し上がって」

デザートナイフとフォークを使ってアップルパイをひと口食べた彼女は、「とてもおいしいわ」と褒めた後に、「趣味はお料理なの?」と、的はずれな質問をしてきた。

趣味ではなく、生きるために身につけた技術だと思いながら、くだらない質問には答えずに、話を先に進める。

「掃除や洗濯も得意よ。このお屋敷に来てから、なにもさせてもらえないけど」

「ええっ⁉」と彼女が大袈裟なほどに驚くから、アップルパイがフォークから抜け落ちて、彼女の足もとに落ちてしまう。

すぐに立ち上がった私は、ハンカチを出して落とされたアップルパイを拾い、ディアナ嬢に冷たい視線を向けた。

「食べ物には、それを調理した人と、原材料を生産している人がいることを忘れないで。それとこの世には、リンゴひとつ、ベーコンひと切れさえ口にできずに、慢性的な飢えに苦しむ子どもたちが大勢いるということも」

「ご、ごめんなさい……」

彼女が身をすくめて言った謝罪の言葉はきっと、私を怒らせたことに対するもので、今まで食べ物を粗末に扱ってきたことまでは反省していないと思う。生まれたときから贅沢しか知らず、食べ物のありがたみを感じたことがないだろうから。

つい、きつく注意してしまったが、それは計画の内ではないので、すぐに作り笑顔に戻した。椅子に座り直すと「こぼさないようにね」と優しい声色で注意し直し、それからは計画通りの話題に修正する。

「そういえば、ディアナはお転婆だと教えてくれたわよね。実は、私もそうなの。子どもの頃は畑仕事もしたし、丘を駆けていたわ。大人になってからも、毎日のように丘に登っていたのよ」

丘というのは、孤児院の立つ丘のこと。

彼女のお転婆ぶりとはかなり毛色が違うけれど、貴族令嬢らしからぬ行動を取るという点は一致しているので、そう言った。

畑仕事には首をかしげたディアナ嬢だったが、理解できないからかそれには触れず、「私も見晴らしのいい丘は大好きなの！」と、嬉しそうに言った。

「高い場所は気持ちがいいわよね。私も馬に乗って、丘を駆けることがあるわ。お父様に叱られてしまうから、こっそりとね」

「そう。ディアナは馬に乗れるのね。すごいわ。私は乗馬の経験がないの。馬車の前に飛び出したことならあるけれど」

ジェイル様に用事があって、彼の馬車を止めたことがあると話したら、ディアナ嬢は目も口も大きく開いて盛大に驚いていた。

その愉快な表情に思わずプッと噴き出して笑ったが、気持ちはすぐに黒い企みの中に戻される。

「ディアナはお転婆ぶりをジェイル様に知られたくないと言ったわよね」

「ええ」

「隠す必要ないわよ。彼は馬車を止めるような私でも、可愛がってくれるもの。あなたは淑女を装わずに、本当の姿を見せるべきよ。そのほうが気に入ってもらえるわ」

その言葉は、彼女を喜ばすには十分だった。

欠点だと思っていた性格は、彼に気に入られる長所だと教えられ、その茶褐色の瞳はたちまち輝きを増す。

ほんのり赤く頬を染めて夢見心地な顔をしているところを見ると、ジェイル様に求婚されている場面でも想像しているのかもしれない。

お転婆でもいいのだと彼女が信じたのを感じ取り、私はほくそ笑む。

腹黒さの滲む笑い方はティーカップで口もとを隠しているため気づかれることはなく、私は話を次に進めた。

「今日はディアナのために、楽しい遊びを用意しているの。やってみない？」

「遊び？　どんな？」と食いついた彼女に、簡単に言えば宝探しだと説明する。

目の前のマホガニーのテーブルには、引き出しがついている。

それを開けて一通の白い封筒を取り出した。中には手のひらサイズのカードが一枚入っていて、それを彼女に手渡す。

「異国のお皿の絵かしら？」とディアナ嬢は首をかしげる。

その通り。カードには唐渡りだという、珍しい東洋の絵皿が描かれていた。

「裏を見て」と指示すると、彼女はカードをひっくり返して、そこに書かれた文字を読む。

「右に四十。曲がり角」

「それはヒントよ。ヒントを解読して、その絵皿が飾られている部屋を探して。絵皿のそばには、次のカードを入れた封筒が置いてあるわ」

そこまで説明すると、ディアナ嬢はカードを膝に置き、両手をパチンと合わせて興奮気味に言った。

「わかったわ！　ヒントを頼りにカードを次々と探していって、最後に行き着いた場所に宝物があるという遊びね！」

「そうよ、よくわかったわね。あなたはとても賢いわ」

褒められて照れくさそうに微笑む彼女は、私が内心、愚かに思っていることなど、微塵も気づいていないだろう。

お転婆でもいいと私に煽られ、かつ注意してくれる者のいないディアナ嬢は、この遊びをやる気満々な様子。カードを手にすっくと立ち上がると、「ねぇ、最後の宝物ってなにかしら？」と、ワクワクした顔を向けてきた。

私の目線は、彼女からテーブルの上に移動する。

そこには半分ほど手をつけた焼き菓子の皿があり、残すつもりでいることに怒りを覚えつつも、怯えさせないよう、笑顔を浮かべて言った。

「まずは、あなたのために用意したお菓子をすべて食べてもらえるかしら。残されると心が痛むわ。食べ終えたら、教えてあげる」

先に叱った、食べ物を粗末にしてはいけないという教えは、やはりディアナ嬢の心には響いていなかったようで、言われてハッと思い出した様子の彼女は長椅子に座り直し、慌てたように食べ始めた。

私がじっと見据える中ですべてを食べ終えた彼女を、「偉いわね」と幼子に言うように褒めてあげ、その後は立ち上がることを許可してあげた。

応接室の扉を開けて、私たちは無人の廊下に一歩踏み出す。

この屋敷には常時三人の執事がいる。彼らは今日の企みの妨げになっては困るので、ジェイル様に言って方々に使いに出してもらい、この時間は留守にしていた。

下働きの使用人たちにはあらかじめ、お菓子を持ってきた後は私たちにかまわなくていいと言っておいた。今は彼らの休憩時間だから、別棟の厨房横の食堂に全員が集まり、お茶を飲んでいることだろう。

静かな廊下で、焦らすように先延ばしにしていた最後の宝物について、私はやっと教えてあげた。

「宝物とは、ディアナがもっとも知りたがっていることよ」

「え……？」

つぶらな茶褐色の瞳を瞬かせ、それはいったいなんだろうと彼女は考えている。

「わからないの？　あなたはジェイル様の気持ちが知りたいんじゃなくて？　宝の部屋に行き着いたとき、彼があなたに対して抱いている気持ちを知ることができるわ」

やっと理解した様子の彼女は、「私へのお手紙かしら」と頬を染めている。

私は肯定も否定もせずにニッコリと笑みだけを返し、「さあ、早く探して」と廊下の先を指差して促した。

「ジェイル様は十七時にお帰りになるわ。あと一時間。そこが制限時間よ。それまでにあなたは、彼の心を手に入れることができるかしら？」

ディアナ嬢の瞳には、子どもっぽい好奇心と冒険心の他に、恋を成就させようとする女の野望も見て取れた。

「絶対に宝物を見つけるわ！」と頼もしく、歩数を数えながら廊下を右に歩きだす。

カードの裏に書かれていたヒントは、【右に四十。曲がり角】。

彼女が四十を歩数と解釈したのは正解だ。四十歩を歩くと、玄関ホールへ繋がる曲がり角に差しかかり、その角部屋のドアノブに手を掛けて、彼女は私に振り向いた。

「開けてもいいかしら？」

「どうぞ。この屋敷内のドアはどこでも自由に開けていいわ。立ち入り禁止の部屋は施錠してあるから、心配しないで」

うなずいた彼女は、そっと扉を開けた。それから「あったわ！」と喜び勇んで、中に駆け込む。

この部屋も応接室。屋敷内の応接室は大小合わせて五つもあり、ここは東洋の珍しい家具や茶器などを飾ったオリエンタルな雰囲気でまとめた部屋だった。

ディアナ嬢は珍しい家具には目もくれずに、カードに描かれていたものと同じ絵皿に一直線。キャビネットの上に飾られていたその絵皿の前には白い封筒が置いてあり、その中から次のカードを、楽しそうな顔をして引っ張り出していた。

「次は壺ね。矢印に二という数字。このヒントは、二階に上がれということかしら」

「自由に探索してね。私はもとの応接室で待っているわ。時間に気をつけて、がんばって宝物を見つけ出して」

「ええ！」

新しいカードを手にした彼女は、銀杏の葉色のドレスの裾を元気に翻す。

その際に、廊下へと駆け出した彼女の髪から、黄色のバラの花びらがひとひら散り落ちた。

ひとりきりの部屋で作り笑顔を消した私は、着ている普段使いの緑色のドレスの胸もとから、忍ばせていた黄色のバラを一輪取り出した。

これは彼女の訪問前に用意していたもの。

彼女の髪に黄色のバラを飾ってあげたのは、会話の流れ上のことではなく、計画されていたことだった。

私は取り出したバラの花びらを二枚剥がし、彼女が散らした花びらに足すように、絨毯の上に落とす。それから絵皿を手に取ると、それを躊躇なく床に落として割った。

この部屋の調度類はどれも高級品だが、絨毯の上で五つに割れた絵皿には骨董品としても美術品としても価値はない。

昨日、私は港の青空マーケットに足を運び、骨董市でこの絵皿を買った。

店主は『唐渡りの珍しい一品だ』と言ったが、骨董通らしき客の男性に『よく見れば偽物だとわかる』と笑われて、歯噛みしていた。

偽物と聞いて買う気になった私は、リンゴひとつ分と同じ価格の二セルダで購入し、他にも青磁の壺や絵画など、どれも偽物ばかり買いつけた。

それらはディアナ嬢が探して歩くカードに描かれている品々で、どれも壊さねばならないから偽物のほうが都合がいいのだ。

足もとで割れた絵皿と、絨毯の上に点々と散り落ちた黄色の花びらを、冷ややかに見つめていた。

他家で高価な品々を壊して歩く貴族令嬢がいるとしたら、どう思われるかしら？　親は恥ずかしくて、嫁に出そうなどと思わないわよね。相手の男性にだって、結婚を断られて当然よ。

ほくそ笑んでみたのは、チクリと痛んだ心をごまかすため。目的を果たすためなら、私はどこまでも心を黒く汚そうと思う。

無邪気に食べ物を粗末にする貴族令嬢などに、一片の同情も湧かないわ……。


ディアナ嬢がカード探しを始めてから五十分が経とうとしていた。

二階の大広間で最後のカードを見つけた彼女は、廊下に出てくると、「次の部屋に宝物があるのね！」と大きな独り言を口にしていた。

三階に上がり、南棟の廊下を歩数を数えながら歩く彼女。その後ろをこっそりと私がつけていることには、まったく気づいていないようだ。

彼女は廊下の中ほどで足を止め、すぐ横にある扉のドアノブに手をかける。

そこはジェイル様の寝室だ。

ここまでいくつもの部屋のドアを開けてきた彼女なので、今は少しの躊躇もなく、勢いよくその扉を開ける。

黄色いドレスが部屋の中に入り、ドアが閉められたのを見届けてから、私はそっと近づいて、そのドアを少しだけ開けて中を覗いた。

私に与えられた部屋の二倍ほど広いこの部屋は、調度類は濃い茶色の木目をして、カーテンや絨毯は落ち着いた深緑色。

三人が並んで寝られそうな大きなベッドは、中央に置かれ、奥には火の入った暖炉、その手前に椅子が一脚のテーブルセットが配されている。

窓際には執務室にあるものよりは小振りな机と書棚と振り子の柱時計があり、その向かいの壁にはキャビネットが四つも並んでいた。

暖炉の横の壁には、クロスしたレイピアが調度品として飾られている。

私にしたら贅沢なつくりの部屋だが、貴族としては装飾が控えめで、清閑で趣味がよく男性的な印象のある部屋だった。

これまで私はジェイル様の寝室に立ち入ったことはない。屋敷に来て間もない頃、侍女としての仕事をさせてもらおうとこのドアをノックするたびに、オズワルドさんに『無用』のひと言で退けられていたことを思い出す。

その際に中の様子の片鱗は見えたが、じっくりと観察する機会はなかった。

しかし、調度類の数や配置、色合いなどは知っていた。

それは最後のカードに描かれているのが、この部屋の全体図だからだ。

絵の通りね……と、オズワルドさんに感心していた。

今回の企みの計画を立てたのは私だが、カードの絵のすべてはオズワルドさんが描いてくれた。

というのは、私が描いた絵に、ジェイル様が驚きあきれて文句をつけてきたからだ。

『これが絵皿だと言うのか？　トマトを踏みつけた靴底かと思ったぞ。クレアは天才的に絵が下手だな。お前が描いてもなにかわからないから、オズワルドに任せておけ』

そこまでひどいのかと恥ずかしさに顔を熱くした私だが、下手なのは仕方ない。

これまでに絵を習ったことなどもちろんなく、遊びで描いたこともない。ゴラスで絵の具は高級品で、触れたことさえなかったのだ。

オズワルドさんのおかげで、誰が見てもなにかがわかる絵がカードに描かれている。

しかし、ディアナ嬢はこれまでと違い、どうしていいのかわからないといった様子で、うろうろと歩き回っていた。

描かれているのが絵皿や壺ではなく、寝室の全体図だったからだろう。

「困ったわ。私宛てのお手紙は、どこにあるのかしら？」

最後の部屋にある宝物とは、ディアナ嬢に対する彼の気持ちだと説明してある。

それを自分宛ての恋文だと勘違いしている彼女は、机の上やテーブルの下を覗き、ありもしない手紙を探していた。

クスリと笑った私は、ドアを大きく開けて、廊下から彼女に呼びかける。

「すごいわ、ディアナ。制限時間以内にこの部屋にたどり着いたのね」

パッと振り向いて私を見た彼女は、眉をハの字にかしげて、駆け寄ってくる。

「ええ。最後の部屋にはたどり着いたけど、お手紙が見つからないのよ。部屋のどこを探していいのか……難しすぎるわ」

「宝探しというのは、徐々に難しくなるものでしょう？　わかりづらくて当然よ」

彼女の文句を軽くあしらった後は、励ましと助言を与えてあげる。

「難しくても賢いディアナなら、きっとジェイル様の心を見つけられるわ。がんばって。キャビネットや引き出しの中、本の間かもしれないわね。それとも……ベッドの毛布の中かしら？」

ベッドという言葉を強調するように言ったら、ディアナ嬢は後ろを振り向いた。

「あの、この部屋、もしかしてオルドリッジ公爵の寝室ではないのかしら？　ベッドの中を調べるのは、ちょっと……」

夫でもない男性のベッドの中を探るなんて、非常識極まりないことだと、お転婆なディアナ嬢でも知っているみたい。

私に言わせれば、寝室に勝手に足を踏み入れている時点ですでに常識はずれな行為。私の足はまだ廊下にあり、寝室には一歩も立ち入っていない。

彼の寝室の明かりをともし、暖炉に火をくべたのは、出かける前の執事だ。

この部屋にだけはなんの細工もしていない私なので、ディアナ嬢と一緒にしてほしくない気持ちでいた。

ベッドの中を探すことに躊躇している様子の彼女に、「あら、もうすぐ制限時間ね」と、机の横にある立派な振り子時計を指差した。

十七時まではあと五分。時間になれば、この遊びは終了だ。

ディアナ嬢は慌てた様子で、ベッドは避けてまずは机の引き出しを開けていた。そこに見つからないとわかると今度は、キャビネットの扉を開けて、ジェイル様の上着を引っ張り出し、ポケットの中に手紙を探している。

その様子に薄笑いを浮かべた後は、私ひとり、ドアを閉めて廊下を歩きだした。

そろそろジェイル様が帰ってくる。客をひとり連れて。

執事たちは皆、外出させているのだから、私が玄関でお出迎えしなくては。

秋の夕日はすっかり落ちて空には早くも夜の帳《とばり》が下り、執事が出かける前にともしていった壁の燭台の明かりがないと、廊下は真っ暗になっていたことだろう。

薄明かりの中、廊下を進み、階段を下りて玄関ホールに姿を現わすと、ちょうど玄関扉が開いて、ジェイル様と客人の男性、その後にオズワルドさんが入ってきた。

私は困り顔を浮かべてジェイル様に近づき、「お帰りなさいませ」と声をかけた。

「ただいま。ペラム伯爵をお連れしたんだ。議会後に無理を言って寄っていただいた。ディアナ嬢もいらしていることだから、一緒に晩餐を楽しもうと思い立ってな」

連れてきた客人とはペラム伯爵で、ディアナ嬢の父親だ。

彼は舞踏会の日と同じように、丸顔を艶々と油で光らせていて、「クレア嬢、お邪魔しますよ」と社交辞令的な笑みを向けてきた。

「ペラム伯爵、ようこそおいでくださいました」とスカートをつまんで会釈してから、また困り顔に戻し、落ち着きなく目を泳がせてみた。

するとペラム伯爵が怪訝そうな顔をして、「娘はどこですかな?」と聞いてきた。

「ディアナさんは、ええと、その……」

口ごもる私に「どうした？」と問うのは、ジェイル様。

彼の眉間に寄せた皺はもちろん演技で、私の肩を掴んで顔を覗き込んでくる。

「なにかあったのか？　言いなさい」

「ジェイル様、申し訳ありません……」

先に謝ってから、説明する。ディアナ嬢に誘われ、隠れんぼを始めたのだが、彼女の姿を見つけられずに困っているということを。

「隠れんぼだと？　クレア、お前はいくつだ。もう子どもではないだろう」

「ごめんなさい。ディアナさんをお止めできなくて……」

今朝の打ち合わせ通りに叱りつけるジェイル様に、私も予定通りに肩を落として反省しているそぶりを見せていた。

「まあまあ」とジェイル様をなだめてくれたのはペラム伯爵で、それは私をかばったわけではなく、そうせざるを得なかったからだろう。

ディアナ嬢から隠れんぼに誘ったのだと、先ほど私が説明したためだ。

「オルドリッジ公爵、いいではありませんか。少女のような心をいつまでも忘れないほうが、女は見た目も若く美しくいられるというものですぞ」

おかしな理屈をこねながらも、ペラム伯爵はハンカチで額の汗を拭っている。

この季節の夜の廊下は寒いほどなので、それはきっと冷や汗なのだろう。娘のお転婆ぶりにジェイル様が嫌悪感を示せば、結婚話を先に進められないと危ぶんでいそうだ。

オズワルドさんだけは、いつもの真面目で堅物な表情を崩さずに一歩離れて控えているが、私とジェイル様はバレない程度にニヤリと笑い合う。

すべては順調。計画通りだ。

その後は「皆でディアナ嬢を探しましょう」とジェイル様が言い、彼とペラム伯爵、私とオズワルドさんのふた組に分かれて、屋敷の中を探すことになった。

ジェイル様たちは一階を南棟へと折れ、私たちは玄関ホールの奥にある階段を上る。

ふたりきりになるとオズワルドさんは、珍しく話しかけてきた。

「こういう企みごとは、本来なら私の好むところではありません」

私に協力していても、それはジェイル様に命じられたから仕方なく手伝っているのだと、彼は言いたいようだ。

「文句なら、ジェイル様に言って」と冷たく言い返した後に、「安心してください」と付け足した。

「なにをですか?」

「オズワルドさんは、私をジェイル様の伴侶にしたくないのでしょう？　それなら心配無用だわ。花嫁候補者を蹴散らしても、私は彼の妻になる気はないので」

「それはよい心がけですね。どうかその調子で求婚を拒み続けてください」

冷気が肌を刺すのは、室温のせいだけではないだろう。

オズワルドさんはジェイル様の命令に忠実な近侍だが、この胸に契約のバラが刻まれた夜は、思いがけずにジェイル様に意見している様子を立ち聞きしてしまった。

自分より十ほども若い当主が道を踏みはずさぬよう、心配している様子でもある。

オズワルドさんの中で、私は彼の妻として不適格という認識は継続中らしく、それは私も同じ思いなので特に反論すべきことはない。

その後は会話はなく、私たちは並んで階段を上り続け三階に足をつけた。

そこで、オズワルドさんが再び口を開く。

「あなたに出会ったことで、ジェイル様の野心に火がついてしまいました。私は平和の中でのオルドリッジ家の繁栄を願っております。争いごとは好みません。くれぐれも、ジェイル様の企みにのりませんように」

おそらく無言でいた間も彼は思案していて、その結果の発言だと思われるが、私には唐突に聞こえる。

意味がわからずに「どういうことですか？」と隣に振り向き尋ねると、鋭い視線を前方に向け続ける彼は、歩調を速めて私の前に出てしまう。

並んで歩くことを避けられたということは、それ以上、説明する意志はないということだろう。

オズワルドさんの黒みがかった短い後ろ髪を見ながら南棟の廊下を進み、『ジェイル様の野心』と言われた言葉を心で反芻《はんすう》していた。

思い出したのは、灯台の中での会話だ。

私の家、エリオローネ辺境伯の領地は、プリオールセンという地名で呼ばれている豊かな土地だと彼に教わった。

隣国に攻め込まれて領土を奪われてしまったが、辺境伯とともに戦ったアクベス侯爵がその侵攻を半分で食い止めてくれたという話も。

プリオールセンの半分は隣国の支配下に置かれ、残りの半分は消滅したエリオローネ家に代わって、アクベス侯爵が管理しているそうだ。

それを聞いても、領地のことに関心を向けない私を見て、ジェイル様は『取り戻したいと思わないのか？』と言ったのだ。

もうひとつ、思い出したことがある。

胸にバラを刻まれた夜、ジェイル様とオズワルドさんの会話を立ち聞きしていたら、こんな言葉を聞いてしまった。

『クレアを妻にしたら……の大義名分ができるだろう』

肝心な部分が聞こえずに歯がゆい思いをしたが、オズワルドさんの忠告を聞いた今ならわかる気がする。

私を妻にしたら、辺境伯領を取り戻すための戦を仕掛ける、大義名分ができるのだ。

ジェイル様は気まぐれではなく、心から私を妻にしたいようだ。

それは豊かな辺境伯領を、己の領地としたいため……。

正解しているのかはわからないが、筋は通っている。

有力貴族の娘ではなく、家も土地も失い、普通の町娘よりも貧しい生まれ育ちの私を欲しがる理由がわかった気がして、複雑な心境にさせられていた。

ジェイル様が私に想いを寄せているとは、微塵も思っていなかったはずなのに、なぜ胸が痛むの。おかしいわ……。

しかし、ゆっくりと思い悩む暇はなく、ジェイル様の寝室の前に着いてしまった。

今は、ディアナ嬢を始末することに集中しなければ。

そっとドアノブを回して中を覗くと、部屋はひどい荒れようだ。キャビネットの中にあった衣類は取り出されて床に散乱し、書棚の本も散らばっている。

もちろんそれは、私が衣服や本の間も探すように言ったことが原因で、制限時間までわずかだったから焦りのあまりの惨状ということだろう。こちらの予定通りだ。

そして強調しておいた、ベッドの毛布の中かもしれないという言葉に、ディアナ嬢の膝が今、ベッドの上にのったところ。

最初はベッドの中を探すことに戸惑っていた様子の彼女だったが、どんなに探しても手紙が見つからないことで、もうここしかないと意を決した様子だった。

クスリと笑ってドアを静かに閉める。

オズワルドさんに振り向いて「打ち合わせ通りにお願いします」と言うと、彼は不本意そうな顔をしながらも、仕方なくうなずいていた。

私はこの場を離れて廊下を小走りで引き返し、階段へ。

すると、後ろにバタンと勢いよくドアを開けた音と、「なにをしておいでですか！」ととがめるオズワルドさんの大声が聞こえた。

「ジェイル様、見つけましたわ！」と私は階下に向けて声を張り上げ、すぐにふたり分の足音が聞こえて、ジェイル様とペラム伯爵が駆け上がってきた。

ペラム伯爵が血相を変えている理由は、ここに来るまでに、応接室の割れた絵皿や、傷つけられた大広間の絵画などを、ジェイル様に確認させられたからだ。そして「ジェイル様の寝室に」という私の言葉に、絶句していた。

三人で寝室に急ぐと、そこではオズワルドさんに怒鳴られて、驚きのあまりに動けずにいるディアナ嬢が、まだベッドの上にいた。

四つん這いの姿勢で毛布を片手でめくり、そのまま固まっている姿は滑稽以外、言い表しようがない。

「ディアナ！　お前はいったい、なにをしているのだ！」とペラム伯爵の怒声が響く。

厳しい表情の男性三人に取り囲まれた彼女は、驚きに怯えを混ぜたような顔をしているが、まだ事態すべてを把握しきれていないみたい。

寝室に入らずに、開け放たれたドア前で立ち止まっている私に、「クレア！」と呼びかけ、助けを求めてくる。

「お父様もオルドリッジ公爵も、なにかを勘違いしていらっしゃるわ。クレアから、説明してあげて！」

彼女の必死の求めに、私は冷たく言い返す。

「もう説明しました。ディアナさんが屋敷の中で隠れんぼを始めた話を。まさかジェイル様の寝室に隠れているとは思いもしませんでしたわ」

「隠れんぼですって⁉　私は――」

話が違うと反論しようとした彼女だが、その言葉は遮られてしまう。

ペラム伯爵が娘の頬を平手打ちしたからだ。

パチンと痛そうな音が響くと、たちまちディアナ嬢の瞳には涙があふれる。

信じられないと言いたげに、叩かれた頬に手をあてているところを見ると、普段のペラム伯爵はお転婆な彼女を甘やかし、きつく叱ったことはないと推測できた。

ペラム伯爵は彼女の腕を掴んで、手荒くベッドの上から引きずり下ろし、絨毯にお尻をつけて怯える娘を、語気荒く叱りつけた。

「とんでもないことをしたのだと、自覚しなさい！　この部屋に立ち入ったことだけではないぞ。高価な絵皿や絵画を壊してまで、子どもがする遊びに興じるとは、なんと情けない。公爵にお詫びのしようがないではないか！」

「わ、私、なにも壊してないわ！」

涙に濡れる瞳を見開いて慌てる彼女に、ジェイル様が「嘘をつかないほうが賢明ですよ」と半歩詰め寄った。

「あなたの髪を飾る黄色のバラはずいぶんと散り落ちているようだ。その花びらがあちこちの部屋に落ちていましたよ。貴重な品々が壊されていた部屋に。相当に暴れていた証拠でしょう」

「そ、そんな……」

立ち並ぶ男性たちの隙間に、恐る恐るこっちを見たディアナ嬢。青ざめるその顔にニヤリと笑ってあげたら、今やっと私にはめられたのだと気づいたようだ。

無邪気で幼い印象を与えるその顔が、悔しげにゆがんでいる。

能天気な笑顔より、今の顔のほうが大人びて見える。いや、年相応になったと言ったほうが適切かもしれない。

人を疑わずに天真爛漫なお嬢様を続けていては、痛い目に合うのよ。

その学びは今後の彼女の人生において、大切な教訓となることだろう。

人生観が変わるほどの大きな衝撃を受けた彼女は、それでも震える涙声で必死に弁明していた。

「私は騙されたのよ。この部屋にオルドリッジ公爵の、私に対するお心が隠されているとクレアに言われたのよ」

それに返事をするのは、私ではなくジェイル様。

彼は蔑むような目で彼女を見下ろし、低く冷たい声で言った。

「私の心を探していたのですか。それでしたら、今お見せしましょう。ディアナ嬢は私の妻にふさわしい女性ではない。そう思っています」

恋する相手に嫌われて、彼女の涙の量は増す。

しかし、ワッと声をあげて泣き伏しても、同情を寄せる者は誰もいなかった。

「それにしても、ずいぶんと荒らしてくれたものです」とジェイル様が部屋を見渡しつぶやけば、ペラム伯爵が深々と頭を下げた。

「ディアナが壊した品は弁償させていただきたい。お転婆なのはわかっておりましたが、まさかここまで非常識な娘だったとは……。すぐにでも田舎屋敷に連れ帰り、一から教育し直します。このままでは恥ずかしくて、どこへ嫁がせることもできません」

その言葉を聞いたら、花嫁候補者のふたり目の始末は完了したことになる。

私の役目はおしまいなので、寝室に背を向けて薄暗い廊下をひとり歩きだした。

割れた絵皿や壺を片づけなくては。自分でやったことなのだから、使用人たちの手を煩わせたくないと思っていた。

階段までくれば、泣き声も叱責の声も完全に聞こえなくなり、ゆっくりとステップを下りる私の靴音だけが誇張されて耳に響く。

「あと、ひとり……」

心はすでにアクベス侯爵の娘、ルイーザ嬢に向いている。

彼女を片づければ私の仕事は完了で、あとはジェイル様がゴラスの政治に介入する様子を見届けるだけ。私はここを離れて、ゴラスに帰れるのよ。

喜ばしいことのはずなのに、なぜか胸に湧き上がる寂寥《せきりょう》感。それを意志の力でぐっと押し込め、別れがたいと感じる心と戦っていた。

愚かな恋心など抱きたくはない。目的の遂行のみに意識が向くよう、もっともっと心を冷やさなければ……。


ペラム伯爵父娘は帰り、屋敷の中の片づけも終わっていた。

いつもより遅めの晩餐も沐浴もすませ、自室へ戻ろうと階段を上っていると、二階までもあと少しのところで上から下りてきたジェイル様と鉢合わせた。

「お休みなさい」と挨拶して、脇を通り抜けようとしたら、サッと出された彼の左腕にお腹のあたりを捕らえられる。

「なに?」と左に顔を向けると、まだ悪巧みをしていそうな彼と視線が交わった。

「やけにつれない態度だと思ってな。またやきもちか?」

からかうようなその言い方に、沐浴後の清涼感は消されてムッとする。とはいえ、雇い主を相手に口喧嘩する気もないので、「意味がわからないわ」と至極冷静に言い返すにとどめておいた。

すると、面白くないと言いたげに彼の眉間に皺が寄る。

「俺の寝室に立ち入りを許可してやったのに、お前は最後まで一歩も足を踏み入れなかったな。ディアナ嬢はベッドの上にまでのったぞ。いいのか？」

私が企んだことに対し、
最初に私のやきもちを指摘した彼だが、本当は『やきもちを焼いたらどうだ』と言いたいように聞こえて首をかしげる。

「妬いてほしかったの？」と問い返せば、「そうだな」と真顔でアッサリと認められ、戸惑いながら目を瞬かせた。

途端に形のよい唇が、ニヤリと意地悪くつり上がる。

「もっと俺を欲しがれ。舞踏会でむくれていたお前は、なかなか、可愛かったぞ。今宵も存分に拗《す》ねてみせろ」

一昨日の舞踏会では、ジェイル様を独占していたルイーザ嬢になぜか不愉快な思いがして、たしかに苛ついていた。

彼はそれを嫉妬ゆえの態度だと言いたいようだが、違うわよ。

ゴラスを背負う私には、恋などしている余裕はないのだから。

顔を背け、「からかわないで」とため息交じりに答える。

腹部にかかる彼の左腕をはずそうとすると、そこに圧が加わり、視界が急に傾いた。

「あっ！」と驚きの声をあげた次の瞬間、私は軽々と彼の肩に担がれていた。

「なにをするのよ！」と声を荒らげても、返ってきたのはククク と意地悪く笑う声だけ。

私を担いだままで彼は方向転換し、階段を三階へと上り始めた。

「素直になれないクレアを、優越感に浸らせてやろうと思ってな」

「まさか、寝室に連れ込もうというの⁉」

「入れば己の心がわかるだろう。可愛がってやるぞ。他の令嬢たちには与えられない、特別な計らいに喜べばいい」

冗談じゃないわよ。ジェイル様に心を揺らさないようにしたいのに、誘惑してくるなんてずるいわ。

お腹に食い込む広い肩や、黒い上着越しでもわかる筋肉の張り。私の太ももに触れる逞しい腕に、冷やしていた心がたちまち発熱し始め、心臓は意思に反してうるさく鳴り立てる。

足をバタつかせても、「こら、おとなしくしろ」と笑われるだけで降ろしてくれず、とうとう彼の寝室まで連れていかれてしまった。

ディアナ嬢が散らかした部屋はすっかり片づいて、今はもと通りの秩序と落ち着きがある清潔な空間が広がっている。

暖炉に薪が弾ける音がして暖かく、壁の燭台ふたつに小さな炎が揺れていた。

抵抗虚しく、私は靴を脱がされて、ベッドの中央に下ろされてしまう。

その隣に彼も腰を下ろすと、したり顔をして「どうだ？」と聞いてきた。

どうって……。

肩から下ろされても鼓動はドキドキと、少しも静まらないことは説明できない。

熱くなる顔をうつむかせたのは恥ずかしがっていることを悟られまいとしているからで、声が緊張に震えぬように気をつけながら、彼の思惑に沿わない返事をした。

「別になんとも思わないわよ。喜びも優越感も湧かないわ」

早く話を終わらせて、ここを出なければ。そうしないと、羞恥心に耐えかねて、動揺を態度に表してしまいそうよ……。

なんとも思わないと強がった私を、ジェイル様はクスリと笑った。

「ベッドの上にのるだけでは、満足できないということだな」

おそらく、わざと勝手な解釈をしてみせた彼は、ベッドの脇に置かれているサイドテーブルに腕を伸ばす。その引き出しから小さななにかを取り出し、「これなら喜んでくれるか？」と、うつむいている私の目の前につまんだガラスの小瓶を差し出した。

「これはなに？」

興味を示した私に、彼は答える代わりにコルクの栓を抜く。

すると、彼がいつもつけているバラの香りが、ひと際強く、辺りに漂った。

どうやらその中には、バラを精製して抽出したオイルが入っているらしい。

途端に気を緩めてしまい、「お前にもつけてやろう」という言葉に顔を上げ、目を輝かせてしまった。

「嬉しいわ！」

素直に喜んだ直後にハッとする。これでは彼の思うつぼだと、慌てて笑みを消して澄まし顔をつくってみせたが、時すでに遅し。

ジェイル様は声をあげて笑ってから、「可愛い女だ」と、私の頭をひとなでした。

「その手にはのらないわよ」

「そう警戒するな。お前だって十八の娘だろう。他の令嬢たちのように、心を弾ませることは悪いことではない。壁をつくるな。もっと気楽に笑え。俺の前だけではな」

私のかたくなな心を解かしてやろうと彼は優しげな声色で諭してきた。

それに対して私は、『そんなことはできない』と、心の中で反論する。

どうせ、その優しさも策略の内なのでしょう?

彼の思惑に気づいているので、警戒心を解くことはしなかった。

しかし、心を奪われてたまるかという気概も、香りの誘惑には勝てず、オイルをつけてやるという言葉は受け入れる。

靴を脱いだ彼は私の背後に回ると、両足の間に私を入れて抱きしめるような姿勢を取る。私の胸の前で、オイルを手のひらに数滴たらして広げてから、私の首筋に塗り込んだ。

肌に触れられたことでまた顔が勝手に熱くなり、緊張に鼓動が爆音を響かせているけれど、それは徐々に落ち着いてきた。

首から肩の中ほどまでをマッサージするように動く彼の両手は心地よい。

彼の手の熱がじんわりと染みて、香りとともに私の緊張をほどこうとしている。

気を許しては危ないわ。でも、なんて気持ちいいの……。

うっとりと夢見心地で目を閉じていると、いつの間にか胸もとのボタンをはずされていて、服と下着をまとめて一気に、胸の下まで下ろされてしまった。

「キャア!」と叫んだ私が慌てて胸を両手で覆い隠すと、ゾクリと艶のある声を耳に吹き込まれる。

「手をどけろ。胸にも塗ってやるから」

「い、嫌よ……」と拒む声が、頼りなく聞こえた。

まるで自分の鼓動を耳もとで聞いているかのように、心臓が強く速く波打っている。

極限の恥ずかしさを味わわされ、今すぐにここから逃げ出そうとベッドに膝立ちになるが、両肩を強く押さえられて、お尻はすぐにもとの毛布の上に戻されてしまった。

私では、ジェイル様に勝てないのね……。

そんな甘ったるい弱さがひょっこりと頭をもたげ、その気持ちを急いで踏みつぶす。

「離して。肌を見せたくないわ」

彼の甘美な暴挙に流されぬように語気を強めて拒否を口にしたが、フンと鼻で笑われただけ。

私の腹部を後ろから抱えるように拘束する、力強い腕はほどけなかった。

「お前の裸は前にも見ただろう。今さらなにを恥じらう必要がある。手をどけろ。これは命令だ。お前は俺の侍女だろう？」

今まで侍女扱いなんかしなかったくせに、こんなときだけそう言うのね……。

本当は、耐えるのが難しいほどに恥ずかしかった。けれども、年頃の娘らしく恥じらっているのだと思われたくなくて、彼の命令に従い、ゆっくりと胸から手を離す。

この屋敷に来たときよりも、ひと回り以上大きく育った私の胸は、彼の大きな手のひらでも包みきれない。

「理想的な乳房だ」

彼の両手は、やわらかな双丘に弧を描くようにオイルを塗り込み、揉みしだく。

なんとかして鼓動を静めたい私は、目を閉じて心を無にしようと努めていた。

しかし、意志に反して体の芯が火照りだし、子宮が疼くようなおかしな気持ちが迫り上がってくる。

これは生理的な反応で、心とは関係ないことよ……。

そう言い聞かせて精いっぱい耐えていたが、耳もとで「クレア」と甘くささやかれ、胸の頂をキュッとつままれると、微かな嬌声をあげてしまった。

「ああっ……」

その声を彼は聞き逃してくれない。私を抱きしめたまま、ともにベッドに横たわる。

同じ香りを放つ私の首筋に舌を這わせ、耳たぶを甘噛みしてくるから、ゾクゾクと肌が粟立った。

胸への刺激は次第に強く執拗になり、身悶えしたくなる気持ちを懸命にこらえて唇を噛みしめる。

　すると突然刺激がピタリとやみ、彼は私を仰向かせると、馬乗りになってシーツに両腕を突き立てた。

「このまま朝まで、俺に抱かれて眠るか？」

　琥珀色の瞳がまっすぐに私を見下ろしていた。

　そこに、からかって楽しんでいる様子はなく、色気も幾分抑えてくれているようだ。

　そう聞くということは、私の意思を無視してこの先に進む気はないみたい。

　問いかけられたことで、快楽の波に流されずにすんだ私は、これ以上心を揺らさないように気をつけて、静かな声で拒否を示した。

「抱かれる理由がないもの。自分の部屋に帰るわ」

　思い通りに進まなかった展開に、小さなため息を漏らす彼。

「俺を落としてやると息巻いていたお前はどこに行ったんだ？」

「状況が変わったのよ。もう色仕掛けの必要はないでしょう。取引したのだから」

　私がジェイル様の婚約者たちを蹴散らすことができたら、彼はゴラスの政治に介入する。それが契約だ。

　シーツに散らした私の髪に、彼は指先を絡めて「そうだな」と同意する。

しかし、わかってくれたとホッとする間もなく、すぐに流れを変えようとしてきた。

「そういう契約だったな。だが、お前がゴラスに帰る気をなくせば、新たな契約を結べる。俺との婚姻という名の契約をな」

そんなに真剣な目をして求婚しても、無駄よ。

腹黒い企みのすべてに、私は気づいているのだから。

今日、オズワルドさんと話したことで、点が線となり、話のつじつまが合った気がしていた。

「あなたは辺境伯領が欲しいのね。私を妻にしたがるのは、花嫁候補者たちにうんざりしているからでも、私に心惹かれているからでもないわ」

騙されないわよという強気な気持ちで、下から彼を睨めつけたが、心に隙間風が吹き抜けるような、寂しさに襲われるのはどういうことなのか。

もしや、彼に惹かれ始めているのでは……それをどうしても認めたくない私は、胸の下にたまる服を引き上げ、隙間風が吹き込む心の穴を塞いだ。

すると真顔だった彼が、ニヤリと意地悪さをあらわにして本性を見せる。

「察しがいいな」

その言葉は、私に愛情など抱くことはないと告げているようで、『やはりそうよね』と私は心の中でため息をつく。

私の上から下りた彼は、左隣に添い寝するように長身の体を横たえた。

肘をついた右腕に頭をのせ、左手は私が上げたばかりの服をまたずらして、遠慮なく胸に触れてくる。欲情というよりは、やわらかな触り心地が単に気に入ったという様子でもてあそびつつ、「すべて教えてやる」と話し始めた。

話を中断されたくないと思う私なので、仕方なく彼の無礼を許し、横たわったままでそれを聞く。

「あれは二十二年前のことだ――」

当時、生後一年の彼にはもちろんその出来事の記憶はないが、祖父母や両親に繰り返し聞かされた話だということで、まるで見てきたかのように語った。

彼の話によると、エリオローネ家が領地を奪われた経緯はこうだ。

エリオローネ辺境伯の領地、プリオールセンは、国の東に位置し南北に細長い。東の北側にそびえる険しい山脈は、長年隣国との境界として機能し、特別に警備を強化せずとも山が領土を守ってくれていた。

その分の兵を南の平野と港に配し、それでプリオールセンの平和は保たれていたのだが……。

二十二年前の夏、新月の闇夜に紛れて、突然隣国の軍勢が山脈側から押し寄せた。

知らぬ間にいくつかのトンネルが掘られ、山越えのルートを開拓されていたようだ。

奇襲に慌てた辺境伯は、すぐに南の兵を北へ向かわせる。そうすると南側は手薄となり、海からも攻め込まれてしまった。

たった一週間ほどで、たちまち領地の半分ほどを取られた辺境伯だったが、それを救ってくれたのは、領地の一部を隣にするアクベス家。

当時は侯爵ではなく伯爵の地位にあったアクベス家が加勢を宣言し、プリオールセンに兵を向かわせると、隣国はすぐに停戦を申し出てきたそうだ。

アクベス伯爵の兵がことさらに強いというわけでもなく、軍勢も二百にも満たない人数だったというのに、なぜ急に戦火が消えたのか……。

不思議なことはまだあった。

領主の首が取られるほどのダメージはまだ受けていなかったというのに、辺境伯は戦死し、一家の姿も領地から忽然《こつぜん》と消えたというのだ。

辺境伯の戦死の詳細はなぜかあきらかにされず、現在まで謎のまま。

一家が消えたのは、敗戦を悟り、命惜しさに逃げ出したからだろうと推測されたが、縁者や近隣の貴族を頼った形跡はなかったという。おかしなことだ。

疑問だらけの戦の終戦協定を結んだのは、アクベス伯爵だった。

エリオローネ家不在の領地の管理を国王に許されたからだ。

その協定とは、辺境伯領の北と南を二分するように流れる川を境に、領土を折半するというもの。

アクベス伯爵が手に入れたのは、豊かな平野と貿易港のある南側だった。

加えて戦争の被害を半分に抑えたという功績で、アクベス家は侯爵の爵位を国王から授与されることとなり、一気に有力貴族の仲間入りを果たす結果となった。

この戦で勝利を収めたのは、隣国ではなく、アクベス家だと噂されるほどに……。

そこまでの話を、私は口を挟まずに静かに聞いていた。

自分の出自などどうでもいいと思い生きてきたが、彼の話し方が上手だったためか、見たこともない父や祖父の姿を想像し、その無念を思いやろうとする気持ちが芽生えていた。

母から聞いた話を合わせて、考えを巡らす。

父は祖父に逃がされたと母に教えられたが、それは暗殺されることに気づいた祖父が、エリオローネ家の滅亡を防ぐために命じたことなのかもしれない。

祖父と同じく命を狙われていた父は、親類縁者に頼っては迷惑をかけると思い、身分を隠してひっそりと平民として暮らすことを選んだのだろう。家の再興の機会をうかがいながら。

その機会は訪れないまま、父もまた亡き人となってしまったが……。

死に際の彼らを思う。

きっと悔しかったことだろう。アクベス侯爵にはめられて。

ジェイル様の話し方からすると、黒幕はアクベス侯爵だと判断するしかない。

それはどうやら正解していたようで、胸をまさぐる彼の手は止まり、「すべてはアクベス侯爵の企みだ」と低く鋭く断言する声を聞いた。

「隣国に領地の北側半分をくれてやる約束で、攻め込ませたんだ。王家を含め、誰もがアクベスの所業に気づいていない。いや、その可能性に気づいた者もいるだろうが、証拠もなく面倒ごとに巻き込まれたくないからな。皆、沈黙している。俺も含めて」

「悔しいだろう？」と彼は、さも同情しているような顔で問う。

「そうね。祖父や父は悔しかったことでしょう」

「エリオローネの血を引くお前は、領地を取り戻したいと思わないのか？」

灯台に連れていってくれたときも、同じ問いを投げかけられた。あのときは『思わないわ』と即答したが、今はしばし考える。

とはいっても、無念の思いを引き継ごうとしているのではなく、プリオールセンの民の生活に関心があった。貴族の血を引いていても、平民として生きてきた私なので、どうしても目線がその地に暮らす民に向く。

「プリオールセンの民は、今、どんな暮らしをしているの？　そこに平和と幸せはあるの？」

すると彼は、意表を突かれたようにわずかに片眉をつり上げる。

平民に一番の関心を向ける私の気持ちは、生まれたときから有力貴族に属する彼には理解しにくいものなのだろう。

それでも質問には答えてくれる。私の右胸に飽きたのか、今度は左胸を揉みながら。

「北側はわからないが、アクベス侯爵の管理下にある南側はひどい扱いは受けていないな。収穫物から得られる利益の税率を、いくらか上のせされているようだが、もとから豊かな土地だ。生活水準は落ちていないと思われる」

「それなら問題ないわ」

民が幸せなら、私の出る幕じゃない。

私が改革しなければならないのは、生きるのも難しいゴラスという貧しい町よ。

しかし「いや問題はある」とすぐに否定され、「俺の側にな」と付け足された言葉には、少々の自虐的な響きが感じられた。

彼は、その問題についても隠さずに話してくれる。

オルドリッジ家の領地は、国の南東の内陸部に位置しているそうだ。

海を持たないため、他国との貿易には使用料を払ってプリオールセンの港を利用しているらしい。

エリオローネ家が存在していた頃はなにも問題はなかったのに、アクベス家が管理するようになると使用料は倍額に。

加えて積荷量に応じて船の出入港に課税され、検疫まで一方的にされる始末。

それでも遠すぎる王都の港まで荷を運ぶよりは、経費を抑えられるという事情があり、辺境伯亡き後も渋々、プリオールセンの港を使い続けているということだ。

港の問題の他にもうひとつ。

北東の山脈に水源を持つ大河の上流が、アクベス家の手中に渡ったため、なにか不測の事態が生じれば、オルドリッジ家の農作地帯を潤している川の水をせき止められる可能性があるそうだ。

今のところ表面上では、婚姻話が出るほどにアクベス家とは友好関係にあるため、川はよどみなく流れ続けているということだが、心配の種ではあるみたい。

「アクベス家とは、港と川のふたつの問題を抱えている」

そう言って話し終えた彼は、苦虫を噛みつぶしたように綺麗な顔をしかめていた。

私は妙に納得してうなずく。

だからジェイル様は舞踏会で、最初にルイーザ嬢の手を取ったのね。

他の令嬢を放置して彼女と何曲も踊っていたのは、彼女の美しさが理由でも気まぐれでもなく、アクベス侯爵の顔を立てなければならない立場に置かれていたからだ。

アクベス侯爵との会話では、下手に出ている様子はなく、むしろジェイル様が優勢のような気がしていたけれど、侯爵を本気で怒らせないように、ギリギリのラインでの会話の駆け引きをしていたのかもしれない。

アクベス侯爵としては、彼の危惧する問題を利用して、娘を目上である公爵家に嫁がせ、さらなる権力と発言力を得たいのだろう。

もしかすると隣国の侵略以降、オルドリッジ家がアクベス家をよく思っていないことも理解の上かもしれない。

婚姻関係を結ばせ親類縁者となれば、妻の実家を気遣って、おいそれとは文句を言えぬ立場に置くことができるからだ。

「あなたも大変なのね」と少しの同情を示せば、彼は「だろう?」とニッと笑った。

「クレアが家を再興し、アクベス家から領地を取り戻す。あの地を治める正当な権利者なのだから、諸侯もこちらの味方につかざるを得ないだろう。そして後ろ盾のないお前を妻とした俺が、辺境伯領を管理する。時期を見て北側の領土も取り戻したい。戦になるだろうけどな」

とうとうと企みのすべてを暴露した彼は、「どうだ、理想的な解決方法だろ?」と、腹黒い笑みを口もとにたたえて同意を求めてくる。

それに対し私は「あなたにとってはね」と冷めた返しをした。

私がうなずくことを望んでいた彼は、期待はずれな展開に眉間に皺を刻む。

睨むような鋭い視線を向けてくるけれど、それに気圧されることなく、私はキッパリと断った。

「残念だけど、私のことはあきらめて。私の故郷はゴラスで、改革したいのもゴラスだけ。プリオールセンも家の再興も、興味はないのよ」

胸を握るように触っていた彼の手をどけて立ち上がり、服を直して靴を履く。

「クレア」と呼び止められたが、私は振り向きもせずに彼の寝室を出ていった。

そのまま早足で二階の自室に戻り、内側からドアに鍵をかけたら、やっと気を緩めることができた。

ジェイル様の話を真剣に聞きたいから我慢していたけれど、けっして恥ずかしさを忘れたわけではない。

胸をもてあそばれている間はずっと、鼓動が大きく速く鳴り立てていた。

強い緊張状態に置かれていたから、疲れたわ……。

しかし、ドアに背を預けて深呼吸をすると、この部屋にはいないというのに、彼の存在を感じてしまう。

それは、この体から香るバラの香料のせいで、彼と同じ香りを望んでつけてもらったことを後悔していた。

今夜は、彼の香りに包まれて眠らねばならないのね。

理性の利かない夢の中で『このまま朝まで、俺に抱かれて眠るか？』と同じ問いを投げかけられたら、私はどう答えるのだろう。

今度はうなずいてしまいそうで、自分が怖いわ……。

そこに愛があると気づいても

王都は冬でも雪が降らないらしい。

一年が終わろうとしているこの季節、ゴラスはきっと冷たい雪に地面が覆われているることだろう。

王都は南、ゴラスは北。馬車で丸二日もかかる距離の開きでは、冬景色もずいぶんと違うものなのね……。

ディアナ嬢を罠にはめた日から、二カ月ほどが経っていた。

今夜はいよいよ、アクベス侯爵の娘、ルイーザ嬢との対決の日だ。

光沢のある深緑色のイブニングドレスに身を包み、プラチナブロンドの結い髪を真紅のバラで飾った私は今、王城にいる。

この時期に毎年催されるという宮中晩餐会に有力貴族のみが招かれ、私はジェイル様の同行者ということで、特別に参加を許してもらっていた。

今は広々とした晩餐室で、会食の真っ最中。

金細工で飾られた柱や天井に、まばゆいシャンデリア。精緻な細工を施した美術品のような調度類に囲まれた豪華絢爛な部屋は、私には居心地が悪い。

真っ白なクロスをかけたテーブルは横に長く繋がれて、四十名ほどの貴族が向かい合わせにテーブルを囲んでいる。

子爵令嬢を名乗っている私はこの中の誰より身分が低いので、国王の座席から一番離れた末席をあてがわれていた。

初めてお会いした国王は、意外にも温和な人柄で、おっとりとした印象を与えるたれた目に、顎が二重になるほど脂肪を蓄えた、二十九歳の青年だった。到着時に挨拶した感じからすると、よく言えば優しげで、悪く言えば頼りなさそう。

騙されやすそうにも見えて、国の全権を握る人物としての威厳は足りないが、国王のそばの壁際に控えるふたりの近侍は眼光鋭く、頭も切れそうだ。

国王の資質に欠けるところがあっても、頼もしい周囲の人間に支えられているから、平和の中で玉座に座っていられるのだろうと解釈していた。

その周囲の人間には、ジェイル様も含まれる。

国王の政務の補佐をしていると、彼はかつて私に話したが、補佐ではなく国政の大半をジェイル様たち有能で有力な貴族が動かしているのではないかと推測していた。

おそらく国王は、周囲が決めたことに了承の印を押すだけなのではないかと……。

昨夜、今日のことを打ち合わせたジェイル様は、国王にさえも私の本当の素性を話さずとも問題はないと言っていた。

もし嘘がバレたとしても、うまく言いくるめられる自信があるのだろう。

一番の末席で食事をしている私の右隣は、マリオット伯爵家の舞踏会で一曲を踊った、マンデルソン侯爵家の次男という青年だ。

家督を継ぐ権利のない次男ならば、侯爵家の息子といえども、このような席に座らされるものらしい。

向かいにも貴族は座っているが、会話は隣同士でするものだと教わっているので、私の相手は彼しかいないことになる。

前菜からメインまで、ずっと彼の自慢話に相づちを打ち続けるのは退屈なものだ。

マンデルソン家の中で最も学問に通じ、馬術の腕も長けていると言われても、まるで興味が湧かないし、「私の妻となる女性は幸せになれますよ」と暗に誘うような言葉をかけてきても、その膨らんだ小鼻が気持ち悪いと思うだけだった。

気持ち悪さは彼のいやらしい顔つきだけではなく、私の胃の中も。

食べても食べても、料理の皿は次々と運ばれてきて今、目の前の『牝鹿の腰肉、ポルト酒ソース掛け』は十品目だ。

残すことを嫌う私なので、すべてを胃袋に収め、胃のもたれと戦っていた。

「クレア嬢、聞いておりますか？　実は私に恋文を送ってくる女性が――」

「まぁ、それは素晴らしいですわ」

隣の彼の自慢話にはもううんざりしているので、わざと皆まで聞かずに感想を言うと、彼は脈なしとわかったのか口をつぐんだ。

ジェイル様が隣にいてくれたら、こんな思いはしなくてすむのにと思いつつ、目線を長テーブルの奥に向ける。

彼が座るのは、向かいの列の国王に近い席。左隣は王妃で、右隣はルイーザ嬢。

晩餐の席順は主宰者が決めているので、ルイーザ嬢がいずれジェイル様の妻となるのだろうと、国王夫妻は予想しているようだ。

ルイーザ嬢は胡桃色の艶やかな長い髪を下ろして宝石のついた髪飾りでサイドを留め、着ているドレスは今日も紫色だった。

しかし舞踏会のドレスとは違い、胸もとの大きく開いたデザインで、色も濃い。

高価な紫色の染料をふんだんに使ったオートクチュールのドレスは、どれくらいの値段がするのだろう。

贅沢を極めたドレスを何着も作れるほどの財力を持っているのだと、彼女は口に出さずに周囲に知らしめているように感じた。

遠すぎてジェイル様たちの会話は聞こえないが、彼はルイーザ嬢になにかを言い、その後には上品で愛想のよい紳士的な微笑みを向けている。

彼女を尊重し丁寧に扱う彼を見て、心がチクリと痛んでいた。

私に対しては、そんな笑い方をしないわよね……。

いつも意地悪く口の端をつり上げ、こっちの気持ちなどおかまいなしにぞんざいに扱う彼。

私とルイーザ嬢の扱いの違いに不愉快な思いが込み上げ、鹿肉にフォークを突き立てたが、なにを不満に思う必要があるのかと、直ちに自分を戒めた。

ルイーザ嬢が貴族女性としてどんなに魅力的だとしても、アクベス侯爵の娘であるから、ジェイル様が心を許すことはないと知っている。

ジェイル様の微笑みは、言わば偽物で、うらやむとは馬鹿げた感情だ。

この宮中晩餐会にはもちろんアクベス侯爵も招待されていて、国王のふたつ隣の席に座っている。

ここからではその表情をうかがうことはできないが、ルイーザ嬢とジェイル様の親しげに語らう様子を、きっと満足げに見守っていることだろう。

ディアナ嬢のときとは違い、今回の策略を企てたのは私ではなくジェイル様。

そして、その全貌を私も知らずにいる。

昨夜、執務室で今日のことを相談したときに、ジェイル様はこう言った。

『お前はルイーザ嬢に自分の素性を漏らすだけでいい。あとは俺に任せておけ』

その指示にすぐにうなずかなかったのは、まさか私まではめるつもりではないかと、いぶかしんだから。

ジェイル様が私を利用して、辺境伯領を手に入れたがっている話は聞いた。

素性をバラせば、諸侯たちの間から領地返還の声があがるかもしれず、それを彼は狙っているのではないかと、怪しんだのだ。

しかしジェイル様は笑って『違う』と言った。

『心配するな。素性を漏らすのはルイーザ嬢にだけだ。彼女はアクベス侯爵にこっそりとそれを報告するだろうが、あの父娘はそれ以上に話を広めることはけっしてない。辺境伯領を手放さねばならない状況になれば、損をするのはアクベス家だからな』

それならばと、私は与えられた役目を受諾した。計画では、この会食の後に、ルイーザ嬢に話しかけることになっている。

目の前にはやっとデザートの、『胡桃と無花果《いちじく》のタルト』が出されたところだった。

コルセットに圧迫されていることもあって胃が苦しくて仕方ないが、無理してすべてを平らげた。人生でこんなにも食べたのは初めてのこと。貼りつけたような笑顔を保っていても、ゴラスの子どもたちへの罪悪感に心は痛みを覚えていた。

一方、参加女性のほとんどは、料理を大量に残している。ひと皿につき、ひと口ふた口しか手をつけない人もいた。

晩餐会で残すことは失礼にはあたらず、むしろすべてを食べる女性のほうが品がないとされるものらしい。

それは知識としてあらかじめ頭に入っているのだが、それでも私はどうしても食べ物を粗末にするのは嫌だった。

飲み慣れないワインも無理して飲み干して、もうこれ以上はなにも入らないと思ったら、やっと会食の終わりを国王が告げる。

「皆さん、今宵の料理はいかがでしたかな？　会食はここまでとしますが、楽しき宴はまだまだ続きますぞ。ご婦人方は我が妃について、どうぞ別室で語らいのひと時を」

晩餐会というものは、会食後の女性は別室でお茶を飲みながら歓談し、男性はここに残ってワインを飲み交わすものらしい。

そして一時間ほど後には再び男女が交ざり、広間でカードゲームや玉突き、劇団による寸劇などの余興を楽しむという流れになるそうだ。

王妃は二十七歳の見目麗しい淑女。

嗜み深く教養もありそうで、まさに王妃にふさわしい女性に思える。

しかし気位が高そうな目をして、なんとなく裏がありそうな微笑み方をし、国王とは対照的に意地悪そうな印象を受けた。

金糸で刺繍を施されたワインレッドのドレスをまとう王妃は席から立ち上がる。

それを合図に、二十人ほどの女性貴族も立ち上がり、別室へと移動を始めた。

ぞろぞろと続く列の最後尾を歩く私は、晩餐室の両開きの扉を出ていく前に、肩越しにチラリとジェイル様のほうを振り向いた。

すると彼も私を見ていて、『うまくやれよ』と言いたげに、その口の端はほんのわずかにつり上っていた。

晩餐室を出た一行は、長い廊下の三つ隣のドアの中に入っていく。

私も王妃たちに続いて、最後にその部屋に足を踏み入れた。

ここは広々とした応接室。女性が好みそうなピンクと白を基調としたロココ調の調度類が並び、やわらかく可愛らしい印象の部屋だ。

二人掛けの長椅子が十二脚、四角を描くように設置されている。

椅子が囲う中央には、女性の力では移動できなそうな大きな陶器の花瓶が置かれ、そこに見たこともない花がこんもりと生けられていた。

王妃の隣に並んで立つアクベス侯爵夫人が、すかさずその花を褒める。

「まぁ、これはソルベットじゃありませんこと？　貴重な花をこの季節に咲かせるなんて、さすが王妃殿下ですわ！」

手のひら大もある大きなピンク色の花は、ソルベットというらしい。

得意げに話しだした王妃の説明によると、東洋から持ち込まれた稀有《けう》な花で、シャクヤクとも呼ばれているそうだ。

花弁が幾重にも重なり、貴族が好みそうな豪華で優雅さのある花。

花瓶に歩み寄った王妃は、その花を手のひらにのせて愛でながら自慢する。

「原産国から書物を取り寄せて翻訳させ、庭師に育成方法を学ばせましたの。わたくしの温室には、百株ほどのソルベットが花や蕾《つぼみ》をつけておりますわ。アクベス侯爵夫人、日を改めて温室にご案内してもよろしくてよ」

「ぜひ、拝見させてくださいませ。王妃殿下にお誘いいただけるとは、誠に光栄に存じますわ！」

他の有力貴族の婦人たちは、アクベス侯爵夫人に先を越されて慌てている様子。急いで花瓶の周囲に群がって、遅ればせながら口々に花を褒めそやし、自分も温室に招いてほしいと遠回しに王妃に伝えていた。

その集団の中にはルイーザ嬢も交ざっているが、彼女は母親がうまくやってくれたため、他の婦人たちのような焦りはないようだ。胡桃色の大きな瞳を三日月形に細め、得意げな顔をしている。

一方私はというと、ひとりだけドア横の壁際に立ち、集団を遠巻きに眺めていた。男性貴族のみならず、女性貴族にも権力争いがあるのね……と冷静に観察しながら。

すると王妃が横目でチラリと私を見て、一瞬だけ不愉快そうに顔をしかめる。『なぜ褒めに来ないの？　わたくしに招待されたいと思わないのかしら』と言いたげに。

花は綺麗だと感じても、権力争いに巻き込まれたくはない。二度と王城に出入りするつもりもないのだから、私としては誘われるほうが困るのだ。

「皆さん、お座りになって。紅茶を淹れさせますわ」

そう言った王妃は、ドアから最も離れた位置にある、二人掛けの長椅子の左側に腰掛けた。

隣に座りなさいと、名を呼んでもらえるのは誰なのか……そのような婦人たちの緊張は、わかりやすく表情から読み取れる。

おそらく王妃に近い順に、力の序列ができあがるのだろう。

私は当然、会食同様、一番の末席だろうと思っていた。

そこになんの不満もなく、ただもったいぶらずに早く席を指定してほしいと思っていたら、「クレアさん、わたくしの隣にお座りになって」と王妃に指名されて目を瞬かせた。

他の婦人たちも一様に驚きを顔に浮かべる中で、言い間違いではないかと思い、「私でよろしいのですか？」と確認してみた。

すると王妃は目尻の少々つり上がった瞳を弓なりに細め、微笑しながらあざける調子で言った。

「ええ。あなたのことを知りたいのよ。子爵令嬢が宮中晩餐会に招かれるのは、異例のことですもの。ここにいらっしゃる皆さんとあなたは毛色が違いますの。身分だけではなく、私に対する振る舞いもずいぶんと違いますわね。その理由に興味を引かれましてよ」

そういうこと……。

どうやら王妃は媚《こび》を売らない私が気に入らないようだ。わざと身分の低い私を隣に座らせて、これから皆でつるし上げようということみたい。

第一印象に感じたことは、間違いではなかった。

この王妃は意地悪な性分だ。だが、気位が高くなければ、王妃にはなれなかったことだろう。

きっと国王のお妃選びも、ジェイル様と同様かそれ以上に、白熱したものだったことが想像できる。

これから敵意の総攻撃に遭うことはわかっているが、私は命じられた通りに「失礼します」と王妃の右隣に腰を下ろした。

婦人たちは棘だらけの王妃の言葉に安心した様子で、暗黙の力関係の順に、長椅子に座っていった。

十数人ものメイドが給仕してくれた紅茶は、長椅子と長椅子の間の小さな丸テーブルに置かれている。

それを飲みながら、王妃に倣《なら》った婦人たちが、私への口撃を開始した。

「クレアさん、勘違いしてはいけませんよ。本来なら、あなたは王妃殿下にお声すらかけてもらえないお立場なのよ」

厳しい声でそう言ったのは、テーブルを挟んで私の隣に座る婦人で、その顔には見覚えがある。

この前の舞踏会の主催者、マリオット伯爵の夫人だ。

私が、ジェイル様の花嫁候補から排除した娘のフローレンス嬢は来ていないが、有力貴族のマリオット伯爵夫妻はもちろん招待客の中にいた。

「ええ、わかっております」と答えても、夫人は敵意ある視線を私に向け続ける。

舞踏会でうるさい蝉のようだと非難したことを、まだ根に持っているのだろうか。

注意の後に夫人は、私のプラチナブロンドの髪を「麗しいわね」と嫌みたらしく褒めてから、「どれくらいの殿方が、その御髪《おぐし》を愛でたの？」と、いやらしい問いかけをしてきた。

答えずに黙っているのは、困っているからではなく、くだらない質問のため。

反論する価値もないと思っていたのだが、私が困惑していると勘違いして、クスクスとおかしそうに笑う声があちこちから漏れていた。

答える気のない私に、今度は王妃が質問を重ねる。

「クレアさんは、お口がきけなくなってしまわれたのかしら。それとも、頭の中で勘定しているところ？　二十人、いや三十人だったかしらって」

すかさずマリオット伯爵夫人が、「まあ！」とわざとらしい驚きの声をあげた。

「そんなに多くの殿方のお相手ができるなんて、体が丈夫なのね。きっと将来、たくさんの子どもに恵まれますわ。父親が誰なのか、わからないかもしれませんけど」

オホホと上品で耳障りな笑い声が応接室に満ちるが、なんて下品で醜い人たちなのだろうと、私は哀れみさえ湧いていた。

土にまみれ、一生懸命に痩せた畑を耕す孤児たちのほうがずっと綺麗よ。

宿屋のドリスは旅人が忘れていった下穿きさえも洗濯して古着屋に売っていたけれど、『儲けた』と言ってケタケタと笑う明るい顔のほうが、ずっと気持ちがいいわ。

その後も集中口撃はしばらく続く。

別の伯爵夫人は、晩餐の料理を残さずに食べた私について、「乞食のようですわ」と非難し、それでもひと言も反論しないと他の夫人が「そのお口は、食べるためだけについていているんじゃないかしら」とからかった。

「それだけではないと思いますわ」と言ったのは、アクベス侯爵夫人。

侯爵夫人は私とは逆側の、王妃の隣の席に座っている。あくまでも上品に笑いながら、「その愛らしい唇で、殿方が喜ぶことをしてあげるのがお得意なのではないかしら」と卑猥《ひわい》な発言をした。

膝の上にのせた両手を握りしめ、うつむいて閉口し、口撃を受け止め続けていた。

アクベス侯爵夫人の言葉で笑い声がいっそう大きくなり、晩餐室までも届いているのではないかと思うほどの賑やかさだ。

その嘲笑の中にはもちろん、ルイーザ嬢の声も含まれている。

彼女は母親の隣に座っていて、私とは三つ離れた席にいる。

この長椅子と彼女の座る長椅子は直角の位置関係にあるので、口もとを片手で覆い隠しながら、紫色のドレスの肩を揺すって楽しんでいる表情を確かめることができた。

未婚を意識してか、彼女自身が私を下品にののしることはしなかったけれど、同調して笑えば一緒。

見目麗しき彼女の黒くよどんだ部分を、私はハッキリと感じ取っていた。

チラリと彼女に向けた視線を下に戻し、さらに深くうつむくようにして表情を隠す。

それは、ほくそ笑んでいるのを見られないようにするためだ。

ルイーザ嬢が黒くてよかった。ジェイル様の策に彼女がはまって泣きだしたとしても、同情しなくてすむもの。

婦人たちのくだらない悪口は、掠り傷さえ私に与えない。

しかし私は両手で顔を覆い、泣いているように肩を震わせてみせた。

すると王妃が「クレアさん、どうなさったの？　お帰りになりたいのでしたらお止めしなくてよ」と私を排除しようとしてきて、アクベス侯爵夫人が「それがいいですわ」と賛成する。

立ち上がった私は、耐えられなくなったふうを装い、顔を覆ったままで初めての反論をした。

「私は、皆さんのおっしゃるようなふしだらな女ではありません！　私に触れていいのは、ジェイル様だけです。彼以外の殿方のベッドに上がったことはありませんわ！」

ジェイル様と体の関係があるようなことを言えば、アクベス家の利益にはならない。娘の夫となろう相手が、娘以外の女性に執心しているという噂が広まれば、それはすなわちルイーザ嬢の恥となる。

指の隙間から反応をうかがうと、アクベス侯爵夫人が慌てて立ち上がるのが見えた。

「皆さん、この娘は嘘を言っているのよ。どうか信じないでください。オルドリッジ公爵ほどの素晴らしい方が、子爵の娘を相手にするものですか！」

その反応は、あまりにも予想通りのものだったので、思わず噴き出しそうになる。それをこらえて泣きわめくような演技をし、悲痛な叫びをあげた。

「違いますわ！　ジェイル様は私を抱きしめながら、身分など関係ないとおっしゃいましたもの。もうすぐ正式に発表するとも言っておりました。私との結――」

〝結婚〟のふた文字を言わせまいと、「お黙りなさい！」という侯爵夫人の大声が響き渡る。その顔は赤く染まり、歯をむき出して、かなりの怒りの中にいるようだ。

一瞬、シンと静まり返った応接室は、すぐに隣同士でヒソヒソとささやき合う声が戻ってきた。

「オルドリッジ公爵は、クレアさんを妻にと考えていらっしゃるの？」

「それが本当なら、ルイーザさんのお立場がないですわね。あれだけ強気に結婚話を進めておりましたのに、子爵の娘に負けてしまうのですもの」

「わたくしたちは、クレアさんについたほうがよろしいのかしら？　もしかすると、今後の力関係は逆転するかもしれなくてよ」

私の味方につくような発言が聞こえてきても、少しもありがたくはない。

貴族女性という生き物は、あきれるほどに性根の醜い人たちね、と侮蔑の感情が湧くだけだ。

急に風向きが変わったことで、王妃はつまらなそうに口を閉ざし、アクベス侯爵夫人はさらに慌てていた。

それはルイーザ嬢も同じだ。立ち上がった彼女は私に駆け寄り、「クレアさん、お顔の色が悪いですわ」と急に心配そうにする。

その心配の仕方は、不自然。私は顔を両手で覆っているのだから、顔色を知ることはできないというのに。

それから彼女は私の背中に手をあて、「いったん席をはずして、落ち着かれたほうがよろしいですわ」と、ドアへと歩みを促した。

「ええ」とか細く返事をした私は、彼女に従い、わざとふらつきながら歩きだす。

控えていたメイドが開けてくれたドアから廊下に一歩出ると、ルイーザ嬢は「それではクレアさん、お大事に」と言って、ドアを閉めようとする。

どうやら邪魔な私を追い出して、自分は室内に残るつもりのようだ。

その手首をすかさず捕まえた私は、「付き添ってくださいますの？　お優しいのね」と他の人にも聞こえるような声で言って、彼女を廊下に引っ張り出してからドアをバタンと強めに閉めた。

今はもう、顔を隠してはいない。

道連れのように退室させられたことと、私が泣いていなかったことの両方に驚いている様子の彼女は、二度、目を瞬かせてから、フンと鼻で笑った。

「クレアさんは予想以上に、したたかでいらっしゃるのね」

「お互い様じゃないかしら。ルイーザさんも相当に腹黒そうに見えましたけど」

藍色の絨毯敷きの広く長い廊下は無人ではなく、王城の使用人たちの姿が複数人確認できる。

私たちの近くのドア横にもメイドが待機していて、私と目が合った瞬間に気まずそうに下を向いた。

男性貴族のみが集う先ほどの晩餐室前にも執事がふたり控えていて、そのうちの年長者が足早に歩み寄ると、私たちに声をかけてきた。

「失礼いたします。お部屋をご用意いたしますので、どうかそちらでごゆっくりお話しくださいませ」

にこやかに提案してくれた執事だが、きっと迷惑に思っているのだろう。

廊下で喧嘩されては困るとばかりに案内されたのは、斜め向かいのドアの中。

ここは少人数用の応接室のようで、長椅子一脚と、一人掛けの椅子が二脚のテーブルセットが置かれていて、他は花瓶を飾るコンソールテーブルを置けるくらいの広さしかない小部屋だった。

「お茶をご用意いたしますか？」と問う執事に、私たちは声をそろえるようにして「いらないわ」と断り、執事が出ていった後は座りもせずにドア前で視線をぶつけ合った。

ルイーザ嬢ほどの怒りは私の中にはないけれど、一応形ばかりに睨みつけ、企みに沿わせて冷静に会話を誘導する。

「ルイーザさん、ジェイル様のことはあきらめたほうがいいわ。私たちは愛し合っているの。妻として迎えられるのは、あなたじゃなく私なのよ」

そう言い放ったら、綺麗な顔をしかめた彼女が、すぐに切り返してくる。

「結婚の条件に、愛情などは二の次よ。すぐにオルドリッジ公爵があなたを見捨てるように仕向けるわ」

「どうやって？」

「うちの力を知らないのね。お父様に少しの圧力をかけてもらえば、オルドリッジ公爵とて無視できないわ。あなたの家にそんな力はないでしょう？　子爵の娘程度が彼と結婚などと、世迷言を口走ってはいけないのよ」

『子爵の娘程度』の私と、侯爵令嬢のルイーザ嬢。

その大きな身分の開きによって自分のほうが有利な立場にいると過信し、彼女は私を侮る。

腕組みをして、ツンと尖った鼻先を上向きに。「身分の違いを知りなさい」と、彼女はきつく言い放った。

その言葉も仕草も、なにもかもが想像していた通りの展開になり、我慢ができなくなった私はついに噴き出して笑ってしまった。

すると彼女の胡桃色の瞳がつり上がる。

馬鹿にされたと捉え、高いプライドを傷つけられた彼女は、「なにがおかしいのよ！」と怒鳴りつけて、右手を振り上げた。

その手は私の頬を叩くことなく、私に手首を掴まれて宙で止められる。

笑うのをやめ、スッと笑みを消してみせると、彼女はビクリと肩を揺らした。

「な、なによ。この手を放しなさい。わたくしのほうが、ずっと身分が――」

「同じよ。侯爵と辺境伯は同程度の爵位なのでしょう？」

「え……？」

突然、辺境伯という称号を耳にした彼女は、戸惑いの表情を浮かべている。

クスリと笑って彼女の手首を放した私は、ドレスの胸もとに手を入れると、そこから象牙の印璽を取り出して、彫り込まれた印章を見せた。

「これは……？」

「絡み合う蔦と盾と馬の紋章は、エリオローネ家を表すもの。私の本当の名は、クレア・アマーリア・フォン・エリオローネ。子爵ではなく、辺境伯の娘よ」

ルイーザ嬢は衝撃のあまりに絶句して大きな目を見開き、足を一歩後ろに引いた。

顔色まで青く変わったところを見ると、その衝撃とは、身分が低いとさんざん馬鹿にしていた私が、自分と同じ高い地位にいると知ったことだけではないはず。

彼女はきっと今、こう思っていることだろう。

『辺境伯令嬢が現れたなんて、公にされたら困るわ。かつて、お父様が苦心して手に入れたというプリオールルセンの豊かな領地を、失うかもしれないじゃない……』

今回の企みはジェイル様が計画し、主体で動くのも彼だと言っていた。

私が『やれ』と命じられたのはここまでで、印璽を胸に戻すと、無言でドアノブに手を掛ける。

私ではなく、ルイーザ嬢が出ていくためにドアを開けてあげたのだが、想定通りに彼女は血相を変えて、父親に知らせるべく飛び出していった。

はしたなく王城の廊下を駆ける彼女は、晩餐室のドア横に立つ執事に、父親を呼び出してくれるように頼んでいる。

廊下に顔だけ出してそれを確認した私は、ドアを静かに閉めてひとりになった。

この部屋の立派な椅子は蔦の模様の布張りで、エリオローネ家の紋章と蔦の形がどこか似ているように感じた。

一人掛けの椅子に浅く腰掛けると、投げ出すように背を預けて、大きく息を吐き出していた。

私に与えられた仕事は、完璧にやり遂げた。

今頃アクベス侯爵は、ルイーザ嬢から話を聞いてさぞや驚いていることだろう。

あとはジェイル様がアクベス家の人たちを、どのように調理するのかを見守るだけ。

私の素性はアクベス家以外にはけっして広まらないとジェイル様は断言していたから心配していないが、どうしてだろう。不安にも似た黒い靄《もや》が晴れてくれない。

契約を果たして、彼に望みを叶えてもらい、ゴラスに帰る日が徐々に近づいている。

そう思うと、喜びと同時に寂しくて、苦しくて、心が痛かった……。

しばらくすると、ドアがノックもなく開き、入ってきたのはジェイル様。

「うまくやったようだな」と褒めてくれて、ククと悪党のようなくぐもった笑い方をし、機嫌がいいみたい。

近づいてきた彼は、私が座る椅子の真後ろに立つ。

そして私の肩に体重を預けるようにして、黒い燕尾服の両腕を回してくるから、鼓動が勝手に速度を上げ始めた。

髪を結い上げてあらわになっているうなじに、彼の唇があたる。

肩をビクつかせたら、「じっとしてろ」と命じられ、その直後にドレスの襟元から彼の右手が胸へと侵入してきて、驚きの声が漏れた。

「あっ……」

男らしく骨ばって、それでいてなめらかな繊細さを持つ彼の右手は、私の左の乳房を揉みしだいたかと思うと、プクリと尖る頂を傍若無人にもてあそぶ。

触ることの許可を求めてこないのは、俺のものだと思っているからなの？　私は誰のものでもないのに。

「や、やめてよ……」

熱くなる頬を気にしながら、胸から彼の手を引き抜こうとしたら、乳房を強く鷲掴みされてしまう。耳を甘噛みされた後に、「触らせろ。気持ちがいいんだ」と艶のある声を吹き込まれた。

ゾクリと体を微かに震わせた私は、「もう……」のひと言で、抵抗をあきらめた。

そんなに私の乳房が好きなら、少しだけ触らせてあげるわよ……。

失礼なことをされていると不満に思う一方で、暴挙を許したくなるのはどうしてなのか。同じことを他の男性にされるのは、きっと耐えられないと思うのに、ジェイル様の手は嫌じゃない。

甘ったるい気持ちにさせられて、頬のみならず全身が熱を帯び、鼓動はドキドキと高鳴るばかりだ。

きっと、会食で慣れないワインを飲んだせいね……。

戸惑う心の変化にそんな理由をつけて、甘さに流されてしまいそうな感情と戦う。

胸に触れることを許しても、私の心まで彼の思うがままに動かされては困るので、自分の気を逸らすためにアクベス父娘のことを質問した。

「それで、どうなったの？　ルイーザ嬢からアクベス侯爵に、私の素性は伝わったんでしょう？」

「ああ」と返事をしても、彼の唇は私の肌から離れない。耳からうなじにかけてをゆっくりとすべらすように上下して、肌の感触を楽しみながら説明する。

「あの父娘は廊下でコソコソと耳打ちし合っていたぞ。アクベス侯爵は血相を変えていたな。俺がわざと目の前を通ってやったら、すぐに本当なのかと確認してきた」

ジェイル様がまた腹黒い笑い方をすると、熱い吐息が私の首筋にかかり、嬌声をあげたい気持ちにさせられた。

それを押しとどめ、心を冷やすために声に緊張を孕ませて相づちを打つ。

「そう。それでジェイル様は、本当だと言ったのね」

「いや。俺はこう答えたんだ。『もうじきわかることです。あなたも国王陛下も諸侯らも』」

「アクベス家以外には、話さない約束よね？」

「侯爵を焦らせるために言っただけだ。お前の秘密は広めない。安心しろ」

顔をゆがませる侯爵と、オロオロとするルイーザ嬢、そして、ふたりの前でニヤリと笑うジェイル様を想像しつつ、私はおもむろに立ち上がった。

なにかをしようと思ったわけではなく、胸とうなじへの攻撃に耐えるのが難しくなってきたからだ。

刺激がやむとやっと頬の火照りは引き始め、鼓動も速度を緩めていく。

そのことにホッとしつつ、椅子を回り、一歩の距離を開けて彼の横に立つ。「それから？」と話の続きを促した。

「アクベス侯爵は従者の控え室に向かったようだ。連れてきたアクベス家の執事に、なんらかの指示を与えに」

「なんらかとは、なに？」と尋ねると、彼は「さあな」ととぼけてみせたが、あきらかにわかっていそうな顔をしている。

この計画の全貌を彼は教えてくれず、それについても話す気はないようだ。

それで自分の頭で推理するために、私は目を閉じて考えに沈もうとする。

するとその瞬間を狙っていたかのように、急に腰を引き寄せられ、唇を奪われた。

ど、どうして……。

驚きの中で目を開ける。そこには琥珀色の瞳があるけれど、近すぎてなにを考えているのかを読み取ることはできない。

意思に従ってはくれずに、勝手に高鳴るこの鼓動。

後頭部と腰を拘束され、たっぷりと唇を犯されてから、もがくように燕尾服の胸もとを押し、キスから逃れた。

すると彼は親指の腹で濡れた下唇を拭い、息遣いの荒い私を見て、妖艶に微笑する。

「キスをせがんで目を閉じたのかと思ったが、違ったか？」

「ち、違うわよ。考え事をしようとしていただけ。なぜ私があなたの唇を欲しがらないといけないのよ」

勘違いも甚《はなは》だしいわ。心を揺さぶってこないでよ……。

振りきれそうな心拍をなだめようと、自然に胸に手がいった。

その仕草を見逃さずにフッと笑った彼は、「素直じゃないな」と私を非難し、「だが、じきにお前は自分の心と向き合うことになるだろう」と予言を与える。

「どういう意味なのよ」と聞いても答えてくれず、「行こうか」と彼は先に立ってドアへと歩きだした。

どこへ行くのかという問いは不要。

晩餐会の招待客が男女に分かれてから、一時間が経過している。これから男女が合流し、全員で余興を楽しむために広間に移動するのだ。

なんとか気持ちを立て直した私は、彼について応接室を出る。並んで廊下を歩きながら、結局この先の展開を読めずに、疑問だけを残されたと不満に思っていた。

広間は長い廊下の角をふたつ曲がった離れた場所にあり、私たちが近づくと重厚な両開きの扉が、執事ふたりの手によって開けられた。

中からはすでに賑やかで楽しげな声が聞こえてくるが、私は気を引きしめて広間に足を踏み入れる。

ここはおそらく、城内の広間の中で中規模なのではないだろうか。舞踏会が開けるほどの広さはないようだが、この人数だとちょうどいい。

絵画や彫像、美しい花々を生けた花瓶が壁際を飾り、美術館のようにも見える。天井はドーム型でフレスコ画が描かれ、シャンデリアのまぶしい光が反射していた。

私の趣味ではなく居心地は悪そうだが、さすが王城の広間は豪華だと感心して見回している。横を向いたら、すぐ近くの壁際に、黒大理石の台座にのせられた水槽が目に止まった。

その中には、見たことのない小さな淡水魚が数匹泳いでいる。橙色と白の二色の魚で、胴が丸く膨らみ、尾びれはリボンのように豊かに広がり美しい。

これは多分、金魚と呼ばれる東洋の魚ではないだろうか。

今、貴族の間で珍しい金魚の飼育が流行っていると、知識としてジェイル様に教えられていたことを思い出していた。

ワハハと笑う声が響いて、金魚から声のほうへと意識を移す。

男性貴族たち十人ほどが長い棒を手に、玉がいくつものった台に向かって、玉突きに興じている。

その中には少々頼りなさげな国王の笑顔もあった。

他の男性は婦人たちも交えて、カードゲームを楽しんでいる。

ワイワイと盛り上がるその集団の中には、王妃とアクベス侯爵夫人の背中も見えた。

ホールの奥のほうには舞台がつくられていて、雇われた劇団が芝居をしている。

観劇しているのは女性ばかりで、ルイーザ嬢はその中にいた。

アクベス侯爵の姿だけが見あたらない。

アクベス家の執事になんらかの指示をしに行った後、まだここに現れてはいないのか、それとも別の用事ができて席をはずしているのかもしれない。

ここから先の台本を読まされていない私が「自由にしていてもいいの？」と問うと、ジェイル様はうなずく。

人目があるため紳士的な作り笑顔を浮かべる彼は、「ただし、俺の目の届く範囲にいろ」と小声で注意を付け足した。

勝手に広間から出れば、危険があるということね……。

私が辺境伯の娘だとアクベス侯爵が知ったことで、身の危険が生じると予想できる。

アクベス家にとって私は邪魔者だから。

しかし王城で、しかも皆の前でいきなりグサリと刺されることはあり得ない。

そんなことをすれば、罪人としてアクベス侯爵が捕らえられ、地位も領地もなにもかも失ってしまうかもしれない。

ジェイル様の指示に深くうなずいた私は、広間から出なければ安全だと理解して、彼から離れて観劇中の婦人たちのほうへと歩く。

玉突きにもカードゲームにも興味はない。芝居も観たいとは思わないが、ただ座っていればいいので、それを選んだ。

舞台の前には二列に椅子が二十脚並べられ、私は後列の右端に腰を下ろす。その位置だと、斜め前に座るルイーザ嬢の様子を観察できるからだ。

彼女も私と同様、芝居に興味を持って座っているわけではないようで、すぐに私に気づいて肩越しに振り向いた。大きな胡桃色の目幅を狭め、憎らしげに睨む彼女だったが、すぐに前を向く。

そんな彼女を見て、私はいぶかしんだ。

舞台に顔を戻した際に、彼女の赤い唇が微かに綻んだように見えたのだ。

気のせい……？　いや、たしかに笑っていた。

睨まれる理由はあっても、微笑される意味はすぐには思いあたらない。

それで彼女は『どの道、最終的に妻の座を得るのはわたくしよ』と、勝利を確信して微笑んだのかもしれない。

アクベス侯爵が『なんとかするから心配するな』とでも言ったのだろうか。

そうだとしたら、やはり私はアクベス侯爵になにかされる危険があるということだ。

よくよく注意しなければ。この広間を出た後は……。

「どうして急につれない態度を見せるのだ。我が胸のこの愛を迷子にするおつもりか。答えよ、アマーリア！」

急に意識が舞台に向いたのは、役者がアマーリアという私のセカンドネームを叫んだからだ。

この芝居はどうやら、男女の恋愛物らしい。主役の男女は貴族風の衣装を身にまとい、背を向けるアマーリアに青年が切なげに呼びかけている。

そのシーンで第一幕は終了し、役者はいったん舞台を下りた。

それと同時に広間の扉が開いた音がして、振り向けばアクベス侯爵が入ってくるところだった。

ワインレッドの上着に、ジャボットに留められているのは黒ダイヤ。肩までの茶色の髪に交じる白髪は、老いというより貫禄を醸し出している。

口ひげを生やし、長身で恰幅のよい彼は、私に視線を止めてはいないが、こっちに向かって歩いていた。

途端に私の中に緊張が走る。

どうしたらいいかしら……。

ジェイル様を探せば、玉突きの集団に交ざっていて、遊びながらもアクベス侯爵の行動を監視している様子。

私に危険が迫っているなら、彼は玉突きを中断して侯爵に声をかけにくるはずだ。

そうしないということは、この状況に危険はないと判断していることになる。

それで私も心をいくらか落ち着かせ、椅子を立って逃げることはせずに、ただ前を向いてじっとしていた。

それでも、アクベス侯爵が近づく気配を感じて、緊張はどんどん強くなる。

すぐ横に侯爵の上着の袖が見えた。

思わず身構えたが、そのまま素通りされ、「ルイーザ、こっちに来なさい」と、侯爵は娘を呼び寄せていた。

すぐにルイーザ嬢は立ち上がり、父親とともに舞台の横で休憩中の一座のもとへ。

私が話しかけられなくて、よかったわ……。

「ノーマン座長、お久しぶりですな。我が屋敷で公演を依頼したのは――」

侯爵は劇団の座長にそのように声をかけていて、どうやら初対面ではない様子。アクベス家の催しでも、度々この一座を呼んで芝居をさせているようだ。

アクベス父娘を前にして慌てて立ち上がった座長は、休憩中の役者も全員立たせて、お得意様に恭しく頭を下げている。その後は笑い声があがるほどに、侯爵と会話を弾ませていた。

それを見て、私はやっと緊張を緩める。

なんだ、私じゃなく、劇団に用があったのね……。

広間には黒服の執事が行き来して、トレーにのせたグラスのワインを給仕している。男性たちは遊びながら浴びるほどに飲んでいるし、ワインではなく紅茶と茶菓子を求める婦人もいて、なかなか忙しそう。

休演中の舞台前を歩いていた執事のひとりが、アクベス侯爵に呼び止められていた。侯爵はトレーにのせられたすべてのワイングラスを、そこにいる者たちに配るようにと指示している。一座にワイングラスを持たせて乾杯し、上機嫌な様子だ。

広間に入ってきてから私に少しの関心も向けず、ワハハと笑う侯爵を見て、なにかがおかしいことに気づく。

ジェイル様は、私の素性を知ったばかりの侯爵が血相を変えていたようなことを話していたのに。

本当なのかと問いただされ、こう答えたとも言っていた。

『もうじきわかることです。あなたも国王陛下も諸侯らも』

アクベス侯爵としては、辺境伯の娘の存在を公にされては困る立場にいる。辺境伯領の支配権を失うかもしれないのだから。

今はいつ公表されるかと戦々恐々としているはずなのに、何事もなかったかのように笑って芝居について語らうなんて、おかしいわ……。

違和感を覚えても、アクベス侯爵の胸の内を読むことはできずにいぶかしむだけ。

そうこうしているうちに一座の休憩は終わったようで、舞台に役者が戻ってきた。

ルイーザ嬢も父親から離れて席に戻ってきたが、視線は合わず、彼女も私の存在を気にしていないようにみえる。表向きは。

どう考えても、変よ……。

舞台上は第二幕。

主役の男性貴族役はブライアンという名前で呼ばれていた。彼は突然、アマーリアが自分に冷たくなった理由を知るために、彼女の弟を呼び出すシーンを演じている。

「アマーリア」と私のセカンドネームを呼ばれるたびに視線が舞台を向いてしまうが、アクベス侯爵への警戒を怠っているわけではない。

侯爵は第二幕が始まっても舞台下の端で、座長と話し続けている。

座長は台本を広げてページをめくり、文章を指差して侯爵となにやらヒソヒソと相談していた。

アクベス侯爵がなにかを言って、座長が恭しくうなずく。

芝居の演出に侯爵が口出ししているような雰囲気だけど、ずいぶんと熱心ね。それほどに、芝居好きなのかしら……。

アクベス侯爵が座長のそばを離れないまま二十分ほどが経過して、芝居は終わりへと向かっていた。

心変わりをしたアマーリアがブライアンを避けていたような流れだったが、実は泣く泣く彼から離れる決意をしていたのだ、という展開に入っていた。

舞踏会でアマーリアと再会した彼は、彼女を問い詰めてついに真実を聞き出す。

ブライアンは公爵家の嫡子で身分が高く、アマーリアは子爵令嬢。

ブライアンの母親が彼の知らないところで彼女に接触し、別れを強く求めていたという事情があったみたい。

アマーリアの苦しみを知ったブライアンは、舞踏会の場で母親を厳しく諭し、その後に皆が見守る中で彼女に結婚を申し込む。

「身分など気にする必要はない。私にはアマーリアが必要なのだ。我が妻となり、私に愛と安らぎを与えてほしい。心からあなただけを愛している！」

予想通りの展開ね、と冷静に思う私の横からは、すすり泣く声が聞こえてきた。

見ると、空席をふたつ挟んだ隣の椅子に、いつの間にかマリオット伯爵夫人が座っていて、レースのハンカチでしきりに目もとを拭っていた。

身分違いの恋の成就に感動しているようだけど……応接室で私の身分の低さを嘲笑ったことは忘れているのだろうか？

よく見れば、観劇中の他の婦人たちも涙していたり、うっとりと見入っていたり、アマーリアに感情移入して結婚の申し込みに喜んでいるのが伝わってきた。

冷静に見ているのは、私とルイーザ嬢くらいだ。

なによそれ。応接室で子爵令嬢程度の私を見下し、集中口撃していた腹黒さは、どこへ行ったのよ……。

あきれるあまりにしばらく気を逸らしてしまい、それからまた視線を座長の隣に戻したら、アクベス侯爵はもうそこにはいなかった。

代わりになぜかたくさんのワイングラスをトレーにのせた執事がふたり、座長と言葉を交わしている。

アクベス侯爵を探して辺りを見回すと、いつの間にかカードゲームの輪の中に交ざっていた。

さも芝居に熱心なそぶりを見せていたというのに、最後の演出の最中に今度はカードゲームなの？　なにを考えているのかしら……。

首をひねって離れた位置にいる侯爵をじっと見据えていると、マリオット伯爵夫人が急に立ち上がった。

彼女だけではなく、観劇中の婦人たちも次々と席を立ち、舞台へ上がっていく。

なにが始まるのかと意識がまた舞台に戻されたら、役者の男性が手招きしながら、「さあ、皆さんで祝福のダンスを踊りましょう！」と私たちに呼びかけていた。

どうやらこれは、観客も参加できる芝居のようだ。

王都で流行りの演目や有名な劇団名は、貴族の基礎知識としてジェイル様に教わっていたが、実際に観劇するのは初めてのこと。観客の参加が普通のことなのかどうか、判断しかねる。

けれど、呼ばれて舞台に向かう婦人のひとりが「まあ、斬新《ざんしん》な演出ね！」と大きな独り言を口にしているので、これは特別なことなのだとすぐに理解した。

観客席に残っているのは、私だけだった。

主役のふたりを囲み、舞台上で手を繋いで大きな輪をつくる集団に、私は交ざる気はない。芝居に興味はないし、アクベス侯爵を観察していたいからだ。

そんな私を呼びに、舞台から下りてきたのはルイーザ嬢。

駆け寄ってきた彼女は、『なぜ皆と同じようにしないのよ』と文句を言いたげな顔をしつつも、「クレアさんもご遠慮なさらずに、わたくしたちと楽しみましょう」と上品に誘ってくる。

「いえ、私は――」と断りを口にしかけると、手を引っ張られて強引に立たされた。

「劇団に協力して差し上げて。そうでないと、舞台が白けてしまいますわ」と嗜められ、それもそうだと思い直す。

いくら私が興味を持てずとも、役者は一生懸命に演じているし、婦人たちは心からそれを楽しんでいる。

私の非協力的な態度で、盛り上がりに水を差しては申し訳ない。

ルイーザ嬢の後について、おとなしく舞台に足をのせた。

舞台はそれほど広くない。十人の役者に加えて、十数人の婦人が上がれば、歩ける隙間などないほどだ。

舞台袖では劇団員が弦楽三重奏を奏でだし、祝いの舞踏曲が流れ始めた。

人数と比較するとかなり狭いため、綺麗な円を描けずに蛇行しているが、主役のふたりを囲んで皆が手を繋ぎ、ステップを踏みながら回っていた。

私の左隣は役者の男性で、右隣はルイーザ嬢。

観劇中のルイーザ嬢は山場のシーンでも興味は薄そうに見えていたのに、今はどうしてそのように楽しげに笑っているのか。

作りものではなく、心からの笑顔に見えるから、私は混乱してくる。

アクベス侯爵もルイーザ嬢も、理解に苦しむ行動ばかり。

辺境伯の娘が現れたのだから、もっと焦っていいはずなのに、どうして余興を楽しんでいられるの……。

グルグルと舞台を二周して、曲は穏やかなものに変わる。

それを合図に皆は手を離し、たくさんのワイングラスをトレーにのせた執事がふたり、舞台に上がってきた。

これも演出のようで、最後は皆で乾杯して主役のふたりを祝福し、舞台をしめるつもりのようだ。

執事の銀のトレーから、最初にグラスを取ったのはルイーザ嬢。彼女はふたつのグラスを両手に私に向かい合うと、そのうちのひとつを渡してくれた。

「クレアさん、どうぞ」

ニコニコと親しみを込めたような笑みを浮かべての、親切な態度。

これはいったい、どういうことなのよ。悪態をつかれるほうが、まだ困惑しなくていいわ……。

気味の悪さを感じつつグラスを受け取り、わずかに後ずさる。

ふたりの執事は狭い隙間を縫って舞台上の全員にグラスを配り終えると、舞台を下りていった。

「精悍なるブライアン殿と麗しきアマーリア嬢、おふたりのご婚約をここに祝し、杯を上げましょう！」

後ろのほうにいる役者の男性がよく通る声を張り上げると、「乾杯！」という多くの声が重なった。

赤ワインを飲んでオホホと笑い合う婦人たちは、芝居に参加できて満足げな様子。ルイーザ嬢も口にあてたグラスを傾け、私に横顔を見せつけるようにしてゴクゴクとおいしそうにワインを飲んでいた。

私はまだ会食のはち切れそうな満腹感が持続しており、本当は飲み物も欲しくない気分でいる。

しかし、ここで飲まねばまた『舞台が白ける』と指摘されそうで、それに加えて、飲食物を残すことのできない性分から、仕方なく私もグラスに唇をつけた。

そのとき……。

唇が液体に触れる前に、急に斜め後ろから伸びてきた手に、グラスを奪われた。

驚いて振り向くとジェイル様がそこにいて、紳士的な作り笑顔を浮かべながら、なぜか「お前は飲むな」と小声で指示をした。

そう言われた意味も、玉突きをしていたはずの彼が突然舞台に上がってきた理由もわからずに、私は目を瞬かせる。

そんな私の前で微かに口の端をつり上げてみせた彼は、奪ったグラスに唇をつけ、三分の一ほどを一気に口に含んでみせた。

「キャア！」と、突然後ろで悲鳴があがる。

肩をビクつかせたら、ルイーザ嬢が私を押しのけて、ジェイル様に詰め寄った。

「飲んではいけません！　早く吐き出して！」

血相を変えて叫ぶ声は周囲の注目を集め、音楽はやんで完全に芝居は停止していた。

ルイーザ嬢は彼の手からグラスを奪うと、残っている中身とともに床に投げ捨てる。

カチャンとガラスの砕ける音が、静かな舞台に響いて聞こえた。

まさか、毒が⁉

ルイーザ嬢の慌てぶりから、私の渡されたワインが毒入りだったことにようやく気づく。その直後に、激しい恐怖に突き落とされた。

殺されかけたことに対してではなく、ジェイル様が今、毒入りワインを口に含んでいることに対しての壮絶な怯えだ。

悲鳴にも似た声で「ジェイル様！」と呼びかけたら、琥珀色の瞳が細められた。心配するなと言うように。

彼は上着の内ポケットから白いハンカチを取り出すと、そこに口に含んでいたワインのすべてを染み込ませる。

たちまち赤黒く染まったハンカチは、まるで血を拭いたようで、恐ろしく見えた。

そのハンカチを足もとに捨てた彼は、周囲の数人にしか聞こえないよう声を落として、恐怖に震える私に言った。

「飲んではいないから安心しろ。おそらく遅効性の毒だろう。口に含んだだけでは効かない。なぜなら、飲んだ者を直ちに死に至らしめれば、己に火の粉が降り注ぐと、犯人は承知しているからだ」

ジェイル様は死んだりしない、ということよね……。

よかった……。

強い恐怖から解放されると、脱力して立っていられず、その場に崩れ落ちた。床に両膝とお尻をつけて座り、自分の体を両腕で抱きしめて、震えを抑えようとしていた。

ジェイル様は私の前に片膝をつくと、私の顎をすくって顔を覗き込む。

「安心していいと言ってるだろう。なぜ泣く？」と問う声には、戸惑いが滲んでいた。

そう言われて私は、泣いていることに気づく。

瞳を潤ませる涙はすぐにあふれ、頬にひと筋の流れをつくっていた。

泣いたのはいつ以来か……。それはきっと、母が亡くなったとき。

メアリーの死を知ったときも相当に衝撃を受けたが、泣けなかった。泣いてはいけない気がして、どす黒い怒りを胸に抱え、自分にできることを探していた。

そんな私が泣くとは、自分自身でも予想外。

これは激しい恐怖から解放された、安堵感によるものだろう。

泣くほどに私は彼の死が怖かったのだ。彼を失うくらいなら、自分が毒を飲んでいたほうがマシだと思うほどに。

そこに私は、たしかな愛情を見つけていた。

胸に手をあて、自分の気持ちと正面から向かい合う。

もう気づかないふりはできない。ごまかすこともできない。

私はいつの間にか、ジェイル様を愛してしまっていた……。

安堵の後には、怒りが湧き上がる。顎にかかる彼の手を払いのけると、キッと睨みつけ、その頬を力いっぱいひっぱたいた。

パチンと痛そうな音が響いたが、ジェイル様は動じない。不機嫌になることもなく、ただじっと私の目の奥を覗き込んでいる。

雇い主に対しての無礼や、皆が注目していることなど意識に上らずに、私は感情のままに彼に怒りをぶつけてしまった。

「おそらく遅効性って、そんなの可能性にすぎないじゃない！　危ない真似をされるくらいなら、私が飲み干していたほうがマシだわ！　あなたになにかあったら、私は……私は……」

涙が量を増し、唇が震えだして、それ以上の言葉は嗚咽の中に沈む。

逞しい両腕が私の体に回され、強く抱きしめられた。

「クレア……」

広い胸に顔を押しあてているため、彼がどんな表情でいるのかわからないが、私の名を呼ぶその声はなぜか悲しげで、抱きしめる力強い腕には慈愛が感じられた。

「すまない。驚かせることは承知の上であったが、お前がそれほどまでに心を痛めるとは思わなかった」

後悔の滲む声が降ってきて、私は震える声で彼にお願いする。

「今後は、危ないことは私にやらせて。あなたを失う恐怖に怯えるのは、二度とごめんよ……」

彼はなにかを考えているように、一拍の間を置いた。

そして続けられた言葉は、私の願いに対する返事には聞こえなかった。

「クレアは姿も心も綺麗だな……。想定外だ。こんな気持ちにさせられるとはな」

「え……？」

「どうやら俺にはできそうにない。お前に重荷を背負わせることは……」

彼の言わんとしている意味がわからず、説明を求めたかったが、聞き返すことはできなかった。

「オルドリッジ公爵！」と厳しい声色で、誰かが呼びかけたのだ。

ジェイル様は私を離して立ち上がる。

涙を収めた私は、周囲の状況にやっと意識が向いた。

いつの間にか婦人たちは舞台を下りていて、残っているのはオロオロした様子の役者が十人ほどと私たち、それとルイーザ嬢。

ルイーザ嬢は私から一歩離れた横に立っていて、彼女もどうしていいのかわからないと言いたげな顔をして、その視線は舞台下の端に向けられていた。

そこには並んで立つアクベス侯爵夫妻の姿があり、侯爵は苦虫を噛みつぶしたような顔をして事態を静観していた。

「オルドリッジ公爵、いったいなにがあったのか、説明していただけるかしら」

再び彼の名を呼んだのは、王妃だ。二列に並んだ観客席の椅子の後ろで、腰に手をあて怒りに顔をゆがめている。

その両脇には国王の近侍のふたりがいて、直立不動の姿勢から厳しい視線をこちらに向けていた。

国王はというと……王妃と近侍の陰に隠れるようにして、顔だけ覗かせている。

私は震えの収まった足に力を込めて立ち上がり、この事態をどう収束させるつもりかと、ジェイル様の横顔を見ていた。

彼の口もとには、紳士的な作り笑顔が戻っている。焦りは微塵も感じられず、どうやらこの状況さえ、彼の企みの内にあったようだ。

ジェイル様は怒りの中にいる王妃に、「大変失礼をいたしました」と頭を下げて謝罪し、それから堂々たる態度で釈明を始めた。

「ちょっとした、女性同士のいざこざなのですよ。ご存知の通り、私は将来の伴侶を決めかねております。私の優柔不断な態度が原因で争わせてしまいましたので、どうか御令嬢方には寛大なお心を」

ジェイル様は、私とルイーザ嬢が彼を巡って争ったために、舞台を壊したことにしたいらしい。毒が入れられ、命を狙われていたことは、公にするつもりはないようだ。それはまるで、アクベス侯爵をかばっているようにも聞こえるが、そうではないのだろう。

彼はきっと、この件と引き換えに、侯爵と交渉しようと企んでいる。ルイーザ嬢を花嫁候補者からはずすという交渉を。

侯爵なら、たとえこの場で糾弾されたとしても、誰かに罪をなすりつけそうな気はするが、それでも疑われて取り調べられては、アクベス家の名に傷がつく。

貴族間の力関係が変わってしまうほどの、痛手を被る結果となるやもしれない。それよりは、娘の嫁ぎ先の階級を下げるほうが利となる話だ。

弱みを握られた以上、アクベス侯爵はなんの条件もなくうなずくしかないだろう。

そういうことだったのね、とやっと今回の企みの全貌を理解した私は、ジェイル様の隣で頭を下げた。

「国王陛下、王妃殿下、ご迷惑をおかけしました。皆様も、お楽しみのところをお騒がせして、大変申し訳ございません」

私が謝罪したことで、ルイーザ嬢も謝らないわけにいかなくなる。

私に続いて似たような謝罪の言葉を口にして、頭を下げた彼女の横顔は、悔しそうにしかめられていた。

芝居を壊したのが私だけなら、王妃はきっと簡単には許さなかったと思われるが、ルイーザ嬢も、そしてなにより国王の政務を補佐しているジェイル様が騒動の渦中にいたということで、渋々怒りを収めてくれた。

「わかりました」とジェイル様に言い、「今後は皆様の楽しい時間を邪魔しないよう、お願いいたしますわ」と注意を付け足す。

「はい。ご忠告、しかと胸に刻みます。つきましては王妃殿下、ひと部屋を拝借したいのですが、よろしいですか？　邪魔にならぬよう、御令嬢方をお連れして別室にて話し合いたいのです。アクベス侯爵ご夫妻も同席のもとで」

「よろしいですわ。今、執事に応接室を用意させます」

ここで話し合われては、また私たちが喧嘩を始めると危惧したためか、王妃はすぐに許可してくれた。

しかし、「お待ちください」と、舞台下からそれを阻止しようとする声が聞こえる。

それまで警戒しながらも成り行きを見守るだけだった、アクベス侯爵だ。

眉間に刻んだ皺に深い憂慮を表して、侯爵は舞台の下を歩き、ジェイル様の真正面で足を止めた。

「娘の非礼は詫びましょう。ですが、我々の側に話などありません。ルイーザの顔色が悪いので、今日はこれにて失礼させていただきます」

逃げるつもりなのね……。

そう捉えた私は、侯爵の狙いを見定めようと、その厚顔をじっと見据えていた。

ワインに毒を入れたのは侯爵だ。

アクベス家の執事になんらかの指示を与えに行ったとジェイル様は言っていたが、それはきっと屋敷に戻って毒を持ってくるようにという指示だったのだろう。

毒を手に入れた侯爵は座長を騙くらかし、舞台の演出を変えさせた。次に娘に指示して私に毒入りのワイングラスが渡るようにし、排除しようと企んだのだ。

それは焦っていたからに違いない。

『もうじきわかることとです。あなたも国王陛下も諸侯らも』

その言葉で、公にされないうちに早く始末しようと企てたのだろうが、それさえもジェイル様の思惑の内にあったことで、アクベス侯爵はまんまと罠にはめられた。

別室でジェイル様と話し合えば、暗殺未遂について追及され、それを秘密にすることと引き換えになんらかの取引を持ちかけられることは想像にたやすい。

だから、今日のところは引き揚げようとしている。

今回の件は、うやむやにして終わらせたい。暗殺計画は練り直しだ……侯爵がそう考えているのではないかと、私は冷静に推測していた。

周囲はこちらを気にしながらも、賑やかさを取り戻しつつあった。

おかしくなった場の雰囲気を早く修復したいと、誰もが思っていたのだろう。

カードゲームや玉突き、婦人同士のおしゃべりにと、娯楽に戻り始めた招待客を接待するため、国王と王妃も私たちに背を向け、もとの持ち場へと歩きだしていた。

「ルイーザ、国王陛下と王妃殿下にご挨拶申し上げ、今日のところは帰るぞ」

アクベス侯爵はジロリと私たちをひと睨みしてから、舞台を下りたルイーザ嬢を連れて、広間を後にしようとしている。

アクベス家の三人の後ろ姿が離れていくのを見ながら、「帰らせていいの？」と私は隣に聞いた。

するとジェイル様は「逃すわけないだろ」とニヤリと口の端をつり上げ、膝丈ほどの高さの舞台から飛び下りた。

「アクベス侯爵」

呼び止められた侯爵は、一応足を止めたが、肩越しに振り向いて顔をしかめる。

「話すことはありませんぞ」

「そのままお帰りになられてよろしいのですか？　クレアのワインになにが入れられていたのか、あなたはご存知のはずでしょうに」

「はて、なんのことやら」

「お忘れになられたのなら、思い出させて差し上げましょう。私が吐き出したワインはハンカチに染み込ませてあります。そこにあるガラス鉢にハンカチを入れてみましょうか？　国王陛下ご夫妻の目の前で」

ガラス鉢とは、扉近くの壁際の台座に飾られている金魚の泳ぐ水槽のことのようだ。

ハンカチを入れたなら、毒が水に染み出す。

人体への効き目は遅くとも、小魚ならひとたまりもなく、腹を上にして浮かんでくることだろう。

侯爵はジェイル様を睨みつつ、頭の中で逃げ道を探している様子。

逃すまいとするジェイル様が「クレア」と呼びかけ、私は赤黒く染まったハンカチを拾おうと腰を屈める。

それを見たアクベス侯爵は、やっと白旗を上げた。

「オルドリッジ侯爵、わかりました。別室にてお話を聞きましょう……」

侯爵の瞳は陰り、その声にはあきらめの色が滲んでいる。

隣に立つルイーザ嬢は、肩を落とし、悔しげな顔をうつむかせていた。

それから二時間ほどが経過した。

宮中晩餐会の最後は和やかに終了し、私とジェイル様は今、帰宅したところで、後ろでは私たちが降りた後の馬車馬を誘導する御者の声が聞こえている。

玄関扉に近づくと、内側から開いて、留守番をしていたオズワルドさんがホッとした様子で出迎えてくれた。

「お帰りなさいませ、ジェイル様。ずいぶんとお疲れのご様子ですね」

オズワルドさんは、屋敷に足を踏み入れた彼が浮かない顔をしていることに気づいて、心配そうにする。

私も泣いたこともあって化粧は剥げ、疲労の濃い顔色をしていると思うが、オズワルドさんは私には無関心だ。

しかし、それが主人のみに忠実ないつもの彼であるため、特に不満に思わない。

「事がうまく運ばなかったのでしょうか？」

ジェイル様の疲労の原因は、作戦の失敗なのではないかと危ぶむオズワルドさんだったが、ジェイル様は脱いだマントを彼に手渡しながら「いや」と否定した。

「目的は果たした。アクベス侯爵には、娘の嫁ぎ先を他家で考えると約束させた」

応接室を借りてアクベス家の三人と二時間近く話し合い、出た結論はこうだ。

今回の毒殺未遂の件を他言しない代わりに、ルイーザ嬢を花嫁候補者からはずす。

それによってオルドリッジ家の領地に流れ込む川の水を上流でせき止めたり、プリオールセンの貿易港の使用料を値上げするなどの、報復措置は行わない。これまでと同様の関係を保つことを承諾させた。

契約書を作成し、それにサインをさせてから、ジェイル様はこうも話した。

『そういえば、なにかを勘違いされているようですが、クレアは辺境伯の血筋ではありません』

それは、私を守るための嘘だった。

辺境伯の娘を名乗り続けていれば、また命を狙われることになるだろうから。

驚いたルイーザ嬢に『あの印璽は⁉』と問いかけられたが、『適当に作った偽物よ』と私が答えた。

『ごめんなさいね。子爵程度と、あんまり馬鹿にするものだから、悔しくてつい……』

悔し涙を流したルイーザ嬢。

今までの憂さ晴らしができるのではないか……そう思い、悪女然として笑って言った台詞だったけど、なぜか心は晴れやかなものとはほど遠く、陰鬱な雲が厚くたれ込めていた。

いや、なぜかではない。ジェイル様を愛してしまったのだから、当然なのだ。

またひとつ、私の望むほうへと事が進み、ゴラスに帰る日が一歩近づいた。

それは嬉しいことであるはずなのに、彼と離れがたいと、心が切なげに泣いていた。

オズワルドさんの問いに『目的は果たした』と答えたジェイル様だったが、その後に「だが……」と独り言のように付け足していた。

「なにか不都合が？」と、いつもとは違う主人の様子を近侍が憂う。

「いや……いいんだ。気にするな。それより、メイドを呼んで、クレアの沐浴の手伝いをさせてくれ」

言葉を濁してから、私の沐浴の話にすり替えたジェイル様。

なにかを思いあぐねているのは、なんとなく表情から伝わってきて、オズワルドさんはさらに心配そうな顔つきになる。

私の沐浴の手配より、ジェイル様のそばにいたい様子のオズワルドさんを見て、

「ひとりで洗えるわ」と私は横から口を挟んだ。

今まで沐浴をメイドに手伝わせたことはないのだから、気を使って言ったわけでは

ないけれど。

しかしジェイル様に「今日くらいはメイドにやらせろ。お前も疲れているだろ」と言い返された。

「オズワルド」

「はい、かしこまりました……」

オズワルドさんの視線がチラリと下に落とされたのは、そこに気になるものがあったからだ。それでも彼は目にしたものには触れず、主人の指示に従い、別棟へと足を向けて玄関ホールから歩き去る。

オズワルドさんがなにを気にしたのかというと、私たちの繋がれた手だ。

王城を出て馬車に乗り込んだ後、ジェイル様はずっと私の手を握りしめていた。

『お前の仕事は終わったな。あとは俺がゴラスの政治に介入すれば、取引は終了だ。いきなり議会の審議にかけるわけにいかないから、三カ月ほど待ってくれ。根回しが必要なんだ』

『ええ……』

『心配するな。約束は守る。住みよくなった町にお前を帰してやるから』

馬車内で交わした言葉はそれだけで、彼は車窓の暗闇を見つめ、それからは屋敷に

どういった心情からなのか。

帰り着くまで口を閉ざしていた。

私を見ようとせずに、手だけ握りしめていたのは、どういった心情からなのか。

もしかして、ジェイル様も私のことを……。

心が通じ合えるのではないかという期待と喜びは、膨らまぬうちに押しつぶされる。

私はゴラスに帰らなければならない。この目で町が変わっていく様を見届けなければ安心できない。このまま、この屋敷に住み着くつもりはないのだ。

彼の側としても、辺境伯の娘を名乗るつもりのない私は、もはや不要品だろう。

だから、繋がれていた手は離され、背を向けられる。

「沐浴室へ行け。ゆっくりと湯を浴びて、疲れを癒やすことだ。明日から俺は忙しくなる。悪いが、食事はひとりで取ってくれ」

玄関ホールを進んだ先の階段を、見目好い燕尾服の後ろ姿が上っていく。

階段の曲がり角にその姿が消えてしまうと、寂しくて、私はショールを羽織ったままの自分の体を強く抱きしめる。

玄関ホールの寒さがことさらに、染み入るような心持ちでいた。

私の生きる場所は

王都エルゴーニュは、ゴラスよりひと足早く、春を迎えようとしていた。

宮中晩餐会以降、私はひっそりとオルドリッジ家の屋敷にこもるようにして暮らしている。

もう貴族的な知識をため込む必要はないのに、やることがないので、書庫で過ごす時間はこれまでと変わらない。

ただ、ジェイル様が私の勉強に付き合ってくれることは二度となく、日が昇って暮れるまで、黙々とひとりで本を読みふけるという点は違っていた。

徐々に日は長くなり、十七時半を過ぎてもまだ空には茜色が残っている。しかしそれも夜の暗さに侵食され、確実に明るさを減らしていた。

座って読んでいた手もとの本から、寂しげな窓辺に視線を移し、心の中でつぶやく。

今日はジェイル様に会えるかしら……。

ひとつ屋根の下に暮らしているというのに、一週間も彼の姿を見ていない。

真夜中に帰って早朝に出かけたり、帰らない日もある。

宮中晩餐会後の三カ月ほど、彼はかつてないほどの多忙の中に落とされて、それは私との契約を履行しようとしてくれていることが原因だった。

ゲルディバラ伯爵は、ゴラスの民を生きるのも難しいほどに苦しめている。

その悪政ぶりを議題として議会に提出すれば、諸侯のサインの入った意見書なるものをすぐに作成してもらえるのではないか……そう考えていた私だが、そんなに簡単に進むものではないらしい。

根回しが必要だと、ジェイル様は以前、私に話してくれていた。

大変なのは議会よりもその根回しで、かなりの時間と労力を要することみたい。

議会に出席する権限のある男性貴族の一人ひとりと、個別に交渉の場を設け、こちらの意図を説明し、賛同してくれるように働きかける必要があるそうだ。

中にはこれを利用して、オルドリッジ家との交易条件を有利なものに変えようと取引を持ちかける貴族もいるらしく、この前、オズワルドさんが厳しい顔をして私に苦情を言ってきた。

『あなたの望みを叶えるために、オルドリッジ家は損害を被っています。ジェイル様がどれだけの苦しみの中にいるのか、わかっているのですか』

わかっているわよ。彼が身を粉にして、私のために動いてくれていることは。

だからこそ、お礼を言いたい。毎日顔を見て、感謝の意を伝えたいのに、会うことさえできない。

玄関で待っていれば会えるだろうと思い、毛布にくるまって玄関ホールに座り込んだ夜もあった。しかし、『おやめください』と執事に叱られ、『お帰りになりましたらお知らせしますから』と部屋に戻された。

結局、教えてはくれなかったけれど……。

本に集中しようとしても、ジェイル様の顔が浮かんで意識が逸れてしまう。

別れの日はすぐ近くにあると思えば寂しくて、恋しくて、ただ、会いたかった。

「恋なんて、くだらないわ……」

この切なさから逃れたくて、かつての自分の発言を口に出してみた。

でも、今の私には響かない。

これでは彼が『つまらん女』と評価する、他の令嬢たちと同類だ。

なんて愚かなの……。

ひとつだけ、他の令嬢たちと違うと主張できる点は、彼の妻となることは願わず、別れの決意は固いということだけ。

どんなに離れがたくても、私はそれをこらえてゴラスに帰る。

ドリスや孤児院の子どもたち、あの町には私を待っている人がいるのだから。

そこだけはかろうじて、この屋敷に来たばかりのときと変わらない、私の揺るぎない決意であった。

浮かんでくる彼の顔を、頭を横に振って消し去ろうとする。

ページをめくり、本の世界に戻ろうとしていたら、後ろでノックもなくドアが開けられる音がして、「ここにいたのか」という響きのよい声がした。

「ジェイル様！」

弾かれたように振り向いて、久しぶりの彼を視界に捉えたら、喜ぶよりも先に驚いて目を見開いた。

やつれてる……。

琥珀色の瞳の下には、浅黒いクマが浮き上がり、記憶にある顔よりも頬はややこけている。心なしか着ている黒の上着も、ブカブカとまではいかないが、体に合わなくなったように見えていた。

彼の変貌ぶりに驚き、慌てて駆け寄って、椅子を勧めた。

「ジェイル様、座って。こんなにやつれてしまうほどに、大変な思いをしているのね。ああ、私はなんとお礼を言えばいいのかしら……」

腕を取って椅子へと誘導しようとしたが、彼はクスリと笑って私の手をほどき、「大丈夫だ」と頭をなでてくれた。

「クレア、喜べ。議会でゲルディバラ伯爵の悪政に対する、改善要求が議決されたぞ」

今にも倒れてしまいそうな顔色に見えても、ジェイル様の瞳は輝いていた。

興奮気味に力強い言葉で、決議の内容を説明してくれる。

それによると、ゲルディバラ伯爵は近日中に王都に呼びつけられるらしい。

ゴラスは遠く離れた北の僻地《へきち》にあり、農地からの収益は少なく、他貴族に比べるとゲルディバラ伯爵の財力と権力は弱い。

領地を奪われることを恐れる伯爵は、滅多なことがない限り、領地から出ようとしない。王都に町屋敷も持たず、他貴族との交流も乏しいそうだ。

そんなゲルディバラ伯爵が王都に呼ばれ、有力貴族たちに囲まれて、連名のサインが入った要望書を手渡されることになる。

他の領地の政《まつりごと》には不干渉であることが、貴族たちの暗黙のルールであり、かつ伯爵に突きつけられるものは命令ではなく、要望書。拒否することも可能である。

しかし複数の獅子に囲まれては、猫は首を縦に振るしかないだろう。

万が一、改善要求に応じないことがあれば、国王を説き伏せ、今度は国王の名で改善命令を下してやると、ジェイル様は頼もしく話してくれた。

「要望書には、税金引き下げや医療の無課税が明記されている。それと――」

庶民の生活の保護を優先し、軍備縮小、孤児院への助成など、私の望むすべてを要望書に書き込んだと、ジェイル様は教えてくれた。

彼は目を細めて優しく微笑み、感激している私の頭をゆっくりとなで続ける。

「約束ごとの履行と維持を確認するために、半年に一度の視察を受け入れることも要望に含まれている。他になにか望みはあるか？　不足があるなら言ってくれ」

「いいえ、十分よ。これでゴラスの民は救われるわ。本当にありがとう……」

胸に熱いものが込み上げてくる。

孤児院の子どもたちは空腹から解放され、小さな手をまめだらけにして畑を耕す必要もなくなる。

病気になれば、あたり前のように医者にかかって薬を飲むことができるようになる。

ゴラスの貧しい民は、やっとまともな暮らしができることだろう。

そんな素晴らしい生活がこれから始まるのだと思うと、嬉しくて、ありがたくて、涙があふれてきた。

頭をなでてくれていた彼の手は、すべり下りるように私の頬に移動して、伝う涙を拭ってくれる。

「よく泣く女だ」

「失礼ね。滅多にないことよ。母が亡くなってからは、二度しか泣いたことがないわ」

「そうか。では、クレアの貴重な涙を拭いた男は俺だけということだな。光栄だ」

微笑んで文句と皮肉を言い合える、この時間がとてもいとしい。

麗しくも男らしい顔立ちも、バラの香りも、黒い上着や襟元のピジョンブラッドのブローチも、彼に関するすべてがいとしい。

最初は私を利用してやろうともくろんでいたその腹黒ささえ、今は愛していた。

想いはあふれて、自然と言葉となり、口からこぼれ落ちる。

「あなたを、とても愛しているわ……」

片眉をわずかに上げて、意表を突かれたような顔をした彼は、両腕を私の体に回して、そっと抱き寄せる。

耳もとに唇を寄せ、落ち着いた低い声で、「それでもお前はゴラスに帰るのだろう?」と問いかけてきた。

「ええ。帰るわ」

切なさやいとしさを断ち切るように、キッパリと答えると、「そのほうがいい」と、以前の彼とは違う返事をされた。

私の利用価値は、辺境伯の娘であるという一点のみ。

かつて求婚された理由のすべてもそこにあり、辺境伯領を取り戻す気のない私は、もはや彼にとって不必要な存在なのだ。

それをわかっていながらも、「もう妻になれとは言わないのね……」と寂しげにつぶやけば、予想外の言葉が返ってきた。

「妻にするには、クレアは心が綺麗すぎる。俺のそばに置けば、お前を苦しめるだけだ。争いごとに巻き込みたくない」

「え……？」

驚いて彼の肩に預けていた頭を持ち上げ、目を合わせる。

綺麗な心など持ち合わせてはいないけれど、引っかかったのはそこではない。

妻にする気がなくなったのは、利用価値がないからではなく、私を思いやってのことだという言葉に聞こえて、目を瞬かせていた。

すると彼は、私の額に軽いキスを落とす。思わず頬を熱くした私を見てクスリと笑い、こんな企みごとを打ち明けてくれた。

「宮中晩餐会で、本当は――」

私がジェイル様を愛していることに、彼はとっくに気づいていたそうだ。

マリオット伯爵家の舞踏会では、彼と踊るルイーザ嬢に私は苛立っていた。ディアナ嬢を罠にはめたときには、彼の寝室に立ち入ることを不自然なほどに拒んでいた。

それらはあきらかに、私が彼を意識している証拠だ。

かつてジェイル様は、『お前を俺の虜にして操ってやる』と言った。

これまでそうなるように仕向けてきたのだから、観察していれば、私の心の動きなどお見通しだったということだ。

けれども、私自身が彼への愛情を認めようとしない。

だから晩餐会では、私のことも策にはめてやろうと企てていたそうだ。

彼が毒を口にすれば、私は自分の心と向き合わざるを得ないはず。

不安や心配といった感情の波の中に、きっと愛情を確認するだろうと期待して……。

つまり、あの晩餐会で彼が企んだのは、アクベス侯爵とルイーザ嬢を罠にはめることだけではなかった。私に愛を認めさせ、妻になりたいと言わせることも策の内だったということだ。

結婚を望みはしないが、ジェイル様への愛情に気づいたことは事実。

私も罠にはめられたと理解して、「だから作戦を教えてくれなかったのね」とため息交じりにつぶやけば、彼はニヤリと笑ってみせる。

しかし、すぐに笑みを消して「お前に関しては、事がうまく運ばなかったが」と、残念そうな声色で付け足した。

「どういうこと？」

「想定外だったことは、ふたつある。ひとつはお前の反応だ。毒を含めば、心配されるだろうと予想していたが、自分が死んだほうがマシだと怒るとは思わなかった。お前は、いとしい者のためなら命を惜しまないのだな……」

なにを今さら……と思い、眉を寄せて彼を見る。

私が死をも覚悟の上で、ゴラスに視察に来た彼の馬車を止めたことは、知っているはずなのに。

大切なものがあれば、私は命を惜しまない。それは伝わっていなかったの？

それとも、愛するように仕向けたと言っても、彼の思う愛情とは、命を賭けるに値しない、薄っぺらな感情のことを指すのだろうか？

まっすぐに彼を見つめて、「今の私は、自分よりあなたの命が大切よ」と伝えれば、麗しきその顔が曇った。

「だから俺は、クレアを妻にすることをあきらめた。貴族社会は一見平和に見えても陰謀渦巻くものだ。不測の事態が起こるたびに、俺のためにと命を懸けられては困る。それは俺の望むところではない」

「そうなの……」

「もうひとつ。想定外だったことのふたつめは、この俺だ。思わぬお前の反応を見て、俺の心にも予期せぬ感情が湧き上がった」

予期せぬ感情？　それは、まさか……。

彼が私の頬を指の背で優しくなでた。慈愛に満ちた瞳をして。

途端に期待に胸が弾みだし、同時に聞くのを恐れた。

それを聞いてしまえば、ゴラスに帰るのが余計につらくなりそうで……。

動揺して顔を背けたら、両手で頬を包むようにして顔を正面に戻された。

至近距離にある形のよい唇から、「聞け」と容赦のない命令が下される。

「クレアを愛している。なにを犠牲にしても、お前の望みを叶えてやりたい。信じがたいことだが、今はただ、お前が幸せになる道しか考えられない」

「う、嘘よ……」

「なにが嘘だ。この俺が、お前のために、得にもならんことに力を尽くしている。これを愛と呼ばずして、なんと呼べと言うのだ」

いつものようにニヤリと笑ってはくれない口もとに、真剣な眼差し。

彼は騙そうと企んでいるのではなく、心から私を愛してくれているのだと、感じ取った。

その事実は大きな衝撃となり、たちまち心が波打ち、ゴラスと彼の狭間で振り子のように揺れだした。

いっそ、このまま彼のもとで……。

いいえ、駄目よ。ゴラスには私の助けを必要とする子どもたちが待っている。

あの子たちの暮らしが本当に改善されるのか、この目で見届けないと。

「クレア……」

情熱を帯びた声でささやかれた直後に、唇が重なった。

彼の舌先が口内に侵入し、惑わせようとするかのように私の舌に絡みつく。

いとしい男との口づけに、喜ばない女はいないだろう。

私も例に漏れず、肌が粟立ち、心が歓喜に震えていた。

ジェイル様と、離れたくないわ……。

愛情があふれそうなほどに膨らんで、切なる願いとなり、毒のように心を蝕もうとする。

それに抗おうと、視界を埋める琥珀色を見ないように目を閉じて、孤児院の子どもたちの顔を思い浮かべていた。

リッキーはこの春で十二歳になる。孤児院を出て、生きていく術を自分で探さねばならないが、住み込みの働き口は少なくて見つけるのに苦労する。

私も一緒に探してあげなくては……。

十一歳のドナは、リッキーが孤児院を出たら一番の年長となり、下の子どもたちをまとめる立場になる。しっかり者のドナなら大丈夫だと思うけど、どんなに大人びていても、まだたったの十一歳だ。

笑顔の裏には不安が隠されているはずで、私が相談役になってあげないと……。

そうやって、一人ひとりを思い出し、最後に棺の中のメアリーの顔が浮かんできた。

助けてあげられなかった、八歳の幼き命。悲しみや怒りや無力感に襲われ、そんなやりきれない思いを使命感に変えて、私はゴラスを旅立ったのだ。

それを忘れてはいけない。

ゲルディバラ伯爵が議会の要望書通りに改革に着手するのかを見張らないと。

庶民の生活が変わっていく様を、この目で確かめたい。

私はゴラスに帰るのよ……。

メアリーのおかげで、大きく揺さぶられた心は無事にゴラスの側に傾いて静止する。

両手で彼の胸を押して距離を空け、唇を離す。

激しいキスの余韻に肩で息をしながら、顔を背けて言った。

「ジェイル様、これ以上は苦しいわ……」

すると、冷静さを取り戻そうとするようなため息が聞こえ、「そうだな」と低い声で同意される。

私の腕に触れていた手も、静かに離された。

「クレア、二週間後にここを発て。ゴラスまでは馬車を用意してやる」

「はい……」

「それまでは、なるべくお互いに顔を合わせずに暮らそう。今の俺は危険だ。触れ合えば、男の欲を抑えきれなくなりそうだ。近づかないでくれ」

私に欲情している男心を知らされて、ハッとして視線を前に戻した。

抱きたいのなら、抱いてくれてかまわない。少しでも恩返しができるならば、という心持ちでいた。

しかし彼はすでに背を向けていて、私の返事を待たずに廊下に出てしまう。

目の前で扉が閉められると、私はうつむいて大きく息を吐き出した。

彼の欲を満たしてあげたいけど……その後には、なにが残るだろう。

ふたりとも、余計につらくなるだけかもしれない。

ジェイル様の言う通り、出発の日までお互いに避けて暮らしたほうがいいと思い直す。そして、彼への愛情を暗い小部屋の中にそっとしまい込んでいた。


屋敷の庭には新緑が芽生え、春の花も咲き始めている。

今日はゴラスへ発つ日。ジェイル様との別れの日だ。

「忘れ物はありませんか？」と、玄関先にて事務的な口調で聞くのは、オズワルドさん。彼も旅支度をしているのは、私をゴラスまで送るため。

ドリスの宿屋に足を踏み入れるまでを見届けるようにと、ジェイル様に命じられたそうだ。

「忘れ物はないです。ただ、ここで揃えてもらった品が多すぎて、帽子やドレスは部屋に置いてあります。ゴラスで使うことはないので、こちらで処分してください」

今、私が着ているのは、ジェイル様に買ってもらった服の中では一番簡素で落ち着いたオリーブグリーンのドレス。

この屋敷では普段使いをしていた服だが、ゴラスに到着する日には脱いで、オズワルドさんに持ち帰ってもらうつもりでいる。

こんな上等な服を着て帰れば、どんな贅沢暮らしをしていたのかと、町の民に白い目で見られそう。

そう思い、鞄の中にはゴラスを旅立った日に着ていた服が入れてある。

その服とは、くすんだ水色のよれたワンピースと、継《つ》ぎ接《は》ぎだらけの擦りきれた白いエプロン。

私はただの町娘なのだから、これでいい。

「わかりました。では、出発しましょう」と、オズワルドさんは玄関の扉を開けた。

「ええ」とうなずきつつも、足を前に進めることができず、私は後ろを振り向いた。

そこに立ち並ぶのは、およそ十カ月間お世話になった執事と使用人たち。

玄関ホールを埋めるような三十人ほどの人の中には、ジェイル様の姿はない。

彼の姿を見たのは、二週間前の書庫が最後。

お互いに避けて暮らそうという話ではあったが、まさか別れの日まで会ってくれないとは思わず、胸が痛んでいた。

振り返った私に、オズワルドさんがあきれたように言う。

「ジェイル様は屋敷にはおりませんと、教えたはずです。昨夜はお帰りにならず、王城に泊まって仕事をされているのですから」

わかってるわよ……。

最後にひと目、会いたかった。麗しきその姿をこの目に焼きつけたかった。

そう思い、彼の残像でも見えやしないかと、振り向いてしまっただけよ……。

使用人たちに頭を下げ、「お世話になりました」とお礼を述べて、後ろ髪を引かれる思いで外に出た。

早朝の風は寒いくらいだが、日差しは暖かく、旅日和。

玄関ポーチの段差を下りると、停車していた二頭引きの馬車に乗り込む。

すぐに隣にオズワルドさんも乗り込んで、執事が扉を閉めたら、御者のムチの音が小さく聞こえて馬車はゆっくりと走りだした。

広い前庭をまっすぐに進む。

緑の美しい芝生の庭も、池や白大理石の彫像も、見るのはこれが最後だと思うと名残惜しい。

しかし、立派な鉄の門を出てしばらく進むと、他の建物に遮られて、屋敷の屋根瓦も見えなくなった。

大通りに出ると、以前この道を、ジェイル様の隣で見たことを思い出す。

青空マーケットと灯台に連れていってくれたときのことだ。

初めて目にした海に感動し、灯台の中で海風に吹かれながら、彼に唇を奪われた。

男性との口づけも、あれが初体験だったと思い出し、唇にそっと人さし指をあてた。

車窓の景色は次々と後ろに流されていく。思い出に浸らせてもくれずに。

そして、しばらく進んだ馬車が道を折れると、遠くの小高い丘の上にそびえる王城が視界に入った。

何本もの尖塔を備えた石造りの巨大な城は、晩餐会の夜と変わらず、双頭の鷲の国旗をはためかせている。

あそこに行けば、ジェイル様に会えるのね。

でも、私にはもうあの城に入る資格はない。貴族として生きることを拒否したのだから。

これは私の意志で決めたこと。ジェイル様から離れるのも、ゴラスに帰るのも。

それを少しでも後悔してはいけないわ……。

心を揺らさないように景色を見るのをやめた。そこからは、膝の上の握りしめた両こぶしを見つめ、馬車が王都から出るのをじっと待つ。

『これでいいのよ』と慰めるように、自分の心に何度も言い聞かせながら……。

王都を離れ、一時間ほどが経ったと思われる頃。

馬車は北へと延びる峠に差しかかっていた。

ここからしばらくは山道が続くので、車体が揺れることは覚悟しておかないと。

チラリと外を見て、また目線を膝の上に戻したら、乗り込んでからひと言の会話もないオズワルドさんが、急に独り言をつぶやいた。

「まったく、我が主人はひねくれた性格をしていらっしゃる。素直に皆と一緒に見送ればいいものを……」

「え？」と、左隣に座るオズワルドさんのほうを向くと、「席を替わりましょう」と言われ、不思議に思いながらもそれに従った。

続いて左の車窓を見るように言われる。峠の先の岩山の、突き出した崖の上に注目するように、と。

視線をそこに向けたら……声も出せないほどに驚いて、慌てて窓を開け、上半身を外に乗り出した。

崖の上には、黒馬にまたがった人影が。

ダークブラウンの髪を風に揺らし、黒い上着を着て、朝日に襟元のブローチを赤く輝かせている。

遠目でも、その人影が誰なのかすぐにわかった。

ああ、ジェイル様……。

見送りに来てくれた。それだけで嬉しくて、胸が張り裂けそうに痛む。

片手を空に伸ばして力いっぱい手を振ると、遠すぎて表情までは見えないけれど、なんとなく笑ってくれたような気がした。

目を凝らして、最後の姿を心に焼きつけようとする。涙で霞んでは悔しいので、血が滲むほどに唇を噛みしめて、切なさに耐えていた……。

丸二日の旅は、終わりを迎えようとしていた。

「クレアさん、起きてください。ゴラスはもうすぐそこですよ」

オズワルドさんの声でハッと目を覚まし、車体の壁に預けていた頭を持ち上げ、車窓を見る。

朝靄の立ち込める中に、ゴラスの町の姿が、ぼんやりと小さく浮かんでいた。

帰ってきたのね……。

ジェイル様のことを思うと胸は苦しいけれど、ここまで来れば故郷にたどり着いた安堵感と、親しき人たちの顔を見られる喜びが膨らんでいく。

早くドリスに会いたいわ。宿屋の朝の仕事を片づけて、それから孤児院に行くのよ。ジェイル様にいただいた侍女としての給金には、いっさい手をつけていない。そのお金でたくさんの食料を買って、持っていこう。

子どもたちは、どんなに目を輝かせることかしら……。

馬車は速度を落としてゆっくりと、ゴラスの町のメインストリートに入っていく。道の両脇に積み上げられた大量の雪は、春になってもまだ溶けきらずに、薄汚れた塊となって残されている。

高い建物のないこの町の空は、王都の空よりも低く重く、雲がたれ込めているような気がした。

まだ夜が明けたばかりなので、周囲に人影はなく、ひっそりと静まり返っている。活気のない、陰鬱な気配の漂う寂れた町。

出発したときと見た目になんの変化もなく残念に思った。だが、その直後に、明るい兆しを車窓に見つけてハッとした。

徐々に薄れていく朝靄の奥に目を凝らすと、食料品店の窓ガラスに価格改定の張り紙の文字が見える。

そこには、バゲット一本が三セルダで、リンゴ一個が二セルダと書かれている。

このメインストリート沿いの店は特に物価が高く、私がゴラスを発つ前はその三倍もしていたはずだった。

次に見えてきた町唯一の診療所は、さらに私を驚かせる。

漆喰の塗り壁には、【本日、診察無料】という張り紙がされているのだ。

窓ガラスに額を押しあて、「ゴラスの町は間違いなく変わったわ！」とその変化を喜べば、隣に淡々とした声がした。

「すべてはジェイル様の努力の賜物。感謝してください」

オズワルドさんのほうに振り向き、その手を両手で握りしめて笑顔を向ける。

「ええ、とても感謝しています。そう伝えてください。ジェイル様のおかげで、きっとこの町は住みよくなるわ！」

突然手を握られたことで、少々戸惑っているようなオズワルドさんだったが、すぐに表情を淡白なものに戻し、「お渡しせねばならない物があります」と、足もとの彼の荷物の中を探り始めた。

取り出されたのは、両手にちょうど収まる大きさの長方形の紙箱で、赤いリボンが結ばれている。

受け取ると、ずいぶんと重たく、なにが入っているのかと不思議に思った。

疑問はもうひとつ。

「オズワルドさんが、私にくれるんですか？」と問うと、「まさか」と失笑される。

「じゃあ、これはジェイル様から……」

鼻にツンと込み上げるものに耐えて、箱を膝に置き、リボンの端に指をかけた。

しかし、ほどくのを止められる。

「『帰り着いてから開けろ』とのことです」

「わかりました」

理由はわからなくても、ジェイル様がそうしろと言うのなら、それに従うのみ。

本当は今すぐに中身を確かめたいが、その気持ちを抑えてリボンから手を離した。

すると小さなため息をついたオズワルドさんが、愚痴をこぼす。

「私としては、それを渡したくなかったのですが……仕方ありません。当主の命令には従います。たとえそれが、オルドリッジ家のためにならないとわかっていても」

オズワルドさんと膝の上の箱に、視線を往復させていた。

オルドリッジ家の損失に繋がるものが入っていると言いたげだけど、そんな大それたものが、こんな小さな箱に入るだろうか。いや、入らないでしょう。

「どういうことですか？」と尋ねても、彼は答えてくれない。

「『余計なことを言わずに渡せ』とも言われておりますので」と、不満そうな顔で言っただけだった。

だったら気になることを言わないでほしいと思ったところで、馬車は停車した。

御者が扉を開けると、冷気が車内に入り込む。

王都の暖かさに慣れてしまった体には、ゴラスの春の朝はかなり肌寒く感じられた。

「すみません。宿屋はこの先のようですが、道が細くてこれ以上は馬車では進めません」と御者が申し訳なさそうに言う。

ドリスの宿屋は、メインストリートから逸れた道幅の狭い場所に建っている。

小型の一頭引きの馬車なら通ることができても、この大きな馬車では無理があった。

それで、「ここでいいです。ありがとうございました」と御者にお礼を言い、馬車を降りた。

雪解け水でぬかるんだ土の道も久しぶり。

王都にはない悪路に、帰ってきたのだという実感がひしひしと湧いていた。

オズワルドさんともここで別れようと思ったのに、ジェイル様の忠実な近侍は、私の荷物を持ってついてきて、宿屋の裏庭に繋がる木戸に手をかけるまで、きっちりと送り届けてくれた。

「お世話になりました。帰りの道中、お気をつけて」

そう挨拶すれば、「ジェイル様に伝言は？」と問いかけられた。

伝言と言われても、あふれそうな想いは、とてもひと言では表すことができない。

「ありません」と答えて唇を引き結んだら、「そうですか」と返事をしたオズワルドさんにアッサリと背を向けられた。

彼がそういう人だとわかっていても、あまりにも素っ気ない別れ方に、思わず「待ってください」と引き止めてしまう。

すると顔だけ振り向いた彼は、珍しく口もとに笑みを浮かべて言った。

「言いたいことがありすぎて、言葉にならないのでしたら、よく考えて整理し、まとめておいてください。それではこれで」

まとめておいたって、伝える日などこないのに、なにを言っているのかしら……。

木戸から手を離し、二、三歩、前に出る。

深緑色の上着の背中が道の角を曲がって消えるまでを見送っていたら、後ろで「クレアかい⁉」という懐かしい大きな声がした。

振り向くと同時に、木戸が壊れそうな勢いで開けられて、ドリスが両手を広げて飛びついてきた。

ジェイル様からの贈り物を落としそうになり、慌ててしまう。

「本当にクレアかい？　よく、顔を見せとくれ」

私の頬を両手で挟み、凝然として見つめてくるドリスの目は潤んでいた。

「ドリス、ただいま。長いこと留守にしてごめんなさい。私の部屋、まだあるかしら？」

「馬鹿、なに言ってんの。ここはクレアの家だろ。部屋はそのままにしてあるさ。あんな手紙一枚残していなくなるなんて、ひどいじゃないか。どんな危ないことしてるのかって、あたしは気が気じゃなかったよ」

ドリスは行き場のない十二歳の私を雇ってくれた恩人で、もうひとりの母のような存在。遠く離れていても、私を案じてくれているのはわかっていた。

十カ月ほど前、手紙だけを残してなにも告げずに旅立ったのは、止められると思ったからだ。

母親なら、子どもが危険を犯そうとすれば止めるもの。

ドリスが私を娘のように思ってくれているのは知っている。

「本当にごめんなさい……」

ずいぶんと心配をかけたことを謝れば、また叱られた。

「謝るんじゃないよ。クレアはお礼を言われなきゃならない。急に物価が下がるは、無料診療が始まるわで、みんな目ん玉飛び出してるよ。どうにもならなかったこの町を、あんたが命懸けで変えてくれたんだろう？」

ドリスの頬に涙が伝う。

それを隠そうとするかのように、私の頭を抱き寄せて、「ありがとうね」と何度も何度もお礼を言った。

照れくさくて、嬉しくて、幸せな心持ちでドリスの肩に潤んだ瞳を押しあてる。

やっぱり帰ってきてよかったわ。

ここが私の生きる場所。

そうよ、なにも間違えてないのよ……。

謀の中でも愛のために生きていく

ゴラスに帰ってきてから、半年になろうとしていた。

生きるために忙しく働く日々。でもそこには以前と違った皆の笑顔があり、穏やかな幸せに包まれていた。

正午を知らせる教会の鐘の音が、青空に吸い込まれていく。

それを聴きながら、私は孤児院を目指して丘を登っていた。

手に提げているバスケットの中身は、ベーコンと卵。

みんな、喜んでくれるかしら……。

見えてきた孤児院は、真っ白な塗り壁が緑に映え、美しく生まれ変わっていた。ゲルディバラ伯爵からの助成金で、補修が施されたからだ。

建物の前に広がるかつての菜園は、今は野菜を育てるスペースを半分以下に減らし、勝手に自生したコスモスがピンクや白の花弁を風になびかせている。

子どもたちが小さな手をまめだらけにして自給自足をしなくても、今は助成金で食料を買うことができるというありがたい状況。

だから畑に子どもたちの姿はなく、きっとみんなは思い思いに遊んでいるのだろう。

シスターに勉強を教わる余裕もできて、孤児の暮らしはやっと、子どもらしいものになった。

なんて素晴らしいの。夢のようだわ……。

コスモス畑を抜けて孤児院のドアを開けると、ちょうど中から出ようとしていた人にぶつかってしまう。

「あら、ごめんよ」と謝ってくれたのは、見知らぬ四十代くらいの女性で、年季の入ったエプロンに枯れ草色の三角頭巾をかぶり、ゴラスの町の民と思しき身なりをしていた。

私も謝って誰なのかを尋ねようとしたが、彼女は忙しそうに、汚れたおしめの入った木桶を抱え、裏庭へと歩き去った。

首をかしげつつも、私は建物の中へ。廊下に響く子どもたちの笑い声を聞きながら、食堂のドアを開ける。

「シスター、こんにちは。今日はベーコンと……」

言葉が続かなかったのは、来客中であったため。

いや、客ではないようだ。先ほどぶつかった人と似たような身なりの女性がもうひとりいて、シスターと一緒に乳飲み子にミルクを与えていた。

「クレア、いらっしゃい。いつもありがとう」とシスターが声をかけてくれる。

食堂の椅子に並んで座るふたりに近づいて、「あの、こちらの方は？」と問いかけると、シスターが顔を綻ばせて言った。

「こちらは、コレットさん。今日からふたりのお手伝いさんを雇ったんですよ」

「お手伝いさん？」

「建物の修繕が終わっても助成金に余裕があります。食料も十分確保できるし、私ももう年寄りなので、お手伝いをお願いすることにしたんですよ」

人を雇うことができるほどに孤児院の経営状況は改善している。

それはとても喜ばしいことだ。

おかげで今までは十二歳になったら出ていかねばならなかった子どもたちも、まだここで暮らすことができる。最長十五歳までと期間が延びたことで、年長の子どもたちは働き口をゆっくりと探すことができるのだ。

とても嬉しいことだけど……。

「そうなの……」と答えた私の笑顔は、微かに曇る。

私が手伝いに来なくても、シスターが困ることはない。

自分の存在意義が揺らぐ気がして、不安と寂しさを覚えていた。

その気持ちを立て直すために、手に持つバスケットに視線を落とす。

ベーコンの大きな塊に、卵が三十個も。子どもたちは喜んでくれるはずよ。

そこにドアが開き、リッキーが駆け込んできた。五歳になるニコラスの手を引いて。

「シスター、ニコラスが膝を擦りむいたんだ。凧揚げしてたら、石につまずいてさ」

「あら、大変。すぐに手あてしましょう」

乳飲み子を抱えたまま立ち上がったシスターを制し、「私がやるわ」と意気込んだ。

バスケットを長テーブルに置くと、棚の上から救急箱を取ってきて、ニコラスを椅子に座らせる。

救急箱の中も以前と違って薬が充実していた。

消毒をしてガーゼをあてていると、リッキーが隣で、今気づいたかのように言った。

「あ、ベーコンと卵だ」

「そうよ。リッキーはベーコンが好きでしょう？　たくさん食べてね」

まだ悪政に苦しめられていた頃、リッキーにベーコンをねだられたことを思い出す。

育ち盛りの少年に肉やチーズや卵を食べさせてあげたくても物価は高く、メアリーの薬代を稼ぐだけで精いっぱいで買ってあげられなかった。

それが今ではこうして、バスケットからあふれるほどの差し入れを持ってきてあげられるのだ。

リッキーなら大喜びするはずだと期待していたのに、返ってきたのは「うん、ありがとう」という素っ気ないお礼の言葉。

目を瞬かせてから、「ニコラスも食べてね」と今度は五歳の少年に声をかけたら、こちらからは無邪気で気遣いのない言葉が返ってきた。

「食べるけど、明日ね。ベーコンと卵は、昼の食事でたくさん食べたから」

「そう、食べたの……よかったわね」

私が買って持ってこなくても、子どもたちのお腹は満たされている。

とても素晴らしく、幸せなことよ。

それはひしひしと感じているのに、心にはモヤモヤとした寂しさが広がっていった。

手当を終えた後は、「宿屋の仕事に戻らないと」と独り言のようにつぶやいて食堂を出る。

廊下に響く子どもたちの楽しげな笑い声は、幸せの象徴のようだ。

けれど、以前のように私の訪問を心待ちにしてくれる子どもはもういないのだと思い知らされて、小さなため息をついていた。

孤児院を出ると、丘をさらに登って、頂上近くに広がる墓地までやって来た。

母とメアリーに会いたくなったからだ。

すると、メアリーの墓の前に先客を見つけた。

膝を折って指を組み合わせているのは、ドナだった。

ドナは赤茶の肩までの髪をした十一歳の少女。リッキーの次に年長の子どもで、しっかりした性格をしている。

皆に頼られるお姉さん的存在なので、きっと子どもらしい泣き言を言えずに思い悩むこともあるのではないかと、私は彼女を心配していた。

後ろから声をかけると、ドナは振り向いて立ち上がり、私のために場所を空けてくれた。

「ドナはメアリーと話していたのでしょう？　私はあとで話すからいいわ。なにか悩みごとの相談でもしていたの？」

優しい言葉で彼女の悩みを引き出そうとする。

しかし、ドナはなんの憂いもない眼差しで私を見上げ、ニッコリと明るく笑って否定した。

「ここで祈るのは日課よ。メアリーに心配しないでって、いつも声をかけるの。今はとても幸せだから、悩みごとなんてひとつもないわ」

「そう……」

ドナの瞳を直視できずに目を逸らし、奥のほうにある母の墓を見た。

お母様、私はここに毎日通う必要はないみたいよ。

もう、必要とされていないのね……。


その夜、宿泊客用の朝食の下ごしらえを終えた私は、屋根裏の自室に戻ってきた。

エプロンを脱いで椅子に置き、簡素なベッドに静かに腰を下ろす。

考えているのは孤児院のこと。

やっとあの子たちが子どもらしい生活を送れるようになったことは、心から嬉しく思う。シスターと同じくらい孤児たちの幸せを願っているつもりなので、その気持ちに偽りはない。

それでも、心に穴が開いたような虚しさに襲われるのはどうしてなのか。

『私の援助がいらないほどに満たされているなんて、素晴らしいわ！』と喜ぶだけではいられない複雑な心境にあった。

孤児院のみんなに必要とされていたいと思ってしまう私は、所詮、自分のことしか考えていなかったということかしら……。

自己中心的な思考を認めたくなくて、「そんなことないわよ」と、口に出してみる。

私はこれまで、自分のために生きてきたつもりはないもの。あの子たちのために、嫌なことだってなんだってやってきたんだもの、自分勝手な人間じゃないわ……。

ため息をついた後には、ジェイル様とともに黒い企みの中で過ごした日々が思い出される。

人を罠にはめることはけっして気分のよいものではないが、毎日が充実し、今よりも一生懸命に生きていた気がする。

今はなにを目的に生きているのか、よくわからないわ……。

望みが叶えられた後の虚無感。

おかしな自分の心にため息をついて、私は立ち上がる。ベッドの横の粗末で小さなキャビネットの引き出しを開け、中から宝物をそっと取り出した。

それは、両手の手のひらにすっぽりと収まる大きさのオルゴール。

銀製の宝箱のような形をしていて、小さなルビーが星屑のようにはめ込まれ、精緻な装飾も施されている。

これは、オズワルドさんに馬車内で渡された箱の中に入っていたもので、ジェイル様からの最後の贈り物。

ゴラスに帰ってきた夜に自室で箱を開け、『身にあまる贅沢品を』と目を丸くしたが、オルゴールの蓋を開けてさらに驚いた。

ずいぶんと重たいとは感じていたけれど、中に金貨が入っているとは思わなかった。その数、二十枚も。

返す術もなく、その金貨はありがたく、孤児院に全額寄付させてもらった。

今、この蓋を開けて赤いビロード生地の上にあるのは、親指大のガラスの小瓶だけ。中に入っている液体はきっと、バラから抽出したオイルだろう。

〝きっと〟というのは、コルクの栓を抜いて香りを確かめていないからだ。

嗅いではいけない。ジェイル様と同じ香りを嗅げば、せっかく押し込めて今は落ち着いているいとしさが、制御不能なほどにあふれ出してしまいそうだもの……。

蓋を開けたオルゴールからは、明るく優しい音色がゆっくりと流れ出す。

枕もとにそれを置いて、ランプの明かりを消し、私はベッドに横たわった。

オルゴールを聴きながらだと、不思議と寝つきがいい気がする。

どうしてだろう？　それは、気持ちが音色だけに集中して、余計なことを考えずにすむせいかもしれないわ……。

それから数日が過ぎた、ある昼間のこと。

宿泊客のための夕食の下ごしらえを始めたドリスの横に立ち、私も大量のじゃがいもの皮むきをしていた。

「今日は孤児院に行かないのかい？」と、ドリスが聞く。

「外は雨だから、やめておくわ」

本当は、必要とされていないと感じることが、出かける気になれない原因。

私がいなくても子どもたちが困らないのは素晴らしいことで、もちろん私も心から喜ばしく思っている。それと同時に寂しさを覚えるのもまた、正直な気持ちだった。

ドリスは私の様子がおかしなことに薄々気づいているようだが、深く追及するほどの疑問にはならなかったようで、別の話題に変えてくれた。

「そうそう、昼前に役人が来て、ゲルディバラ伯爵の御触れを知らせていったよ」

かつての暴君は、今はもう庶民を粗末に扱うことができない。

それを理解しているので、さほどの関心もなく、「どんな御触れ？」と皮むきの手を止めずに聞いた。

「三日後に、王都から視察団が来るんだってさ」

「えっ⁉」

「前は十年に一遍ほどだったのに、これからは半年毎に来るっていうんだ。あたしも驚いたよ。伯爵が悪さをできないように見張ってくれるなら、ありがたいことさ」

手からじゃがいもがすべり落ち、足もとに転がった。

そういえば、ジェイル様がこんなことを言っていた。

『約束事の履行と維持を確認するために、半年に一度の視察を受け入れることも要望に含まれている』

それを忘れていたわけではないけれど、いろいろと考えることが多すぎて、記憶の片隅に眠らせたままになっていた。

もしかして、視察団とは、ジェイル様の一行かしら？

前回はジェイル様が視察に来た。国王の勅令でということになっていたが、政務はジェイル様が補佐していることでもあるし、きっと彼の考えでの決定だったのだろう。だとしたら、今回もジェイル様が来るのではないか。私の様子を見るという目的も兼ねて。

別れ際のオズワルドさんの言葉も思い出す。

『言いたいことがありすぎて、言葉にならないのでしたら、よく考えて整理し、まとめておいてください』

おかしなことを言うと思ったけど、もしや視察で会えるという意味で言ったのでは……きっとそうよ。

足もとに転がったじゃがいもを、ドリスが拾って手渡してくれた。

それをたちまちむき終えて、別のいもに手を伸ばし、ものすごい速さで次々とむきあげていく。

「急に張りきって、どうしたんだい？」と不思議そうに問いかけるドリスに、私はニヤけそうになるのをこらえて、「別に張りきってないわよ」とごまかした。

でも、心の中には期待が膨らんで抑えきれない。

ジェイル様に会いたい気持ちが、大きく強く、この胸を高鳴らせていた。


それから三日があっという間に経ち、ついに視察の日を迎えた。

前回の視察では、ゲルディバラ伯爵が荒んだ町の有様を隠そうとして、メインストリート沿いの高級店以外は営業休止にさせられた。

しかし今回は、そのような御触れはなく、町に見張りの兵もうろついていない。

視察団には、ありのままのゴラスを見せる約束をさせられているからだろう。

それはいいことではあるが、そのせいで私は今日も宿屋の仕事に追われている。ソワソワと落ち着かない気持ちを抱え、洗濯物を裏庭のロープに干していた。

先ほど、近くの雑貨屋に買い物に出ていた宿泊客が、『視察団が到着したようだよ』と教えてくれた。

早く仕事を終わらせて、視察団を見に行きたい。

ジェイル様に会いたいわ……。

大量のシーツや枕カバーを庭いっぱいに干し終えてドリスを探すと、玄関を入った先のカウンターで見つけた。

宿泊客の対応に忙しそうなドリス。

それでも気が急いている私は、「ごめんなさい。少しだけ出かけてくるわ」と声をかけた。

「どこ行くんだい？」

「視察団を見に行くの」とだけ早口で答えたら、行ってもいいとの返事も待てずに、私は宿を飛び出した。

どのあたりにいるのかしら……。

視察団を探して、町を走り回り、やっと教会の前で一行の馬車を見つける。

そこには人垣ができていて、停車中の馬車の屋根と馬のたてがみしか見ることができないが、野次馬たちの会話を聞くに、どうやら視察団は教会の中で神父と話をしている最中のようだ。

「ごめんなさい、前に行かせて」

群衆をかき分けるようにして前列まで出ると、ちょうど教会の両開きの扉が開いて、白い祭服を着た神父の姿が現れたところだった。

続いて視察団と思しき男性六人がぞろぞろと出てきて、私の胸は最高潮に高鳴る。

しかし……そこにはいとしき人の姿はない。

見覚えのある男性がひとりいて、それはディアナ嬢の父親のペラム伯爵だった。

それを目にして、勅令で視察に来たのは、ペラム伯爵の一行だったのだと悟る。

ジェイル様じゃなかった……。

大きすぎた期待の代償は、激しい落胆となり、私の胸をしめつける。

王政の補佐をしているジェイル様なら、望めば彼が視察団としてゴラスに来ることなどたやすいだろう。ということは、彼がゴラスに来る必要を感じなかったのだ。

二度と私の前に現れない。それが彼の意志なのね……。

まるで深い井戸の底に落とされたような心持ちでいた。

心も視界までもが暗くなり、世界が黒ずんで見えてしまう。

今生の別れを覚悟して王都を発ったはずなのに、どうしてこんなに落ち込まねばならないのだろう。

引き返す足取りはひどく重たく、体から力が失われていくような気がした。

空には美しい満月が浮かび、宿泊客は皆、眠りにつこうとしている時刻。

今日の半日、私は青白い顔で働いていた。ドリスに心配をかけたくないのに、どうにも笑顔を作ることができなかった。

それで『朝食の下ごしらえはやらなくていいよ。早く休みな』と言わせてしまい、申し訳なく思いつつも、ドリスより先に自室に引き揚げさせてもらった。

ランプの明かりを最小に落とした薄暗い部屋の中、自分の影が亡霊のように板壁に映っていた。

ベッドに座って、今日何度目かの重たいため息をつく。

こんなことではいけないわ。ドリスに迷惑をかけてしまう。

恋愛ごとで日常生活に支障をきたすなんて、あってはならないこと。これまで私自身が蔑んできたことだ。

私はなんて愚かなの……。

立ち上がって、キャビネットの引き出しからオルゴールを取り出した。

これを処分しようか。手もとにあっては、未練がましく彼を思い出してしまうから。

そうよ、明日、これをどこか遠くに埋めてこよう。そうすれば、この苦しみから抜け出せるかもしれないわ。

そう決心したけれど、最後にもう一度だけ優しい音色に包まれたいという、甘えた心までは消せなかった。

それで蓋を開けようとしたら……手がすべり、オルゴールを床に落としてしまう。

ガチャンと響いた音とともにガラスの小瓶が飛び出して、一歩離れた床板の上に弾んで転がった。

その際にコルクの栓がはずれ、中のトロリとした液体が漏れ出してしまう。

壊れずに音色を奏で始めたオルゴールと、たちまち広がる豊かなバラの香り。

慌てて小瓶を拾って栓をし直し、こぼれたオイルはベッドの毛布を引きずり下ろして拭き取った。

そして、拭いてしまってからハッとする。

私はなにをしているのよ……。

毛布で拭けば、今夜はこの香りに包まれて眠らなければならないじゃない。

久しぶりに嗅いだ彼の香りは、私の心を甘く熱く苦しめる。

「ああ、ジェイル様……」

毛布を抱きしめ、床にうずくまり、嗚咽を漏らして泣いていた。

彼と離れて、ますます恋心が募るとは、予期せぬこと。

まさか、愛がこんなにも苦しいものなんて、知らなかった。

「会いたい……」

呻くように泣く私の背後に、ドアが軋む音がした。

その小さな音に肩をビクつかせて振り向いたが、誰が入ってくることもなく、変わらずドアは閉じたまま。

気のせいみたい……。

恐れたのは、この苦しい胸の内をドリスに知られることだ。

心配させてはいけない。

今夜は泣き明かしても、明日の朝には笑顔でいないと。

その思いもまた、少なからず私の心を疲弊させる原因となっていた。

泣き明かした夜から二日後のこと。

昨日は一日中雨が降っていたので、遠くにオルゴールを埋めに行く計画は、まだ実行できずにいた。

今日は秋晴れの水色の空が広がっている。

午後の休憩時間に出かけて、今日こそオルゴールを埋めてこなければと考えていた。

三十分ほど前に正午の鐘の音を聞いたところ。

裏庭に出て、ロープに干してあるシーツに触れ、その乾き具合を確かめる。

早朝に干したものなので、もうほとんど乾いているけれど……もう少し、このままにしておこうか。

日光をたくさん浴びせたほうが、いい香りがするから。

そう思うのは、口実かもしれない。まだ仕事が終わっていないから、休憩に入れないという理由が欲しいのだ。

オルゴールを埋めに行くのを、ズルズルと引き延ばしていたいという気持ちがそこには隠されていた。

そんな自分の心に気づかないふりをして、通用口から台所兼、作業場に戻ると、ドリスが早くも夕食の下ごしらえを始めていた。

今日も大量のじゃがいもを、職人技で次々とむいていくドリス。その顔は不愉快そうに、しかめられていた。

昨日からドリスはなぜか機嫌が悪い。

いつもの彼女は豪快で明るく頼もしい人。私がミスをすれば叱るときもあったけれど、けっして後に引きずらない性格をしている。

そんなドリスがなぜか、入ってきた私をジロリと睨み、それからすぐに手もとに視線を戻す。今朝は『おはよう』と挨拶しても、返事をしてくれなかった。

私はそんなにもドリスを不機嫌にさせることをしただろうか？

考えても思いあたらず、作り笑顔を浮かべて彼女のそばに寄った。

「私もやるわ」と言って、作業台の上のじゃがいもに手を伸ばす。

するとその手を叩かれた。

「ドリス？」

「あんたはやらなくていい。これはあたしの仕事だよ」

「で、でも……」

たしかに役割分担としてはそうなっているけれど、私たちはこれまで、お互いに手伝い合ってやってきた。

どうして今日はそんなことを言うの？

ドリスは単に不機嫌なのではない。私を拒絶し、冷たい態度を取っているのだ。

それを感じて、ますますうろたえた。

そのとき、通用口の板戸がノックされて開き、なぜかリッキーとドナが入ってきた。

リッキーは大きな布袋を担いでいて、ドナは手ぶらだ。

孤児院の子が宿屋に来たのは初めてで、目を瞬かせて「どうしたの？」とふたりに尋ねた。

リッキーは帽子の鍔をいじりながら、やや緊張した面持ちで説明する。

「俺、ここで住み込みで働かせてもらえることになったんだ」

しっかり者のドナは、いつもと変わらぬ笑顔を浮かべて言う。

「私もよ。二カ月後の誕生日に孤児院を出て、ここで働くの」

驚きのあまりに、すぐに言葉が出せず、ふたりとドリスに視線を往復させていた。

いつの間に、そんな話になったのだろう。

私にひと言も相談してくれないなんて、水くさいじゃない。

でも、そんなことは不満にはならず、むしろ喜んでいた。

助成金のおかげで、最長十五歳までは孤児院にいられるように変わったが、年長の子どもたちには、働き口を探さねばならないという試練が消えたわけではない。

十二歳も半ばを過ぎたリッキーと、もうじき十二歳になるドナ。ふたりがこの宿屋に職を得られたことは幸運だ。

ドリスは間違いなく最高の雇い主で、忙しくも楽しく幸せに暮らしていけることを、私はよく知っている。

ドリスは相変わらずしかめ面のままで、じゃがいもの皮を黙々とむき続けているけれど、私は彼女の腕に触れて、喜びの中でお礼を言った。

「ドリス、ありがとう！　ふたりと一緒に働けるなんて、嬉しいわ。そんなに人を雇えるほどに、宿の経営も潤っているのね。すべてが素晴らしいことよ！」

するとドリスに手を払われて、背を向けられた。

次のじゃがいもに手を伸ばしたドリスは、それをむきながら冷たい声で「いいや」と否定する。

「宿の収益は、そんなに上がってもないさ。三人も雇えやしないよ。だから、クレアは出ていきな。あんたがいなけりゃ、ふたりを雇ってやれるんだから」

その言葉に強い衝撃を受ける。

十二歳から七年ほどもふたりでやってきたというのに、新しく人を雇いたいからと、私を簡単に放り出す気のようだ。

ドリスにとって私は、その程度の存在だったのかと、目を見開く。

にわかには信じられずに、慌ててドリスの背中に問いかけた。

「冗談よね？　ここを追い出されたら、私はどこに行けばいいのよ」

「どこでも好きなところに行っとくれ。クレアの部屋はドナが使うんだから、なるべく早く出ていきな」

冷たく吐き捨てるようにそう言ったドリスは、皮むきを中断してエプロンで手を拭くと、私を避けるように通用口から出ていってしまう。

荒っぽく閉められた板戸を見て、私は呆然と立ち尽くしていた。

ドリスに嫌われてしまった。

なにがどうして、こうなったの？　頭が混乱して、なにも考えられないわ……。

ただただ、崖から突き落とされたような大きな衝撃を受けて、青ざめていたら、リッキーが我慢できないといった様子で口を開いた。

「クレアは、本当は貴族なんでしょ？　昨日ドリスが孤児院に来て、言ったんだ。クレアの幸せは王都にあるから、背中を押して送り出してやらないとって」

「え……!?」

リッキーは困り顔をして、ドリスの態度が急に冷たくなった理由を教えてくれた。

ドリスは私をジェイル様のもとに返そうとして、追い出すような演技をしているのだということを。

それを知って、心に動揺の波が広がる。

きっとドリスに見られてしまったんだ。一昨日の夜、ジェイル様の名を呼びながら、うずくまるようにして泣いていた姿を。

私は知らず知らずのうちにドリスを悩ませ、苦しませてしまったのだ。

隠し通すことができずに打ち明けてしまったリッキーを、ドナはあきれたような目で見て、叱りつける。

「もう、駄目じゃない。そんなこと言ったら、クレアが出ていきにくくなるでしょ？

男のくせに口が軽いわね」

「だってよ……」

口を尖らせて反論しようとしたリッキーだけど、結局は「ごめん」と謝っていた。

リッキーが口でドナに勝てないのは、いつものことだ。

ふたりのやり取りは微笑ましいものだけど、心を温めている場合ではなく、私はドリスを追って急いで通用口の戸を押し開けて、外に飛び出した。

ドリスは裏庭にいて、私が干したシーツや枕カバーを取り込み、たたんで籠の中にしまっていた。私に気づかないふりをして、黙々と手を動かし続けている。

その表情は見えないけれど、きっと今、不本意ながらも私に冷たくしたことで、胸を痛めていることだろう。

そしてドリスを苦しめたことに、私もまた、胸を痛めていた。

二歩の距離まで近づいて、その背におずおずと声をかける。

「リッキーに聞いたわ。私を思って言ってくれたのね。ありがとう。でもね、私の居場所はここよ。ジェイル様の屋敷に、居場所はないわ」

ジェイル様は私を愛してくれた。その愛ゆえに、陰謀渦巻く貴族社会に私を置きたくないと、ゴラスに帰してくれたのだ。

私がこの町で生きることは、私だけではなく彼の望みでもある。

今さらジェイル様の屋敷を訪ねたとしても、追い返されるかもしれない。

いや、会ってさえくれないことだろう。

視察団に別の貴族を寄越したという事実からは、私の前には二度と現れないという彼の決意が感じられた。

『居場所はない』という理由に、もうひとつ、ここにいる根拠を付け加える。

「恋なんて、贅沢で愚かなことをしている暇はないのよ。私がいないとこの宿屋は困るでしょう？　ふたりを雇っても、一人前の働き手になるまでには時間が必要よ」

そうよ、私に贅沢は不必要。愚か者にもなりたくないわ。

これを機にジェイル様への恋慕を断ち切ってみせる。ドリスを苦しめたくないから。

ドリスはまだ背を向けているけれど、シーツを取り込む手は止まっていた。

私は目尻に皺が寄るほどの笑顔を作って、その背に明るい声をかける。

「籠を貸して。洗濯は私の仕事よ」

するとドリスが急に振り向く。干してあった生乾きの毛布を引っ掴むと、それを丸めて私に投げつけてきた。

目を潤ませて顔を赤くし、大声で私を叱りつける。

「居場所がないなら、つくりなさい！　本当は怖くて戻れないんだろ？　宿を理由にしてんじゃないよ！」

投げつけられた毛布を受け止めた私は、目を見開いてドリスを見つめる。

『本当は怖くて戻れないんだろ？』という言葉が、心に突き刺さっていた。

そうかもしれない。いろいろと理屈をこねても、結局はそれが一番大きな理由なのではないか。

ジェイル様のそばにいたいと言い出しても、時すでに遅し。

彼は心変わりをしているかもしれないし、不要品だと冷たい目を向けられることを恐れているのだ。

図星を指されて目を泳がせた私に、ドリスが声を優しくして諭す。

「クレア、人生は一度きりさ。好きな男のために生きて、なにが悪いんだい。あんたは、あたしたちのために命懸けで戦ってくれた。もう十分だから、頼むから自分のために生きておくれ。クレアには誰より、幸せになってもらいたいんだよ」

母のように思いやるその言葉は、私の奥底まで染み渡り、大きく心を動かした。

重心が傾いて、いとしい彼のほうへと、心がすべり落ちていくようだ。

それでもまだ、自分の幸せのために生きるという選択に迷うのは、これまでそのような生き方をしてこなかったせいなのか。

すると、後ろでリッキーの声がする。

「クレア、俺たちはもう大丈夫だから、心配すんなよ。孤児院の弟妹たちの面倒も俺がちゃんとみるからさ。クレアがこれまでやってくれたように」

ドナの声もする。

「みんなクレアの幸せを願っているわ。クレアが我慢してゴラスで暮らせば、それを見ている私たちもつらいのよ」

　ふたりの言葉に胸を打たれ、膝を折り、両手を地面についた。

　せっかく洗った毛布も土の上に落としてしまい、そこからフワリとバラの香りが漂った。

　これは私の毛布。こぼれた香水を拭いてしまったから洗ったのに、まだ香る。

　いとしいジェイル様の香りが……。

「本当にいいの……？　この愛のために生きても」

　毛布を抱きしめ、震える涙声で尋ねると、目の前に立つドリスが胸を叩いて笑った。

「もちろんさ。クレア、行っておいで。後悔しないように、思いっきりぶつかってくるんだよ」

　私の前に回り込み、ドリスを挟むようにして立ったリッキーとドナ。

　ふたりは大人のような頼もしい顔つきをして、私に勇気を与えてくれた。

「俺、愛とかわかんないけど、クレアが元気になるなら、そのほうが絶対にいいよ」

「素敵よ、クレア。私もいつか、そんな恋がしてみたいわ！」

　頬を伝う涙を毛布で拭い、私は足に力を取り戻して立ち上がった。

　三人の顔を順に見て、心からの笑顔で宣言する。

「明日、ゴラスを発つわ。ジェイル様のもとに帰ります。別れて半年も経つし、いらないと言われて足蹴にされるかもしれないけれど……そうしたら、その足にかじりついてでも離さないわ！」

意気込みを伝えたかっただけなのだが、言い方がおかしかったのか、三人が空を仰いで大きな声で笑いだした。

羊雲が泳ぐ秋晴れの空。

この空のように、私の心も久しぶりに晴れ渡り、気持ちのよい風が吹いていた。

簡単な旅支度をしてゴラスを発ってから、六日が過ぎていた。

遠く長い道のりを馬車に乗る金はなく、歩いて王都を目指し、四夜を木陰で眠った。

今日はいよいよ王都に着くからと、昨夜だけは宿屋に泊まって身を清めたが、綺麗な姿でジェイル様に会うことはできそうにない。

夕方から降りだした雨は、フード付きの茶色のマントを通り越して、中に着ている水色の簡素なワンピースまでをずぶ濡れにしていた。

ブーツは靴底が今にも抜けそうで、ボロボロの浮浪者のよう。

秋はまだ始まったばかりとはいえ、夜の雨に打たれては、体温がどんどん奪われて、凍えそうに寒かった。

それでも心だけは熱く燃えたぎり、もうすぐ彼に会えると思うと自然と早足になる。

王都の街の中は、家々の窓辺に明かりがともり、それが石畳の道に反射して、足もとを明るく感じさせてくれていた。

オルドリッジ公爵邸を目指し、大通りから離れた民家の立ち並ぶ道を進む。こっちのほうが、近道のような気がしたからだ。

すると前方に、やけに賑やかな二階建ての家屋が見えてきた。

雨の中でも男たちが出入りして、ドアが開くたびに中から歌が漏れ聞こえる。

近づくと窓ガラスの向こうに、酒を酌み交わして笑う男性客と、給仕の女性の姿が見える。

ここはどうやら、庶民のための酒場みたい。

それだけわかると興味をなくし、また心にはいとしい彼への想いだけが広がっていった。

しかし、酒場から少し歩いたところで、「お嬢ちゃん」と、後ろから私を呼び止める人が現れた。

肩に手をかけられて足を止め、振り向くと、酒に酔った中年の男がヘラヘラと笑いながら立っていた。

「旅の人かい？」

「ええ」

「ずぶ濡れじゃないか。宿賃がないなら、おじさんの家に泊まらせてあげよう」

親切心からの声かけでないことは、その下心のありそうないやらしい目つきを見ればすぐにわかる。

断る前にまずは男の様子を観察する。

赤ら顔で千鳥足。かなり酔いが回っていて、これなら特に策を講じずとも、走って逃げられると判断した。

それで「結構よ」冷たく言い放ち、肩の上の手を払いのけるや否や、マントを翻して駆け出した。

民家の間の小道を縫うようにして走り、追ってこようとしていた男をうまく撒く。

けれど、よかったと足を止めようとした途端に、石畳の上で派手に転んでしまった。

足をすべらせたのは雨のせいだけではなく、長旅で体が限界に近づいているせいかもしれない。

水たまりの汚れた水を全身にかぶり、打ちつけた膝はひどく痛んだ。

よろよろと身を起こして膝を確かめると、擦りむいて血が染み出している。

これからジェイル様に会うというのに、ひどい姿ね……。

あまりにも汚いから、追い返されたらどうしようと危ぶむ。

けれどもそれは私の足を止める理由にはならず、引き返すという選択肢もない。

ドリスの言葉が、私に勇気と力を与えてくれていた。

『後悔しないように、思いっきりぶつかってくるんだよ』

ええ、ドリス。彼に迷惑顔をされようとも、もはやお前など不要品だと言われようとも、絶対にあきらめないわ。

これからは愛のために生きると決めたのよ。

もしジェイル様が心変わりをしているのなら、また振り向かせてみせる。どんな汚い手を使ってでも。

彼をたぶらかして、ゴラスを救わせようと企んだときの自分を思い出す。

「これでは、最初と変わらないわね」と独り言をつぶやいて、フフッと声に出して笑っていた。

擦りむいた膝の手あてもせず、決意と愛情に突き動かされるように歩き続け、ついにオルドリッジ公爵邸の門までたどり着いた。

H型をした三階建ての荘厳な屋敷が、美しく整えられた前庭の緑の奥に、どっしりと構えている。

冷たい雨に打たれても、窓辺には明かりがともされ、とても温かそうに目に映った。半年離れていただけなのに、とても懐かしく思うのは、ゴラスでずいぶんと悩み苦しんで、恋しさを募らせていたせいなのか……。

幸いなことに門は開かれて見張りの姿もなく、私は弾んだ息を整えて、芝生の中の石畳の道を屋敷へと歩いた。

玄関ポーチの階段を上り、気高さと財力を知らしめるような立派な扉の前に立つ。

ドア横の燭台には火が入り、汚い身なりの私を優しく照らしてくれていた。

いよいよ、ジェイル様に会えるのね……。

胸に手をあて深呼吸してから、獅子の彫刻の施された真鍮のドアノッカーを叩いた。

少しして扉は開かれ、ひとりの執事が顔を覗かせる。

彼は三人いる執事の中で一番年若い、二十代後半の青年で、私を見るなり顔をしかめて追い返そうとする。

「ここはオルドリッジ公爵邸だ。下賤の者が簡単に門戸を叩いてよい場所ではない。立ち去りなさい」

ここで暮らしていた間、挨拶以外で彼と言葉を交わしたのはほんの数回しかなかったように思う。

それでも私だと気づかれないとは予想外で、驚いた。

しかし、彼を非難することはできない。それほどまでに、私がひどい姿をしているということなのだから。

クレアだと名乗ろうとしたら、後ろで馬の蹄と車輪の音がする。

すると執事は慌てたように外に出てきて、私の手首を掴むと、力ずくで排除しようとしてきた。

「ジェイル様のお帰りだ。玄関前でお目汚しをするわけにいかない。裏門から出ていけ。早く、こっちだ」

「ちょっと待ってよ！」

玄関アプローチの前には馬車が止められて、ジェイル様はその中にいる。

それなのに私はぐいぐいと問答無用で手首を引っ張られ、玄関ドアから三歩、四歩と、引きずられるように離されていた。

顔だけ振り向くと、御者が馬車の扉を開けていて、降りようとしているジェイル様の黒いブーツの爪先と右手が見える。

「さっさと歩け」と執事が引っ張る力を強めるから、私は「ジェイル様！」と叫ぶように声をあげた。

その声に即座に反応し、馬車の扉の陰から御者を押しのけるようにして飛び出してきたのは、見目麗しき貴公子。

ダークブラウンの髪は、半年前より少し伸びただろうか。前髪が琥珀色の瞳にかかり、後ろ髪は襟足だけが肩についているようだ。

記憶にある最後の彼の顔は、ひどく疲れきっていたが、今はもと通りの健康そうな肌艶をしていて、そのことに安堵する。

着ているのはいつもの黒の丈長の上着で、襟のジャボットには彼愛用のピジョンブラッドのブローチが、情熱的に輝いていた。

ああ、ジェイル様だ。やっと会えた……。

「クレア！」と彼が叫ぶと、執事が「えっ⁉」と驚きの声をあげ、私を捕らえていた手を即座に離した。

自由になった私は踵を返し、ジェイル様も駆け寄って、私たちは玄関扉の前で抱き合った。

ずぶ濡れの上に転んだこともあって、ひどく汚い身なりの私。

そんな私でも彼はしっかりと腕に抱いて、まだ愛情があることを教えてくれた。

押しつぶされそうなほどに強く抱きしめてくれてから、彼は腕を緩め、私のかぶっているフードをはずす。

美しいと人に言われるプラチナブロンドの髪は乱れ、白い肌には泥汚れがついているることだろう。

それでも彼は私の頬を両手で挟んで顔を覗き込み、優しい笑みを浮かべてくれた。

「なぜ戻ってきた？」と問う声には、嬉しそうな響きを感じる。

帰ってきた理由は、ジェイル様に会いたかったからに他ならない。

けれども、すぐに返事をせずに一秒の間を置いたのは、考えていたためだ。

それだけの答えでは、腹黒い彼は満足してくれないのではないかと。

まっすぐにその瞳を見上げ、「愚か者だからよ」と私は答える。

「愛のために生きたいと思うほどに、今の私は愚かなの。ジェイル様、どうか私を利用して。辺境伯領を手に入れるために、私をあなたの妻にしてください」

素性を公にしてエリオローネ家を再興し、領地を取り戻すつもりなど、これっぽっちもなかったはずなのに、今はそれをやってもかまわないと思っていた。

ジェイル様のそばにいられるのなら、なんでもする。彼が私に望むすべてのことをしてあげたい、と。

そのような愚かな考え方をするように変わったのは、彼への深い愛情ゆえのことだ。

私がこう言えば、きっとジェイル様は驚くことだろう。

そう考えていたのに、彼の反応は予想と違うものだった。

フッと笑った後に、口の端がニヤリとつり上がる。

「やっと言ったな」

「え……？」

それはどういう意味だろう。まるで私から、利用されてもいいので妻になりたいと言い出すのを待っていたかのように聞こえる。

私のためを思い、私をゴラスに帰したはずの彼なのに、なぜそんなことを言うの？

その腹黒い胸の内を測りかねて、眉を寄せる私に、ジェイル様は「まあいい。とにかく入れ」と、ごまかした。私の腰に手を添えて、屋敷内へと誘導する。

それで疑問についての思考は、一時中断となる。

玄関扉を大きく開いて待ち構えていたのは、オズワルドさん。

彼は汚い身なりの私を見てあきれたような顔をしているが、「クレアさん、お帰りなさい」という言葉からは、戻ってきたことへの非難の気持ちはない様子。

その代わりに、別の文句を言われた。

「まさか、ゴラスから歩いてきたのですか？」

「そうです。馬車に乗るお金がないもの。六日かかりました」

「ジェイル様が金貨を持たせたでしょう。二十枚もあれば、護衛まで雇えるほどの贅沢な旅ができるはずですが」

「あの金貨なら、全額寄付したわ。孤児院に。ありがとうございました」

あきれを通り越したのか、オズワルドさんは噴き出して笑った。

融通の利かない堅物の近侍の笑い声を聞くのは初めてのことで、私は目を瞬かせる。

ジェイル様も笑っていて、「クレアらしい金の使い道だな」と肯定してくれてから、オズワルドさんに私を預けた。

「体が冷えきっている。湯を浴びて温まってこい。食事も用意させる。深い話はそれからだ」

それから一時間半ほどが経った。

沐浴をして温まり清められた体に羽織っているのは、私のために用意されていたかのような、リボンとレースで飾られた新しい寝間着と、羽根のように軽くやわらかなベージュのナイトガウン。

その姿で私は、ジェイル様の寝室に呼ばれていた。

振り子の柱時計は、二十二時を差している。

暖炉には火が入り、暑いほどに部屋は温められ、白い寝間着姿の彼はベッドの端に腰掛けていた。

ドア前で足を止めている私を、彼は「来い」と尊大に呼び寄せる。

この屋敷に戻ってこられたことも、寝室に呼んでくれたことも、恋心を抱く私にはもちろん喜ばしいことである。

それなのに胸を高鳴らせることができずにいるのは、疑問が解決していないせいだ。

ゆっくりと歩み寄り、ジェイル様の目の前で足を止めると、彼は鼻を鳴らした。

「愛を求めて戻ってきたという女が、ずいぶんと不愉快そうじゃないか」

「違うわ。考えてるのよ」

「なにをだ？」

そう聞いた琥珀色の瞳をじっと見つめ、引っかかっていたことを真顔で口にした。

「ねぇ、もしかして、私が戻ってくることをわかっていたの？」

玄関前での再会に、彼は喜んではいたが、そこに驚きは薄かったように思う。

それと、もうひとつ。『やっと言ったな』と、ニヤリと笑ったことも疑問だ。

それらに答えをもらえないうちは、素直な喜びだけに浸ることができないのだ。

すると彼の口の端があきらかにつり上がる。

なにかを企んでいるのを悟り、私は眉をひそめた。

「私のために、ゴラスに帰れと言ったんじゃなかったの？」

「俺は得にならないことはしない。狙った獲物も逃さない」

獲物とは、私のことに違いない。いや、私と辺境伯領と言ったほうがいい。

やはり彼は私が戻ってくることを予想して、ゴラスに帰したみたい。

その目的は、私に自分の意志で望んで彼の妻になりたいと言わせるため。

ゴラスで悩み苦しみ涙したことも、すべては彼の策略の内。

視察に来なかったのは、私に会わないという彼の決意ではなく、私を戻りたいという気持ちにさせるためだったのだ。

なんという、腹黒さなの……。

悔しい気持ちで「私はまんまとあなたの策にはめられたのね」とつぶやけば、腕を引っ張られてその胸に飛び込むことになった。

そのままベッドにふたりで倒れ込み、仰向けにされ、私の上に彼が馬乗りになる。

ベッドサイドのテーブルには、橙色の光を揺らすランプ。

広いこの部屋にともされているのは、壁の燭台ひとつとそれだけで、琥珀色の瞳にはチラチラと揺れる炎が映り込んでいた。

彼はまだ男の色香を抑えている。私たちの関係を今あるものより深いものにするために、真面目な顔をして、私の覚悟を聞いてきた。

「俺の妻になりたいのならば、黒くよどんだ争いに巻き込まれることになる。綺麗な心のままではいられんぞ。それでもいいのか？」

黒くよどんだ争いと聞いて、アクベス侯爵一家を罠にはめた晩餐会を思い出す。

辺境伯領を取り戻すとなれば、またアクベス侯爵と一戦を交えねばならない。

それもあの程度のことではすまず、もっと大きな謀《はかりごと》の中で、他の貴族との関係も気にしながらの戦いになるに違いない。

たしかに心は、今よりもっと汚れてしまいそうな気がする。

しかし、それでもいいと私は深くうなずいた。

「ええ。覚悟の上よ。どこまでもあなたについていくわ。たとえこの心が、修復できないほどに黒く汚されても」

「よく言った」とニヤリと笑って褒めてくれてから、彼は急に瞳を艶めかせ、甘い色香を全身からあふれさせる。

「正式な婚姻の手続き後まで、待ってやれないぞ。今宵、お前の純潔を散らす。覚悟しろ」

そう宣言した彼に『望むところよ』と伝えたかったのだけれど、唇が重なり返事ができなかった。

深く濃密に舌を絡めて、私を味わう彼。

その手は情欲のままに私のナイトガウンと寝間着を剥ぎ取る。

彼自身も一糸まとわぬ姿となり、シーツの上で体温を分かち合った。

逞しい筋肉質の胸や首筋から、私を惑わすバラの香りがする。

男らしくも繊細で美しい指先が、巧みに肌を刺激して、深部からはジワリと蜜があふれ出した。

いとしい人に抱かれる喜びに頬は上気し、震えるほどの喜びが体を駆け巡るが、ほんのわずかな寂しさがあることも否めない。

ジェイル様も私を愛してくれているのだと思っていたのに、すべては企みにすぎなかったのね……。

甘く喘ぎながら瞼を開ければ、目の前には瞳を潤ませた麗しき顔。

その唇はなにかをこらえているように、真一文字に引き結ばれていた。

どうして、そんなにも切なそうな顔をするのだろう……。

「ジェイル様……」と問いかけた次の瞬間、指を絡めた手を強く握られ、下腹部に痛みが走り抜けた。

「ああっ！」

破瓜の痛みに呻いた私を、彼は強く抱きしめる。

私の耳に唇をあて、ため込んでいたものを吐き出すように思いの丈を打ち明けてくれた。

「クレアを心の底から愛している。未来永劫、手放しはしない。これだけは謀の外にある、不変の想いだ」

胸が歓喜に震え、涙が泉のように湧いてあふれた。

腹黒い彼だけど、ここにある愛だけは本物なのね……。

痛みと快感と幸せに揺られながら、唇を合わせて心に誓う。

黒い企みの中でも、その愛を信じ、私は彼のために生きていく。

特別書き下ろし番外編

悪巧みは、甘くいとしく

ジェイル様のもとに帰ってから、三カ月ほどが過ぎていた。

いろいろと下準備があるからと彼に言われ、私の素性はまだ公にされず、従ってアクベス侯爵との新たな戦いも、正式な婚姻もまだこれから。

これでは以前となにも変わっていないようだが、決定的に違う点もあった。

それは、私は屋敷内の使用人たちに〝クレアさん〟ではなく〝若奥様〟と呼ばれ、ジェイル様が日々、愛情を示してくれるということだ。

その愛情表現の仕方が、私を戸惑わせていて……。


朝食後、仕事とこれからの戦いに備えての裏工作のために、ジェイル様は王城に出向く支度をしている。

広々とした玄関ホールで、オズワルドさんに冬用の黒いマントを羽織らせてもらった彼を、私は二歩離れた位置から見ていた。

『俺が仕事に出かけるときは、妻として玄関で見送れ』と、ジェイル様に命じられているからだ。

他にも執事が三人とメイドが五人、主人を見送るために姿勢正しく整列して、私の後ろに控えている。

オルドリッジ家の当主が、二十四にしてやっと妻を娶ったことを、彼らは喜んでくれている。

「行ってらっしゃいませ」と義務的に微笑む私にジェイル様は、尊大に命じる。

「口づけしろ。言葉だけでは見送られた気がしない」

黒いマントを片手で払うようにして、こちらに向き直った彼は、腰をわずかに屈め、私がキスしやすいように配慮してくれる。

しかし私としては、別の配慮を求めたいところ。

人前でのキスは、できればやめてほしい。それは、恥ずかしいからに他ならない。

するとしても、彼から私の頬に口づける程度にしてほしいのに、毎朝こうして、私からのキスを命じられるのだ。

「頬でもいい？」との、困り顔の私の願いを、彼は口の端をつり上げて「駄目だ」と却下する。

「夫の無事の帰りを祈るために、妻が唇にキスをするのは至極当然のことだ」

そういうものなの……。

説得されてしまった私は、仕方なく彼との距離を詰め、その肩に手をかけた。

どこかニヤついているようにも見える使用人たちの興味深げな視線を浴びながら、少し背伸びをして、ジェイル様と唇を合わせる。

触れ合わせてすぐに唇を離そうとしたら、彼の逞しい腕が腰に回され、後頭部も押さえられて、離れることを許してもらえなかった。

唇を割って入り込んだ彼の舌先が私の舌と交わり、赤面せずにはいられないような水音を立てていたぶってくる。

羞恥心に耐えかね、その胸を両手で押してキスから逃れると、彼は濡れた唇をペロリと舐めてみせ、それから楽しげに笑って言った。

「行ってくる。いい子にしてろよ」

「わかったわ。わかったから……早く出かけて」

執事が開けた玄関ドアから、冷たい風が入り込む。

色味を暗く落とした冬景色の中に、ジェイル様とオズワルドさんが出ていった。

まだ笑い続けているジェイル様の声が、扉を閉められたことで途絶えても、私は羞恥の中に落とされたまま。

執事とメイドたちがクスクスと笑い、色めき立った声を潜めて、ヒソヒソと話すのが後ろに聞こえるからだ。

悪意がないのはわかっているけど、私の前でそんなふうに笑うのは我慢してほしい。

これではいつまでも、私だけが恥ずかしさから抜け出せない。

頬の火照りを気にしつつも振り向いて、「笑わないで」と使用人たちに注意した。

「これは義務なのでしょう？　ジェイル様は至極当然と言っていたわ。仕方ないことなのよ」

それは彼らへの文句というより、自分を納得させるための言い訳のように聞こえる。

すると四十代の一番古参のメイドが一歩進み出て、私の言葉を笑顔で否定した。

「若奥様、お見送りのキスは、普通なら頬にするものですよ。田舎屋敷にいらっしゃる奥様は、旦那様に対してそうしておいでてでした。そうなさらないときだって、たくさんありました」

奥様と旦那様というのは、まだ会わせてもらえないジェイル様の両親のこと。

とにかく、キスは頬にするのが普通で、私たちのように深い口づけは一般的に人前で交わすものではないと、そのメイドは教えてくれた。

「えっ」とつぶやいて驚く私に、彼女はクスクスと笑いながら補足する。

「きっとジェイル様は、若奥様を困らせて楽しんでいらっしゃるのだと思います。恥じらう若奥様の反応が、あまりにもお可愛らしくていらっしゃるので」

彼女の推測は、おそらく的中していることだろう。

まだ私が貴族社会のすべてを知らないのをいいことに、彼は嘘を言い、私を辱しめて遊んでいたのだ。

ジェイル様にはめられたと知り、羞恥に悔しさが加えられた。どういう顔をしていいのかわからなくなった私は、「そうなの。知らなかったわ」とだけ答えて、玄関ホールを奥へと歩きだす。

階段を上り始めると、後ろには使用人たちの温かな笑い声がますます大きくなり、それから逃れるために階段を駆け上がった。

三階に着くと、南棟の廊下を小走りに進む。

ジェイル様の寝室の斜め向かいに、私の新しい部屋が設けられていた。

中に入って大きく息を吐きだし、やっと羞恥から抜け出したら、部屋の中央に設置されたベッド上に、赤いリボンのついた小箱が置かれていることに気づいた。

誰からだろう?と思うことはない。これがジェイル様からの贈り物なのはわかっている。

せっかく落ち着いた心拍が、また弾みだす。先ほどとは違う優しいリズムで。

ベッドに腰掛け、手のひらサイズの小箱のリボンをほどいて蓋を開けると、中には【愛する妻へ】と書かれたメッセージカードと親指大のガラスの小瓶が入っていた。

それは香水で、貼られているラベルには【ベルガモット】という植物の名前が書かれている。

小瓶を指でつまんで取り出す。

心をはやらせて、コルクの栓を抜いて鼻に近づけると、柑橘系の爽やかさに甘さを加味したような上品で素敵な香りがした。

「これも、いい香りね……」

うっとりと香りを堪能してから、立ち上がって鏡台に向かう。

私にはもったいないほどの豪華なつくりの鏡台には、かつてジェイル様にもらった宝箱の形をしたオルゴールが置いてある。

その蓋を開けると明るい音色が耳に届き、中に並べられた九本の小瓶が目に入る。

それらはすべて彼からの贈り物で、今日と同じようにいつの間にかベッドに置かれていたものだ。

彼愛用のバラの香水に、ジャスミン、ラベンダー、カモミール、アプリコットなど、どれも素敵な香りで私を楽しませてくれる。

そして香水は楽しむという目的以外に、薬のような効果もあるのだと、最近本を読んで知った。

安眠やストレス解消、食欲亢進《こうしん》に頭痛の緩和などという効能だ。

私のそのときどきの体調を考慮しての贈り物だと気づいたときには、ジェイル様の思いやりに心打たれ、目が潤んだものだった。

私の香水コレクション。宝箱に今日もらったベルガモットの小瓶を並べて、「十本になったわ！」と声を弾ませた。

頬を綻ばせてから、ふと考える。

なんだか、ごまかされた気もするけれど……。

さっきまで策にはめられたと不満に思っていたはずなのに、今は感謝の気持ちが込み上げ、彼への愛情を再確認している自分がいる。

よくも悪くも、ジェイル様の身勝手さについていくのは、心が忙しくて大変ね……。

時刻はもうすぐ二十時になるところ。

書庫で調べ物をしていた私は、そろそろジェイル様が仕事から帰る時間だと思い、手もとの本を閉じて椅子から立ち上がった。

数列並んだ書架の中で、テーブルのすぐ横にある棚だけは背丈が低い。

その高さは私の首ほどで、裏側に回り、そこに腰を屈めて本を戻していたら、ドアの開く音がした。

顔を本棚の上に覗かせると、二馬身ほど離れたドアからジェイル様が入ってくるのが見えた。

「ただいま、クレア」と微笑する彼に、私も「お帰りなさい」と頬を綻ばせた。

彼が帰宅すれば、すぐに晩餐となるため、食堂に行かなければならない。

それで、急いで書架の陰から出ようとしたら、後ろ手にドアを閉めた彼に、なぜか「そこにいろ」と命じられた。

「どうして？」

不思議に思う私の隣まで歩いてきた彼は、「お前がなにを読んでいたのか気になってな」と答える。

それで私は書架の一番下の段に戻した、分厚い本の背表紙を指差した。

「植物図鑑よ。ベルガモットについて調べていたの」

それには草花の図解だけでなく、薬効まで書かれている。

今朝、ジェイル様からもらったベルガモットの香水の効果が知りたかった。

わかったことは、神経を鎮静させ、ストレス緩和の効能があるということ。

それを知って彼に改めて感謝するとともに、複雑な気持ちにもさせられていた。

使用人たちの前でも、深いキスを求めてくるジェイル様。もしかして彼は私を辱めて楽しみたいから、それに対して私から文句が出ないように、香水効果で癒やしも与えているのではないかと……。

ジェイル様は私の足もとにしゃがんで、植物図鑑を棚から出し、ベルガモットのページを開いていた。

私は立ったまま彼を見下ろして、率直にその疑問をぶつける。

すると私を見上げた彼は、「さあ？　どうだろうな」とニヤリと笑った。

その返し方から、先ほどの推測は正しいと理解して、苦情を言わずにはいられなかった。

「香水は好きよ。とても嬉しいし、感謝しているわ。でも、私を辱めて遊ぶのはやめて。もう絶対に人前で唇にキスはしないわよ」

しかし、彼から返事をもらわぬうちに、ドアがノックされ、会話は中断する。

ドアが開いて姿を見せたのは、オズワルドさんだった。

本棚の上から顔だけ出している私と、オズワルドさんの視線が合う。

「若奥様、晩餐のご用意が整いました」

「わかりまし……あっ！」

驚いたのは、ジェイル様が手を伸ばし、服の上から私の胸に触れてきたからだ。

書架の陰に隠れている彼の姿は、オズワルドさんには見えていない。

ドアノブに手を掛けたままのオズワルドさんは、不思議そうな顔をする。

「どうしました？」

問いかけられた私は、「なんでもないの！」と慌ててごまかす。

ジェイル様は膝立ちした姿勢で私の背後に回り、いたずらしていた。

右手で胸をまさぐりながら、左手はスカートをまくり上げ、私の太ももに指を這わせる。

また私で遊ぼうとしているのね……。

彼の暴挙を止めようと手だけは防御に忙しくしていても、『やめて』とは言えないし表情も変えられない。

それはオズワルドさんに、この恥ずかしい状況を気づかれたくないからだ。

従ってここにジェイル様が隠れていることも、気づかれるわけにいかなかった。

作り笑顔を保持して、「本を片づけたらすぐに食堂に向かいます。先に行ってください」と、オズワルドさんが出ていくように仕向ける。

けれども、いつもは言葉の少ない彼が、今日に限ってはなかなか話を終わらせてくれなかった。

「今夜のメイン料理は、舌平目のムニエルです。ホワイトソースではなく塩胡椒で味つけし、レモンを添えることにしました」

「そ、そう。こってりとしたホワイトソースより、そのほうが食べやすくて嬉しいわ。ありがとう」

「お礼でしたら、ジェイル様に言ってください。若奥様の好みに合わせた味つけにするようにと、調理人に命じたのはジェイル様ですから。アッサリとして、それでいて栄養価の高いものを出すようにと」

「え……？」と驚いて、視線を下に落とした。

私が抵抗すればするほど楽しそうに悪事を働く彼の手は、今、胸のボタンをはずして服の中にすべり込んだところ。

乳房に直接触れる淫らな手つきに欲情するよりも、思わぬ彼の優しさに触れて、胸を温かく高鳴らせていた。

そういえば最近、食事をすることに苦痛を感じなくなったように思う。

ゴラスの庶民の食卓は以前に比べるとはるかに潤って、孤児たちも十分な食事ができるようになった。

それが理由で、贅沢な食事に対する私の罪悪感が消えたためかと思っていたが、それだけではなかったみたい。

よくよく考えてみれば、かつてのような肉の塊がスープにゴロンと入っていることがなくなった。

肉類は刻んで食べやすく工夫してあったり、デザートはバターたっぷりの焼き菓子ではなく、サッパリとした果物が多く出されるように変化している。

そして、私に合わせたメニューを彼も一緒に食べてくれている。おそらく物足りなさを感じていると思うのに。

それは間違いなく、私に対する彼の優しさだ。

夫のさりげない気遣いに感激して、胸にジーンと迫りくる。

しかし優しさを見せた張本人が、この感動を壊してしまった。

私がなにも言えないのをいいことに、彼の右手は私の乳房の頂をこねて、左手は下着の中に潜り込む。

淫らな刺激に嬌声をあげそうになったが、それをこらえて平静を装い、オズワルドさんに返事をした。

「そうだったの。後でジェイル様にお礼を言うわ」

「そのほうがよろしいですね。ところで、ジェイル様はこちらにお立ち寄りになりませんでしたか？」

「い、いえ、来てないわ。執務室じゃないかしら？」

ごまかしながらも動揺する心は、ジェイル様に伝わっているみたい。

ククと意地悪な忍び笑いが、私の背後から聞こえていた。

鼓動は、速くうるさく鳴り立てる。

焦りや快感、羞恥や悔しさが入り混じる中で、オズワルドさんはやっと話を終わらせようとしてくれた。

「執務室にはいらっしゃらなかったのですが……行き違いでしょうか。もう一度、訪室してみます」

「では」とオズワルドさんが足を一歩、廊下側に引いたそのとき、ジェイル様の左手の指先が、私の一番敏感な部分を刺激してきた。

たまらず「んっ！」と声をあげてしまい、せっかく出ていこうとしていたオズワルドさんを引き止めてしまう。

「若奥様、どうなさいました？　お顔が赤いようですが、熱があるのですか？」

今の私は当主の妻であるため、オズワルドさんは心配してくれる。

それに感謝できずに「熱はないわ。すぐに食堂に行くから、早く出ていって」と冷たい返事をしてしまった。

首をかしげつつも、彼はやっと退室してくれて、書庫の扉が閉められた。

汗ばむほどに体を火照らせた私は、急いでジェイル様から数歩離れ、胸もとを押さえて文句を言う。

「もう、私を恥ずかしがらせて遊ぶのはやめてって言ってるでしょ！」

立ち上がったジェイル様は、アハハと声をあげてご機嫌な様子。

ダークブラウンの前髪をかき上げて、「そう怒るな」と私をなだめにかかる。

「苛立てば、美容に悪いぞ。そういうときはベルガモットの香りを嗅いで、心を安らげることだ」

「嗅ぐけど、その程度でこの悔しさが消えると思わないで」

「だったらどうする？　仕返しするか？」

そうは言っても、ニヤリとつり上げた口の端を見る限り、『お前がなにを企んだところで無駄だ』と思っていそうな気がした。

口論しても彼にはダメージを与えられないような気がして、私は乱されたドレスを直しつつ、「先に食堂に行って」と冷静さを装って背を向ける。

すると「拗ねた態度も可愛いな」とからかわれた。

「早く出ていって！」

「はいはい」

靴音が遠のいてドアの開閉の音がしたら、その後に廊下からまた、彼の噴き出し笑いが聞こえた。

ものすごく、悔しいわ……。

振り向いてドアを睨みつけ、私は思案する。

先ほど彼は『仕返しするか？』と聞いてきた。

仕返し……してあげるわよ。

このまま一方的に辱めを受け続けるだけなんて、許せないわ。

私がどれだけ恥ずかしいのかをわかってもらうためにも、ジェイル様に同じ思いをさせないと。

静かな書庫に、クスクスと腹黒く笑う私の声が響く。

思考が攻撃側に回れば、少しは悔しさが和らいで楽しい心持ちがしてきた。

さて、どんなふうに仕返ししようかしら……。


その翌日の晩餐後、私は一階北棟の廊下を西に向けて歩いていた。

廊下の中ほどで足を止め、左手にある木製のシンプルなデザインのドアを開ける。

そこはリネン庫で、清潔なシーツやタオルなどが棚に大量に並べられていた。

身を潜めるためにそこに入った私は、ドアを指二本分だけ開けて、廊下の様子をそっとうかがう。

しばらくするとコツコツと革靴の足音が聞こえてきて、男性ふたりが目の前を通り過ぎていった。

ジェイル様と、二十代の執事だ。

ふたりが入っていったのは、このリネン庫の斜め向かいにある部屋で、そこは沐浴室となっている。

これからジェイル様は執事に体と髪を洗わせるのだ。

男性貴族の体を洗うのは、男性使用人の務めで、幼い頃からそれをあたり前としてきたジェイル様は、ベッドの上以外で私に素肌を見せることはない。

もし、私が彼の体を洗ってあげようとしたなら……彼はきっと戸惑い、恥ずかしがるのではないだろうか。今まで女性に体を洗われたことなどないのだから。

明るい光の中で体の隅々までを私に確かめられては、いくら不遜で横柄な彼とて、頬を染めて『やめてくれ』と懇願してくることだろう。

それが私の思いついた仕返しで、ジェイル様と執事が沐浴室に入り、ドアが閉められたのを確認してから廊下に出た。

沐浴室のドアに耳をつけると、湯を浴びているような水音が聞こえて、ほくそ笑む。

待っていなさい。盛大に恥ずかしがらせてあげるわ……。

ドアを三度ノックする。

すると漏れ聞こえていた水音がやんで、湯気とともに執事が対応に顔を覗かせた。

彼は私を見ると、キョトンとして目を瞬かせている。

「どうなさいました？　ジェイル様は沐浴中でいらっしゃいますが……」

シャツの袖をまくり上げた彼の手は、石鹸の泡がついていた。

その手首を掴んで廊下に引っ張り出し、ドアを閉めると、私は彼に命じた。

「あなたは下がっていて。私がジェイル様の体を洗うわ」

「えっ⁉」と驚いてから、彼は困り顔で私を止めようとする。

「若奥様に使用人の真似ごとをさせるわけには参りません。そんなことをさせれば、ジェイル様になんと叱られ――」

慌てる彼の言葉を遮って、私は当主の妻として尊大に言い放つ。

「いいから、今日だけは私の言う通りにして。大丈夫よ。叱られるとしたら私であって、あなたじゃないわ。だから早くそこをどいて」

納得いかない顔をしつつも、執事は会釈して廊下を奥へと歩き去った。

私の口の端は緩やかにつり上がる。

企みにはやる心をなだめつつ、沐浴室のドアを開けて湯気の中に体をすべり込ませ、板間で靴を脱いで裸足になった。

白く煙る暖かな室内の奥は、タイル敷きの床となっていて、流した湯が側溝から管を通って外へと流れ出る仕組みとなっている。

石を積んで漆喰で固めた大きな浴槽には、なみなみと湯がたたえられていた。

タイルの床の上には背もたれのない椅子が一脚置いてあり、こちらに背を向けて座っているジェイル様のシルエットが見える。

彼は私を先ほどの執事だと思って、振り向かずに聞いた。

「どうした？　オズワルドがなにか急ぎの話でも持ってきたのか？」

噴き出しそうになるのをこらえ、私は湯に濡れたタイルに裸足をのせてゆっくりと近づいていく。

湯煙の中でシルエットに見えていた彼の大きな背中は、ハッキリと私の目に映るようになる。

彼は二十四歳の青年らしく、みずみずしい肌をして、盛り上がる筋肉は逞しい。それでいて彫像のような、繊細な美しさも感じさせる。

均整の取れた筋肉美を見て、これは私も恥ずかしいのでは……と気づきかけたが、その気持ちは弾む心が押しつぶしてくれた。

いつもやられっ放しだから、今日こそ彼をやり込めたいと、口もとに浮かぶ笑みを消すことができなかった。

彼まであと一歩というところで、先ほどの問いかけに返事がないことを不審に思ったジェイル様が、肩越しに振り向いた。そしてギョッとした顔をする。

「クレア⁉　なにをしているんだ」

足もとの木桶の中には、泡のついたタオルと石鹸が入れられている。

腕まくりをしてそのタオルを拾い上げた私は、ニッコリと笑って彼に言った。

「今日は私があなたの体を洗ってあげるわ」

「は？　執事はどうした。お前が追い払ったのか？」

「ええ、そうよ。大丈夫。隅々まで丁寧に洗ってあげるから。頭から爪先までをね。ほら、前を向いて」

早速、ジェイル様の大きな背中をゴシゴシと洗い始める。

最初は驚いてくれた彼だけど、なぜか今はされるがままになっている。

おかしいわね。もっと抵抗されると思っていたのに……。

予想通りにはいかない展開に、口もとに浮かべていた笑みが消える。

背中を洗い終えて、次は彼の正面に回る。

彼の下腹部から太ももにかけて、広げたタオルがかけられているので目のやり場に困ることはなく、その首や肩や胸を丁寧に洗ってあげた。

ジェイル様は黙っているが、怒っているわけではなく、その口の端が微かにつり上っているのが気になった。

けれども、今ばかりは私が優勢であると思いたくて、その気づきを無視して問いかける。

「ねぇ、恥ずかしさを我慢しているの？　もっと素直になっていいのよ。照れくさいからやめてくれと言われても、やめてあげないけど」

口に出した言葉は私の願望で、そうなってほしいと考えていた。

しかしジェイル様は鼻で笑って、椅子から立ち上がる。

すると、彼の下腹部からタオルが落ちて、そこに隠されていた男性的なものが、私の前にさらされた。

私は今、タイルに片膝をついてしゃがんでいる。

すぐ目の前にあるそれに、反射的に顔を熱くして目を逸らしたら、頭上から楽しげな笑い声が降ってきた。

「お前の企みは失敗だ。俺は女に裸を見られて恥ずかしく思う男ではない」

「そ、そうなの……」

作戦の失敗を告げられて、私は立ち上がる。残念だけど、それならここにいる意味はないので、出ていこうとしていた。

彼の横に足を踏み出したら……裸の腕に行く手を阻まれてしまう。

その顔に振り向けば、麗しい彼の下唇に赤い舌先が這うのを目撃してしまった。

これは……嫌な予感がするわ。作戦の失敗で終わらず、敗戦の予感が……。

案の定というべきか、彼は私を困らせようとしてくる。

「俺の体の隅々まで洗ってくれるんじゃなかったのか？　まだ終わってないぞ。洗いやすいように立ってやったんだから、早くしろ」

「や、やっぱりやめるわ。今、執事を呼んでくるから」

「駄目だ。お前が洗え」

含み笑いをしながら傲慢に命じた彼は、私の手首を掴むと、下腹部に持っていこうとする。

いっさい照れることなく恥部を洗わせようとする彼にたじろいで、私の中に後悔が押し寄せていた。

私のほうがずっと恥ずかしい目に遭うなんて、想定外よ……。

とてもじゃないが、そこにあるものを洗ってあげる度胸はなく、耳まで顔を熱くして手を引っ込める。

すると噴き出して笑う彼は「初心だな」と私を評価し、ドレスの胸のボタンに手を伸ばして脱がせにかかった。

泡にまみれた手で慌てて胸もとを押さえて防御しようとしたが、力ずくで手をどけられ、ボタンをすべてはずされてしまう。

楽しげな声色で「お前も脱げ」と命じられ、私は鼓動を速めながら、「どうして私が脱がなくてはいけないのよ」と拒否を示した。

「今度は俺がお前の体を洗ってやる」

「えっ!? そ、そんなことは――」

「夫の愛を拒んでくれるな。俺の体を洗ってくれたいとしき妻に、お返しだ」

「待って！」という願いを聞いてくれる人ではないと、知っている。

あれよあれよという間に、たちまちドレスと下着を剥ぎ取られ、一糸まとわぬ姿にされた私に、湯が浴びせられた。

立ったまま、タオルではなく彼の手のひらで体を洗われる。

恥ずかしさはとっくに頂点に達していて、顔から火が出そうな思いでいた。

両手で顔を覆って恥辱に耐えている間、ジェイル様だけはククと笑い続けて、ご満悦の様子。

「クレアの悪巧みは可愛いな。疲れも吹き飛ぶほどに楽しませてくれるとは、お前は最高の妻だ」

『褒められた気がしないわよ』と心の中で文句を言いつつ、肌をすべる甘い刺激に喘がぬよう、こらえていた。

彼は私の背後に回ってお尻をなでるように洗っていたが、「これは我慢できんな」とポツリとつぶやく声がした。

なんの我慢かと疑問に思ったそのとき、私の体に腕を回した彼はひと言の断りもなく、突如として私の中にヌルリと侵入してくる。

「あ、ああっ！」

打ち寄せる強烈な快感にすぐに息は熱くなり、私から抵抗の意思も力も奪い去る。

乱れて喘ぐ私の後ろには、機嫌のよさそうな声が。

「今まで執事に洗わせていたのがもったいなかったな。今後は毎晩、クレアに体を洗わせることにしよう」

冗談じゃないわよ。そんなの私だけが恥ずかしい思いをするじゃない……。

沐浴室に響くのは、こらえることのできない自分の甘い声。

それにこの上なく羞恥心をかき立てられながら、ジェイル様には敵わないと悟っていた。

FIN

あとがき

この作品をお手に取ってくださった皆様に、深く感謝申し上げます。

ラブファンタジー二作目となりますこの作品は、前作とは違い、主役のふたりにダークなイメージを持たせて書きました。

とは言いましても、完全なる悪役ではなく、クレアは優しさと正義感の強い女性。悪事の原動力には、清くまっすぐな心があるということを強調して書き上げたつもりでおります。

ジェイルにつきましては、とにかくヒロインの上をいく黒さを、と思ってキャラクターイメージを固めました。

暴君ではないけれど、したたかで腹黒い男性。優しさが不足しているのも、ジェイルらしさということで、ご容赦願います。

また、ヒーローとヒロインともに『恋などくだらない』というスタンスで展開させたものですから、恋愛模様を散りばめるのに苦心しました。

ダークなふたりは、ベリーズ文庫の読者様に受け入れてもらえるのだろうか、と少々不安ではありますが、結末にたどり着いたときに、『これでよかった』と思っていただけたなら、幸いに存じます。

今、私は、クレアとジェイルの娘を主人公とする、新たなファンタジーを執筆しております。

ふたりの娘ですので、こちらもダークヒロインとなります。しかし、黒×黒だった今作とは違って、白さと掛け合わせてみようかと……。

娘編の物語がいつか皆様のお目に触れる機会があればと、願っております。

最後に、今作の編集を担当してくださった鶴嶋様、佐々木様、アドバイスとご指導の数々に感謝いたします。文庫化にご尽力くださった多くの関係者様にも、厚くお礼申し上げます。

カバーイラストを描いてくださった氷堂れん様、クレアとジェイルの素敵さに、興奮しました。感謝でいっぱいです！

そして、この文庫をお買い求めくださった皆様、『Berry's Cafe』での公開中に温かい感想をお寄せくださった読者様、本当にありがとうございました。

いつの日にか、またベリーズ文庫で皆様にお目にかかれますように……。

藍里《あいさと》まめ

藍里まめ先生への
ファンレターのあて先

〒104-0031
東京都中央区京橋1-3-1
八重洲口大栄ビル7F
スターツ出版株式会社　書籍編集部　気付

藍里まめ先生

本書へのご意見をお聞かせください

お買い上げいただき、ありがとうございます。
今後の編集の参考にさせていただきますので、
アンケートにお答えいただければ幸いです。

下記URLまたはQRコードから
アンケートページへお入りください。
http://www.berrys-cafe.jp/static/etc/bb

公爵様の最愛なる悪役花嫁
～旦那様の溺愛から逃げられません～

2018年1月10日　初版第1刷発行

著　　者　藍里まめ
©Mame Aisato 2018

発 行 人　松島 滋

デザイン　hive & co.,ltd.

校　　正　株式会社　文字工房燦光

編集協力　佐々木かづ

編　　集　鶴嶋里紗

発 行 所　スターツ出版株式会社
〒104-0031
東京都中央区京橋1-3-1　八重洲口大栄ビル7F
TEL　販売部　03-6202-0386（ご注文等に関するお問い合わせ）
URL　http://starts-pub.jp/

印 刷 所　大日本印刷株式会社

Printed in Japan

ISBN 978-4-8137-0384-6　C0193

『強引な次期社長に独り占めされてます！』
佳月弥生《かげつやよい》・著

地味で異性が苦手なOL・可南子は会社の仮装パーティーで、ひとりの男性と意気投合。正体不明の彼のことが気になりつつ日常に戻るも、普段はクールで堅物な上原部長が、やたらと可南子を甘くかまい、意味深なことを言ってくるように。もしやあの時の彼は…!?
ISBN978-4-8137-0365-5／定価：本体640円＋税

ベリーズ文庫 好評の既刊

書店店頭にご希望の本がない場合は、書店にてご注文いただけます。

『溺愛CEOといきなり新婚生活!?』
北条歩来《ほうじょうあゆら》・著

OLの花澄は、とある事情から、見ず知らずの男性と3カ月同棲する“サンプリングマリッジ”という企画に参加する。相手は、大企業のイケメン社長・永井。期間限定のお試し同棲なのに、彼は「あなたを俺のものにしたい」と宣言！　溺愛される日々が始まって…!?
ISBN978-4-8137-0366-2／定価：本体630円＋税

『極上な御曹司にとろ甘に愛されています』
滝井《たきい》みらん・著

海外事業部に異動になった萌は、部のエースで人気NO.1のイケメン・恭介と席が隣になる。“高嶺の花”だと思っていた彼と、風邪をひいたことをきっかけに急接近！　恭介の家でつきっきりで看病してもらい、その上、「俺に惚れさせるから覚悟して」と迫られて…!?
ISBN978-4-8137-0362-4／定価：本体630円＋税

『過保護な騎士団長の絶対愛』
夢野美紗《ゆめのみさ》・著

天真爛漫な王女ララは、知的で優しい近衛騎士団長のユリウスを恋慕っていた。ある日、ララが何者かに拉致・監禁されてしまい!?　命がけで救出してくれたユリウスと想いを通じ合わせるも、身分差に悩む日々。そんな中、ユリウスがある国の王族の血を引く者と知り…？
ISBN978-4-8137-0367-9／定価：本体630円＋税

『副社長と愛され同居はじめます』
砂原雑音《すなはらのいず》・著

両親をなくした小春は、弟のために昼間は一流商社、夜はキャバクラで働いていた。ある日お店に小春の会社の副社長である成瀬がやってきて、副業禁止の小春は大ピンチ。逃げようとするも「今夜、俺のものになれ」――と強引に迫られ、まさかの同居が始まって…!?
ISBN978-4-8137-0363-1／定価：本体630円＋税

『伯爵夫妻の甘い秘めごと　政略結婚ですが、猫かわいがりされてます』
坂野真夢《さかのまむ》・著

没落貴族令嬢・ドロシアの元に舞い込んだ有力伯爵との縁談。強く望まれて嫁いだはずが、それは形だけの結婚だった。夫の冷たい態度に絶望するドロシアだったが、あることをきっかけに、カタブツ旦那様が豹変して…!?　愛ありワケあり伯爵夫妻の秘密の新婚生活！
ISBN978-4-8137-0368-6／定価：本体630円＋税

『俺様Dr.に愛されすぎて』
夏雪《なつゆき》なつめ・著

医療品メーカー営業の沙織は、取引先の病院で高熱を出したある日、「キスで俺に移せば治る」とイケメン内科医の真木に甘く介抱され告白される。沙織は戸惑いつつも愛を育み始めるが、彼の激務続きですれ違いの日々。「もう限界だ」と彼が取った大胆行動とは…!?
ISBN978-4-8137-0364-8／定価：本体630円＋税

ベリーズ文庫
2018年1月発売

書店店頭にご希望の本がない場合は、
書店にてご注文いただけます。

『冷徹副社長と甘やかし同棲生活』
滝沢美空《たきざわみく》・著

OLの美緒はワケあって借金取りに追われていたところ、鬼と恐れられるイケメン副社長・椿に救われる。お礼をしたいと申し出ると「住み込みでメシを作れ」と命じられ、まさかの同棲生活が開始！　社内では冷たい彼が家では優しく、甘さたっぷりに迫ってきて…!?

ISBN978-4-8137-0382-2／定価：本体620円＋税

『婚約恋愛～次期社長の独占ジェラシー～』
若菜《わかな》モモ・著

OLの花菜は、幼なじみの京平に片想い中。彼は花菜の会社の専務&御曹司で、知性もルックスも抜群。そんな京平に引け目を感じる花菜は、彼を諦めるためお見合いを決意する。しかし当日現れた相手は、なんと京平！　突然抱きしめられ、「お前と結婚する」と言われ…!?

ISBN978-4-8137-0383-9／定価：本体630円＋税

『御曹司による贅沢な溺愛～純真秘書の正しい可愛がり方～』
あさぎ千夜春《ちよはる》・著

失恋をきっかけに上京した美月は、老舗寝具メーカーの副社長・雪成の秘書になることに。ある日、元カレの婚約を知ってショックを受けていると、雪成が「俺がうんと甘やかして、お前を愛して、その傷を忘れさせてやる」と言って熱く抱きしめてきて…!?

ISBN978-4-8137-0379-2／定価：本体640円＋税

『公爵様の最愛なる悪役花嫁～旦那様の溺愛から逃げられません～』
藍里《あいさと》まめ・著

孤児院で育ったクレアは、美貌を武器に、貴族に貢がせ子供たちのために薬を買う日々。ある日視察に訪れた公爵・ジェイルを誘惑し、町を救ってもらおうと画策するも、彼には全てお見通し!?　クレアは"契約"を持ちかけられ、彼の甘い策略にまんまと嵌ってしまって…。

ISBN978-4-8137-0384-6／定価：本体650円＋税

『強引社長といきなり政略結婚!?』
紅《くれない》カオル・著

喫茶店でアルバイト中の汐里は、大手リゾート企業社長の超イケメン・一成から突然求婚される。経営難に苦しむ汐里の父の会社を再建すると宣言しつつ「必ず俺に惚れさせる」と色気たっぷりに誘い汐里は翻弄される。しかし汐里に別の御曹司との縁談が持ち上がり!?

ISBN978-4-8137-0380-8／定価：本体620円+税

『気高き国王の過保護な愛執』
西《にし》ナナヲ・著

没落貴族の娘・フレデリカは、ある日過去の記憶をなくした青年・ルビオを拾う。ふたりは愛を育むが、その直後何者かによってルビオは連れ去られてしまう。1年後、王女の教育係となったフレデリカは王に謁見することに。そこにいたのは、紛れもなくルビオで…!?

ISBN978-4-8137-0385-3／定価：本体640円＋税

『溺甘スイートルーム－ホテル御曹司の独占愛－』
佐倉伊織《さくらいおり》・著

高級ホテルのハウスキーパー・澪は、担当客室で出会った次期社長の大成に「婚約者役になれ」と突如命令されパーティに出席。その日から「俺を好きになりなよ」と独占欲たっぷりに迫られ、大成の家で同居が始まる。ある日澪を蹴落とそうとする銀行令嬢が登場し…!?

ISBN978-4-8137-0381-5／定価：本体640円＋税

『特別任務発令中！』

田崎《たさき》くるみ・著

Now Printing

ドジOLの菜穂美は、イケメン冷徹副社長の秘書になぜか大抜擢される。ミスをやらかす度に、意外にも大ウケ&甘く優しい顔で迫ってくる彼に、ときめきまくりの日々。しかしある日、体調不良の副社長を家まで送り届けると、彼と付き合っていると言う女性が現れて…？

ISBN978-4-8137-0399-0／予価600円＋税

ベリーズ文庫 2018年2月発売予定

書店店頭にご希望の本がない場合は、
書店にてご注文いただけます。

『悩殺ボイスの彼が、私の教育係です。』

藍里《あいさと》まめ・著

Now Printing

新人アナウンサーの小春は、ニュース番組のレギュラーに抜擢される。小春の教育係となったのは、御曹司で人気アナの風原。人前では爽やかな風原だけど、小春にだけ見せる素顔は超俺様。最初は戸惑うも、時折見せる優しさと悩殺ボイスに腰砕けにされてしまい!?

ISBN978-4-8137-0400-3／予価600円＋税

『つれない婚約者とひとつ屋根の下』

水守恵蓮《みずもりえれん》・著

Now Printing

親の会社のために政略結婚することになった帆夏。相手は勤務先のイケメン御曹司・樹で、彼に片想いをしていた帆夏は幸せいっぱい。だけど、この結婚に乗り気じゃない彼は、なぜか婚約の条件として"お試し同居"を要求。イジワルな彼との甘い生活が始まって…!?

ISBN978-4-8137-0396-9／予価600円＋税

『イザベラが歌は誰がため』

森《もり》モト・著

Now Printing

天使の歌声を持つ小国の王女・イザベラは半ば人質として、強国の王子に嫁ぐことに。冷徹で無口な王子・フェルナードは、イザベラがなんと声をかけようが完全に無視。孤独な環境につぶれそうになっていると、あることをきっかけにふたりの距離が急接近し…!?

ISBN978-4-8137-0401-0／予価600＋税

『甘いものには御用心！～冷血Dr秘密の溺愛～』

未華空央《みはなそらお》・著

Now Printing

歯科衛生士の千紗は、冷徹イケメンの副院長・律己に突然「衛生士じゃない千紗を見たい」と告白され、同居が始まる。歯科医院を継ぐ律己に一途な愛を注がれ、公私ともに支えたいと思う千紗だったが、ある日ストーカーに襲われる。とっさに助けた律己はその後…!?

ISBN978-4-8137-0397-6／予価600円＋税

『偽恋人に捧ぐ最高指揮官の密やかな献身』

葉月《はづき》りゅう・著

Now Printing

ルリーナ姫は顔も知らない隣国の王太子との政略結婚を控えていたが、悪党からルリーナを救い出し、一途な愛を囁いた最高指揮官・セイディーレを忘れられない。ある事件を機に二人は結ばれるが、国のために身を裂かれる思いで離れ離れになって一年。婚約者の王太子として目の前に現れたのは!?

ISBN978-4-8137-0402-7／予価600円＋税

『Sweet Distance-7700kmの片思い-』

宇佐木《うさぎ》・著

Now Printing

OLの瑠依は落とし物を拾ってもらったことをきっかけに、容姿端麗な専務・浅見と知り合う。さらに同じ日の夕方、再び彼に遭遇！　出会ったばかりなのに「次に会ったら君を誘うと決めてた」とストレートにアプローチされて戸惑うけど、運命的なときめきを感じ…!?

ISBN978-4-8137-0398-3／予価600円＋税